국어 교과서 **수필에 눈뜨다**

국어 교과서 문학 읽기 ⑫ 고등

국어 교과서 수필에 눈뜨다

1판 1쇄 인쇄 2011년 2월 25일
1판 1쇄 발행 2011년 3월 5일

엮은이 김상욱
펴낸이 김두레
펴낸곳 상상의힘
편집 책임 이현정 iobob@hanmail.net
영업 책임 김헌철 momoho@hanmail.net
교정 책임 박미향, 양미애
디자인 씨디자인 **일러스트** 김은 **사진** SOULGRAPH 진성기
등록 제2010-000312호(2010년 10월 19일)
주소 135-880 서울시 강남구 삼성동 157-3 LG트윈텔 2차 1707호
영업 전화 070-4129-4505 **팩시밀리** 02-2051-1618
홈페이지 www.sang-sang.net

ⓒ 상상의 힘, 2011

ISBN 978-89-965492-3-9   44810
ISBN 978-89-965492-0-8   (전3권)

국어 교과서

수피 에 눈 뜨 다

김상욱 엮음

샘앤샘의힘

일 러 두 기

- 고등학교 검정 교과서 「국어」 16종 상·하 32책에 수록된 42편과 고등학교 검정 교과서에는 수록되지 않았지만 함께 읽기를 권하는 2편을 더하여 44편의 수필·평론 작품을 실었습니다.

- 수록된 수필·평론 작품은 모두 초판본 또는 생전 마지막 판본을 원본으로 삼아 원문 그대로를 가능한 살려 실었습니다.

- 맞춤법과 띄어쓰기는 현행 표기법에 따르는 것을 원칙으로 하였으나, 수필·평론 작품의 경우 작가가 선택한 비표준어는 최대한 원문대로 살려 놓았습니다.

- 작품 이해에 필요한 낱말은 수필·평론 작품의 아래쪽에 풀이를 달았습니다.

책을 펴내며

　교과서가 새로 바뀌었습니다. 물론 해마다 교과서가 바뀝니다. 작년에도 새 교과서를 받았고 올해 역시 새 교과서를 받았으니까요. 그러나 올해는 여느 해와는 다르답니다. 우선 교과서의 종수가 늘어났습니다. 국가가 책임지고 한 종류의 교과서를 만들던 예전과 달리, 이제 여러 출판사에서 여러 사람이 여러 종류의 교과서를 만들기 때문입니다. 그리고 여러 종류의 교과서 가운데 한 종을 선택해서 공부해야 합니다.

　그리 염려할 일은 아니랍니다. 한 교과서를 열심히 공부하기만 하면, 배워야 할 것들은 다 배울 수 있으니까요. 다만 공부하는 방식은 조금 달라져야 합니다. 물고기 한 마리 한 마리를 얻는 것보다 물고기 잡는 방법을 배우는 것이 중요하듯, 교과서에 실린 한 편 한 편의 글을 익히기 위해 애쓰기보다 교과서에 제시된 목표를 정확하게 이해하고 그에 맞는 활동을 해야 합니다.

　그런데 문학 작품을 공부하는 방법은 조금 다르답니다. 단순히 교과서만 공부해서는 안 됩니다. 문학 작품은 우리에게 삶의 경험을 건네주고 그 경험으로부터 무엇을 배울 것인가를 알려 주기 때문입니다. 어떤 이들은 문학 작품을 읽는 것을 간접 경험이라고 하지만, 결코 그렇지 않습니다. 작품을 읽으며 내가 웃고 울며 감동한다면, 그것이야말로 우리들 자신의 경험과 조금도 다를 바 없는 살아 있는 경험입니다. 문학을 통해 우리는 내가 누구인지를 알며, 세상을 어떻게 살 것인지를 배웁니다. 나아가 나와 함께 이 세상을 살아가는 다른 존재들을 더욱 잘 알게 됩니다.

따라서 교과서에 제시된 목표를 익히고 활동을 잘하는 것뿐만 아니라, 작품을 즐겨 읽는 것이 그 무엇보다 중요하며 또 다른 공부의 기초를 이룹니다. 그리고 문학 작품을 읽고 생각하는 것은 읽기/쓰기 같은 다른 언어 활동과 밀접하게 연결되어 있습니다. 문학 역시 언어 자료의 하나이기 때문입니다. 그러니 좋은 문학 작품이야말로 국어 능력을 향상시키는 데 더할 나위 없는 좋은 재료인 셈이지요. 다행히 교과서들은 저마다 좋은 작품을 싣기 위해 여러 필자들이 심사숙고하여 만듭니다. 그러니 자연 더 좋은 작품이, 더 적합한 작품이 실려 있습니다.

이 책은 여러 종류의 교과서에 실려 있는 작품들을 시, 소설, 수필·평론으로 나누어 각각 한 권으로 볼 수 있도록 기획되었습니다. 좋은 문학 작품이 더 많은 학생들과 만나기를 바라는 마음으로 엮었습니다. 그리고 책을 엮으며 몇 가지 기준을 생각했습니다.

첫 번째는 학생들의 수준을 고려하여 깊은 울림을 건네줄 좋은 작품만을 선정하였습니다. 좋은 작품은 그 자체로 많은 것을 스스로 가르치고 또 배우게 하기 때문입니다. 그래서 16종의 교과서를 두루 살펴, 그 중에서 꼭 읽었으면 하는 감동적인 작품을 선정하고 또 필요하다면 교과서에 수록되지 않은 좋은 작품을 포함시켰습니다. 물론 조금 어려운 작품은 친절한 설명으로 쉽게 이해할 수 있도록 하였습니다.

두 번째는 국어 교육의 목표를 제대로 살려 학교 교육과 문학 작품을 긴밀하게 연결시켰습니다. 작품을 어떤 관점으로 보아야 하며, 작품을 통해 무엇을 알아야 할 것인지를 꼼꼼하게 살폈습니다. 교육 과정의 목표와 작품이 어떻게 연결되는가를 자세히 설명하고, 이를 통해 작품들을 어떻게 만나야 할지를 분명하게 제시하였습니다. 따라서 작품을 읽고 덧붙여진 설명을 읽는 것만으로도 문학과 국어가 한결 친숙해질 것입니다.

세 번째는 실제 교과서에 수록된 다양한 활동들을 잘 녹여서 풀이하고자 하였습니다. 개념을 정확하게 이해하고 그 개념을 바탕으로 학습 활동을 직접 해 보고 결과를 곧바로 확인함으로써 어렵지 않게 스스로의 이해를 높여 나가도록 하였습니다.

공부뿐만 아니라 우리들의 생각과 느낌, 그리고 깨달음은 우리들 자신의 경험으로부터 시작됩니다. 그리고 좋은 글은 그 경험을 더한층 또렷하게, 깊이 있게 경험할 수 있도록 해 줍니다. 삶을 환하게 비춰 보이는 것이 좋은 글의 역할인 셈입니다.

이 책에 실린 작품들은 모두 그 역할을 하기에 손색이 없는 작품들입니다. 좋은 작품을 읽으며 나와 세상, 그 세상을 함께 살아가는 다른 이들을 한결 넓고 깊게 이해하게 되기를 바랍니다.

2011년 2월

김상욱

차례

책머리에

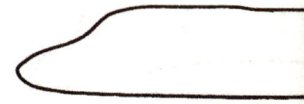

세 번째 이야기

언어와 문학

첫 번째 이야기

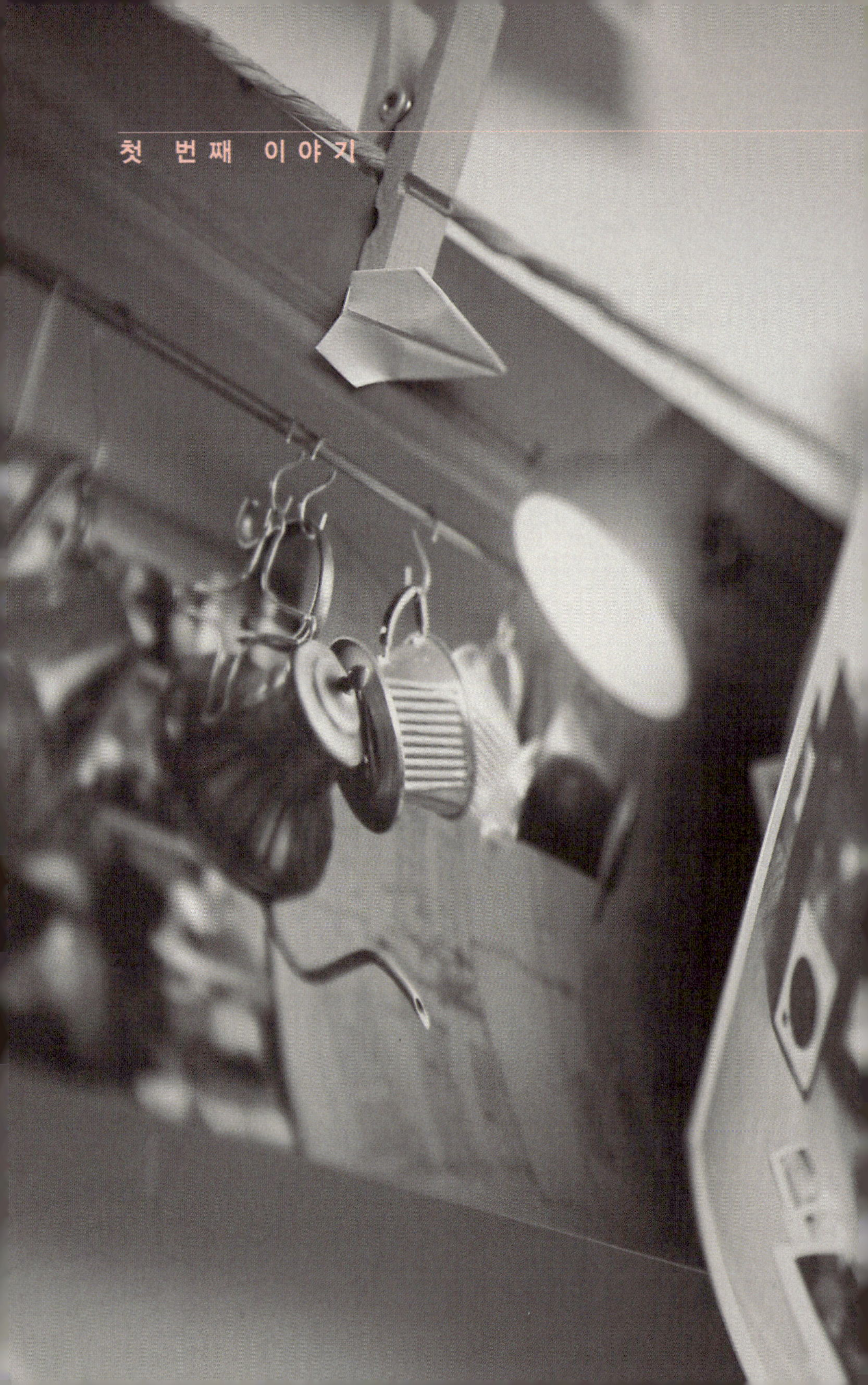

경험과
성찰

모든 문학은 경험으로부터 시작됩니다. 경험이 없다면 문학은 그저 삶과 현실을 떠난 오락거리가 될 뿐입니다. 경험에, 현실에 튼튼히 뿌리를 두기에 문학은 우리에게 말을 건네고 깨달음을 줍니다. 그러나 시와 소설 속 경험은 날것 그대로가 아니라 상상력을 거친 경험입니다. 시인이나 소설가가 작품 속에서 직접 경험하는 것이 아니라, 시적 화자나 서술자를 통해 중재된 경험을 합니다.

수필은 다릅니다. 수필은 작가의 날것 그대로의 경험을 고스란히 제시합니다. 다만 경험 그 자체만이 아니라 경험을 어떻게 보아야 할지를 함께 표현합니다. 경험과 경험에 대한 성찰이 수필의 핵심인 것입니다. 물론 그 성찰은 작가 자신의 독특한 성찰입니다. 보편적인 성찰이라면 문학이나 예술이 아니라 딱딱한 윤리와 다를 바 없을 것입니다. 수필에는 작가 자신만의 독특한 개성이 뚜렷하게 아로새겨져야 합니다.

예컨대 「다락」을 쓴 시인 강은교는 삶의 공간들 가운데 유독 '다락'을 끌어냅니다. '다락'은 잘 돌보지 않는 곳이며, 보이지 않게 감추어 두는 곳이며, 드러나지 않게 숨는 곳이기도 합니다. 가족이 모여 담소를 나누는 거실이나 둘러앉아 밥을 먹는 식탁과는 다른 공간입니다. 강은교는 이 감추어진 공간이 사람들에게 필요하다고 말합니다. 이 공간이 없어서 모든 것이

훤히 드러날 수밖에 없다면, 고독한 회상과 성찰의 공간이 따로 필요하다고 주장합니다. 이에 반해, 소설가 강경애의 「꽃송이 같은 첫눈」은 작가의 어린 시절 이야기로 새로운 세상을 향한 동경을 시적인 문체로 표현했습니다. 명료하게 표현되기보다 무언지 알 수 없는 모호함 속에서 어린 소녀의 설렘과 자각이 조심스럽게 깃들어 있습니다. 이처럼 수필은 한 편 한 편마다 독특한 개성을 지닙니다. 어느 하나로 묶일 수 없는 개성이 표현되는 것입니다.

글을 읽으며 이 글에는 어떤 경험이 담겨 있으며, 또 그 경험을 어떤 성찰을 거쳐 개성적으로 표현하는가를 잘 살펴야 합니다. 그 개성적인 관점이야말로 우리가 수필에서 받는 감동의 원천입니다. 우리가 겪는 경험과 다를 바 없는 경험에서 자신만의 독특한 깨달음을 아로새기는 것, 그것이 수필의 본질입니다. 자유로운 형식 또한 빼놓을 수 없겠지요.

꽃송이 같은 첫눈
강경애

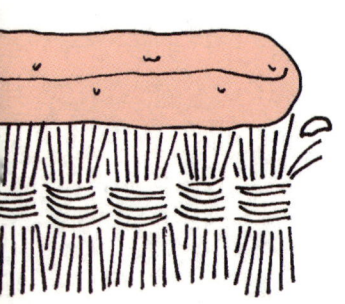

읽 기 전 에

1. 나는 누구인가 스스로 묻고 답해 보자.
2. 우리가 첫눈을 기다리는 까닭은 무엇인가?

오늘은 아침부터 해가 안 나는지 마치 촛불을 켜 대는 것처럼 발갛게 피어오르던 우리 방 앞문이 종일 컴컴했다. 그리고 이따금씩 문풍지가 우룽룽우룽룽했다.

잔기침 소리가 나며 마을 갔던 어머니가 들어오신다.

"어머니, 어디 갔댔어?"

바느질하던 손을 멈추고 어머니를 쳐다보았다. 치마폭에 풍겨 들어온 산뜻한 찬 공기며 발개진 코끝.

"에이, 춥다."

어머니는 화로를 마주 앉으며 부저로 손끝이 발개지도록 불을 헤치신다.

"잔칫집에 갔댔다."

"응, 잔치 잘해?"

"잘하더구나."

"색시 고와?"

"쓸 만하더라."

무심히 나는 어머니의 머리를 쳐다보니 물방울이 방울방울 서렸다.

"비 와요?"

"비는 왜, 눈이 오는데."

"눈? 벌써 눈이 와? 어디?"

어린애처럼 뛰어 일어나다 손끝이 따끔해서 굽어보니 바늘이 반짝 빛났다.

"에그, 아파라. 고놈의 바늘."

나는 이렇게 중얼거리며 옥양목 오라기로 손끝을 동이고 밖으로 뛰어나갔다.

하늘은 보이지 않고 눈송이로 뽀얗다. 그리고 새로 한 수숫대 바자 갈피에는 눈이 한 줌이나 두 줌이나 되어 보이도록 쌓인다.

오라기 실, 헝겊, 종이, 새끼 따위의 길고 가느다란 조각.
바자 대, 갈대, 수수깡, 싸리 따위로 발처럼 엮어서 만든 울타리.

보슬보슬 눈이 내린다. 마치 내 가슴속까지도 눈이 내리는 듯했다. 그리고 나는 듯 마는 듯 한 냄새가 나의 코끝을 깨끗하게 한다.

무심히 나는 손끝을 굽어보았다. 하얀 옥양목 위에 발갛게 피가 배었다.

'너는 언제까지나 바늘과만 싸우려느냐?'

이런 질문이 나도 모르게 내 입속에서 굴러 떨어졌다.

나는 싸늘한 대문에 몸을 기대고 어디를 특별히 바라보는 것도 없이 언제까지나 움직이지 않았다.

꽃송이 같은 눈이 떨어진다, 떨어진다. ⑰

작 품   이 해

　강경애는 소설가다. 그것도 일제 강점기에 여자로서 소설을 썼다. 물론 당시에 여류 소설가가 없지는 않았다. 그러나 강경애는 달랐다. 여성들의 자잘한 일상과 심리를 담아내는 소설에서 과감히 벗어나 노동자와 농민들, 하층 여성들을 다루는, 선이 굵은 작품을 썼다. 「인간 문제」가 대표작이다.

　강경애의 이 수필은 섬세하다. 어린 소녀가 어른으로 성장하는 한 지점을 날카롭게 붙잡고 이를 아름답게 그려 낸다. 뚜렷한 줄거리도 없고 주제도 선명하지 않다. 그럼에도 이 수필에는 더 큰 세계로 나가고자 하는 어린 소녀의 마음속 깊은 출렁거림이 잘 담겨 있다.

　누구에게나 '내 인생의 한순간'이라고 부를 만한 시기가 있다. 그 순간은 겉으로 드러나는 것일 수도, 호수에 던져진 돌처럼 마음속에 새겨진 동심원일 수도 있다. 이 수필이 붙잡고 있는 순간은, 마음에 일어난 동요다. '어떻게 살까? 이렇게 살 수만은 없다!'는 생각의 씨앗이 싹트는 순간이다. 이 순간이 시가 되고 글이 된 것이다.

 활 동

1. 이 작품의 문체적 특성은 무엇인가?
2. 이 작품의 주제를 압축적으로 설명해 주는 문장은 무엇인가?
3. 2와 같이 생각하게 된 계기는 무엇인가? 그것이 계기가 되는 까닭은 무엇인가?

푸를 청! 봄 춘!
박민규

청춘은 갔다, 라고 그날의 일기에 썼던 것 같다. 아마도 서른이 되던 해의 어느 봄날이었을 것이다. 그만 이십 대를 넘겨 버린 또래의 친구들도 마찬가지였다. 한잔 술에, 혹은 한 곡의 노래에 가 버린 청춘을 되새기고 되씹고 했다. 첫사랑을 떠올리며 한 잔, 듣고 들었던 군대 얘기에 다시 또 한 잔, 지나고 보니 시시한 일화들과, 지나고 나도 그리운 몇 곡의 유행가들. 덧없이 가 버린 봄날의 그림자처럼 어느덧 하늘은 어두워져 있었다. 전철을 타고 택시를 타고 상계동으로 망원동으로 더러는 일산과 죽전으로 친구들이 사라지고, 그날 그 어두운 골목길에 나는 홀로 서 있었다. 봄비를 맞으며 우두커니, 바람에 떠밀려 어디론가. 어느새 인생은 날짜가 지난 스포츠 신문 같은 것이 되어 있었다. 그런, 느낌이었다.

"대리님, 요즘 이상해요."

어느 날 회사의 여직원으로부터 그런 얘기를 들었다. 이상한 봄이었다. 그런 여직원은 그런 여직원이고, 근무 태도가 갑자기 좋아졌다며 부장은 칭찬을 아끼지 않았다.

"부쩍 말수가 줄었네?"

거래처의 과장에게선 그런 질문을 받았고, 간만에 만난 대학 선배는 "자식 여전하구나."라며 어깨를 툭툭 쳤다. 아닌 게 아니라 그런 기분이었다.

나는 조금 이상했고, 갑자기 근무 태도가 좋아졌으며, 말수가 줄고, 그러면서도 여전히 여전한 기분이었다. 모쪼록, 청춘이 끝난 인간의 모습은 그런 것이었다. 잘 가라, 내 청춘.

그렇게 청춘은 가 버렸다고, 나는 생각했다. 나는 더 이상 주말 프로 야구 경기의 결과에 연연하지 않았고, 어지간한 일에도 화가 나지 않았으며, 뭔가 한풀 꺾인 느낌이었다. 나도 한번 가져 볼까라는 생각으로 주택 청약 통장을 마련했으며, 쉬쉬할 줄 알고, 묵묵히 혼자서 맥주를 마시는 일이 잦아졌고, 다음 차는 자리가 비지 않을까 전철을 떠나보내던 습관이 사라졌으며, 어떤 때는 종교를 한번 가져 볼까 싶기도 했다. 기스면 같은 걸 다 주문해 보기도 하고, 언제부터인가 자장면이란 게 참 먹기가 싫고 그랬다. 사는 게 그렇고 그렇다는 생각이 종종 들었고, 드라마 같은 걸 보지 않게 되었으며, 어느 날 문득 어린아이로부터 아저씨라는 소리를 듣고도 가만히 있는 인간이 되었다.

"아저씨!"

"왜?"

"아저씨는 몇 살이에요?"

"서른…… 아니, 스물아홉인데."

"와, 나이 딥따 많다."

그리고 십 년의 세월이 흘렀다. 나는 결혼을 했고, 아저씨(이 얼마나 사치스러운 단어인가.)는 고사하고 아버지가 되었으며, 어느 날 문득 직장을 그만두고 작가라 불리는 인간이 되었다. 삶은 쏜살처럼 지나가고, 그러나 하루하루는 더디고 더뎠으며, 아스라이, 차창을 스치는 풍경처럼 지나가는 갈, 봄, 여름. 갈, 봄, 여름 없이 꽃이 피네, 산에는, 저 산에는 꽃이 피지만, 그런 느닷없는 꽃들의 출몰에도 무덤덤한, 그런 인간이 되어 있었다. 마흔이라니. 아아, 과연 나는.

아아, 과연 그래서 나는 아들의 손을 잡고 들판을 찾았다. 작은 개천이 흐르는, 개나리가 무더기로 쓰러져 있고, 그 위로 구름 몇 점 떠가는, 집에서 가까운 한적한 들판이었다. 어린 새싹도, 봄볕의 반짝임도, 몇 점 나비와 자전거를 탄 아이들도 모두가 봄에 합당한 존재들이었다. 주위를 둘러보니 봄과 상관없는 것은 오로지 나뿐이었다. 정말이지 봄볕 아래서, 그래서 나는 외롭고 외로웠다. 마흔 살이란 나이는 봄의 수면(水面) 위에 고립된 끈적한 기름방울과도 같은 것이었다.

"아빠, 기분 좋지?"

"그래…… 그래."

그래서 십 년 만에, 나는 또 한 번 지나간 청춘을 떠올리게 되었다. 그래…… 그래, 내게도 청춘이 있었지. 청춘이…… 있었던가? 그러니까 그 옛날, 마치 백악기나 중생대 같은, 그러니까 이억, 이천오백만 년 전?

문득, 그러나 실로 한 번도 청춘을 보낸 적이 없음을, 마흔 살의 봄볕 속에서 나는 깨달았다. 묘한 기분이었다. 이럴 수가! 실은 내게 단 한 번도 청춘이 없었다니. 어떤 화석도 나오지 않는 중생대의 지층처럼, 돌이켜 보니 내가 믿어 온 청춘의 지층이란 그야말로 텅 빈 것이었다. 단언컨대 우리에게 청춘은 없었다. 쓸쓸한 얘기지만 나도 당신도, 아니 대부분의 한국인은 청춘을 가져 본 적이 없다. 단지 잠깐, 주민 등록증에 찍힌 젊은 나이와 젊은 육체를 지녔을 뿐이었다.

변함없는 우리의 화두는 실은 언제나 '먹고사는 것'이었다. 너무 쉽게, 또 당연하게 학교와 집, 학원과 집을 오가고 입시와 취직, 재테크와 내 집 마련으로 젊음을 다 보내 버린다. 그리고 착각하는 것이다. 내게도 청춘이 있었다고, 우리의 청춘은 이제 지나갔다고. 그러니까 사천만 명 정도의 청춘에 대한 착각!

단지 젊다는 이유로 청춘을 살고 있는 것은 아니다. 청춘은 그보다 근사하고 멋진 단어이며, 실은 젊음과는 무관한 삶의 특수한 지층이다. 청춘은 갔다고 외치는 한국인의 모습은 그래서 흡사 봄이 가 버렸다고 외치는 에스키모와 다를 바 없다. 봄이 온 적도 없는 곳에서, 봄이 뭔지도 모르는 늙은 에스키모처럼, 그 들판에서 나는 망연자실한 기분이었다.

그날 밤 간만에 아내와 함께 맥주잔을 기울였다. 남아 있는 인생처럼, 가려진 반달이 걸려 있는 푸른 봄밤이었다.

"여보, 나 말이야…… 언제고 꼭 한번 '청춘'을 살고 싶어."

"좋도록…… 하세요."

나이를 먹는 건 그래서 근사한 일이란 생각이 비로소 들었다. 마흔이 되기 전에는, 그러니까 그것을 '청춘'이라 믿었으니까. 아직 누구에게도 청춘은 오지 않았다. 그것은 나이와 육체와 무관하고, 먹고사는 일과도 무관하다. 저 연두의 새싹처럼 용감하고, 무모하고, 에너지가 충만한 어떤 것이다. 비로소 푸르고 아름다운 인생의 특수한 지층일 것이다.

청춘은 아직 오지 않았다. 이 얼마나 기쁜 일인가. 열심히 열심히, 이제 청춘을 준비할 생각이다. 저 반달을 기울게 할 것인가 차게 할 것인가. 당신의 청춘이 끝났다면 할 말 없는 문제겠지만, 감히 말하건대 시건방 떨지 마라. 청춘은 아직 오지도 않았다. 이를테면 저, 푸를 청, 봄 춘! ⊛

작 품 이 해

　박민규는 소설가다. 「핑퐁」이나 「삼미 슈퍼스타즈의 마지막 팬클럽」과 같은 새로운 경향의 소설을 쓴다. 기존의 소설 문법과는 달리 자유분방한 상상력을 바탕으로 주변으로 밀려난 이들에 대한 따뜻한 시선과, 경쟁으로 가득 찬 오늘날의 사회에 대한 신랄한 풍자를 선보인다.

　이와 같은 작가의 지향은 장르를 달리하는 이 수필에서도 잘 나타난다. 작가는 청춘이 이미 지나가 버렸음을 자각하는 것으로 글을 시작한다. 청춘이 지나간 인생은 마치 '날짜가 지난 스포츠 신문 같은 것'이라고 말한다. 삶에서 열정과 혈기가 빠지는 것이다. 그리고 그 빈자리에는 주택 청약 통장이나 종교와 같은 현실적이거나 초월적인 것이 자리 잡는다. 심지어 '아저씨'라는 소리를 듣기에 이른다. 어느새 마흔의, 더는 청춘이랄 수 없는 나이가 되고 만 것이다.

　그러나 작가는 자신에게 청춘이 단 한 번도 없었음을 깨닫는다. 게다가 이 경험이 단순히 개인적인 것이 아니라, 한국 사회를 살아가는 모든 한국 사람에게 청춘이 없었다는 생각에 이른다. '젊은 나이'와 '젊은 육체'를 가졌을 뿐, 청춘이란 그 뜨거움에 값하는 내용을 도무지 갖지 못했다는 것이다. '먹고사는 일'에 매달린 나머지 젊음을 다 보냈을 뿐이라는 것이다.

　청춘은 젊음 그 자체가 아니라 삶의 특수한 지층, 곧 '연두의 새싹처럼 용감하고, 무모하고, 에너지가 충만한 어떤 것'이란 결론에 도달한다. 이제 작가는 청춘을 맞이할 준비로 달떠 간다.

　이 글에서도 작가의 개성은 유감없이 드러난다. 무엇보다 세계를 바라보는 관점이 다르다. 청춘을 나이의 문제가 아니라 삶의 자세와 연결하기 때문이다. 물론 이와 같은 관점이 전혀 새로운 것은 아니다. 나이는 다만 숫자에 불과하며, 마음먹기에 달렸다는 주장은 누구나 할 수 있다. 그러나 박민규의 수필이 다른 것은 한국 사람 모두에게 청춘이 없었다는 인식이다. 입시와 취업에 사로잡힌 채, '용감하고, 무모하고, 에너지가 충만한 어떤 것'을 결코 가지지 못했다는 것이다. 따라서 우리 모두에게 청춘은 여전히 미래이며, 만들어 가야 할 그 무엇이라는 것이다.

 활 동

1. 이 글의 제목을 '푸를 청! 봄 춘!'으로 한 까닭은 무엇인가?
2. 한국인이 청춘을 누리지 못하는 이유를 글쓴이는 무엇이라고 말하는가?
3. 이 글의 개성적인 특성을 주제와 연결하여 말해 보자.

• 다음 글을 읽고 「푸를 청! 봄 춘!」과 비교하여 공통점과 차이점을 말해 보자.

청춘 예찬
민태원

청춘! 이는 듣기만 하여도 가슴이 설레는 말이다. 청춘! 너의 두 손을 가슴에 대고, 물방아 같은 심장의 고동을 들어 보라. 청춘의 피는 끓는다. 끓는 피에 뛰노는 심장은 거선(巨船)의 기관과 같이 힘 있다. 이것이다. 인류의 역사를 꾸며 내려온 동력은 바로 이것이다. 이성은 투명하되 얼음과 같으며, 지혜는 날카로우나 갑 속에 든 칼이다. 청춘의 끓는 피가 아니더면 인간이 얼마나 쓸쓸하랴? 얼음에 싸인 만물은 죽음이 있을 뿐이다.

그들에게 생명을 불어넣는 것은 따뜻한 봄바람이다. 풀밭에서 속잎 나고, 가지에 싹이 트고, 꽃 피고 새 우는 봄날의 천지는 얼마나 기쁘며, 얼마나 아름다우냐? 이것을 얼음 속에서 불러내는 것이 따뜻한 봄바람이다. 인생에 따뜻한 봄바람을 불어 보내는 것은 청춘의 끓는 피다. 청춘의 피가 뜨거운지라, 인간의 동산에는 사랑의 풀이 돋고, 이상의 꽃이 피고, 희망의 노을이 뜨고, 열락(悅樂)의 새가 운다.

사랑의 풀이 없으면 인간은 사막이다. 오아시스도 없는 사막이다. 보이는 끝까지 찾아다녀도, 목숨이 있는 때까지 방황하여도, 보이는 것은 거친 모래뿐일 것이다. 이상의 꽃이 없으면, 쓸쓸한 인간에 남는 것은 영락(零落)과 부패뿐이다. 낙원을 장식하는 천자만홍(千紫萬紅)이 어디 있으며, 인생을 풍부하게 하는 온갖 과실이 어디 있으랴?

이상! 우리의 청춘이 가장 많이 품고 있는 이상! 이것이야말로 무한한 가치를 가진 것이다. 사람은 크고 작고 간에 이상이 있음으로써 용감하고 굳세게 살 수 있는 것이다. 석가는 무엇을 위하여 설산(雪山)에서 고행을 하였으며, 예수는 무엇을 위하여 광야에서 방황하였으며, 공자는 무엇을 위하여 천하를 철환(轍環)하였는가? 밥을 위하여서, 옷을 위하여서, 미인을 구하기 위하여서 그리하였는가? 아니다. 그들은 커다란 이상, 곧 만천하의 대중을 품에 안고, 그들에게 밝은 길을 찾아 주며, 그들을 행복스럽고 평화스러운 곳으로 인도하겠다는 커다란 이상을 품었기 때문이다. 그러므로 그들은 길지 아니한 목숨을 사는가시피 살았으며, 그들의 그림자는 천고에 사라지지 않는 것이다. 이것은 현저하게 일월과 같은 예가 되려니와, 그와 같지 못하다 할지라도 창공에 반짝이는 뭇별과 같이, 산야에 피어나는 군영(群英)과 같이, 이상은 실로 인간의 부패를 방지하는 소금이라 할지니, 인생에 가치를 주는 원질(原質)이 되는 것이다.

이상! 빛나는 귀중한 이상, 그것은 청춘이 누리는바 특권이다. 그들은 순진한지라 감동하기 쉽고, 그들은 점염(點染)이 적은지라 죄악에 병들지 아니하였고, 그들은 앞이 긴지라 착목(着目)하는 곳이 원대하고, 그들은 피가 더운지라 실현에 대한 자신과 용기가 있다. 그러므로 그들은 이상의 보배를 능히 품으며, 그들의 이상은 아름답고 소담스러운 열매를 맺어, 우리 인생을 풍부하게 하는 것이다.

보라, 청춘을! 그들의 몸이 얼마나 튼튼하며, 그들의 피부가 얼마나 생생하며, 그들의 눈에 무엇이 타오르고 있는가? 우리의 눈이 그것을 보는 때

천자만홍(千紫萬紅) 울긋불긋한 여러 가지 꽃의 빛깔. 또는 그런 빛깔의 꽃.
철환(轍環) 수레를 타고 돌아다님.
군영(群英) 여러 가지 꽃.
점염(點染) 조금씩 물듦.
착목(着目) 어떤 일을 주의하여 봄. 또는 어떤 문제를 해결하기 위한 실마리를 잡음. '눈여겨봄', '실마리를 얻음'으로 순화.

에, 우리의 귀는 생의 찬미(讚美)를 듣는다. 그것은 웅대한 관현악이며, 미묘(微妙)한 교향악(交響樂)이다. 뼈끝에 스며 들어가는 열락의 소리다.

이것은 피어나기 전인 유소년에게서 구하지 못할 바이며, 시들어 가는 노년에게서 구하지 못할 바이며, 오직 우리 청춘에서만 구할 수 있는 것이다.

청춘은 인생의 황금시대다. 우리는 이 황금시대의 가치를 충분히 발휘하기 위하여, 이 황금시대를 영원히 붙잡아 두기 위하여, 힘차게 노래하며 힘차게 약동하자!

아름다운 흉터
이청준

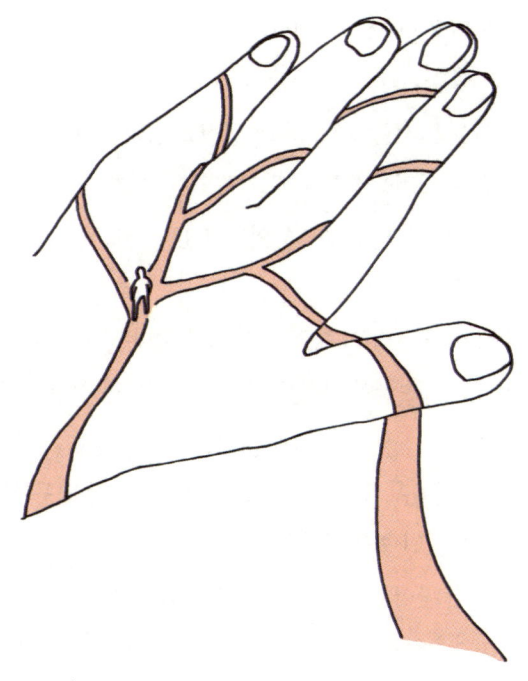

읽 기 전 에

1. 남의 눈에 띄는 몸의 흉터가 있는가?

2. 나의 단점이 오히려 장점이 되었던 경험이 있는가?

나의 두 손등과 손가락들에는 세 종류의 흉터가 선명하게 남아 있다.

초등학교 1학년 때 첫 소풍을 가기 전날 오후 마음이 들뜨다 못해 토방 아래에 엎드려 있는 누렁이 놈의 목을 졸라 대다 졸지에 숨이 막힌 녀석이 내 왼손을 덥석 물어뜯어 생긴 세 개의 개 이빨 자국 세트가 하나. 역시 초등학교 5학년 때쯤 남의 산으로 나무를 하러 갔다가 조급한 도둑 톱질 끝에 내 쪽으로 쓰러져 오는 나무둥치를 피하려다 마른 가지 끝에 손등을 찍혀 생긴 기다란 상처 자국이 그 둘. 고등학교에 다닐 때까지 방학이 되면 고향 집으로 내려가 논밭걷이와 푸나무를 하러 다니며 낫질을 실수할 때마다 왼손 검지와 장지 손가락 겉쪽에 하나씩 더해진 낫 상처 자국이 나중엔 이리저리 이어지고 뒤얽히며 풀려 흐트러진 실타래의 형국을 이루고 있는 것이 그 세 번째 흉터의 꼴이다.

그런데 나는 시골에서 광주로 중학교 진학을 나오면서부터 한동안 그 흉터들이 큰 부끄러움거리가 되고 있었다. 도회지 아이들의 희고 깨끗하고 부드러운 손에 비해 일로 거칠어지고 흉터까지 낭자한 그 남루하고 못생긴 내 손 꼴새라니.

그러나 그 후 세월이 흘러 직장 일을 다니는 청년기가 되었을 때 그 흉터들과 볼품없는 손꼴이 거꾸로 아름답고 떳떳한 사랑과 은근한 자랑거리로 변해 갔다.

"아무개 씨도 무척 어려운 시절을 힘차게 살아 냈구만. 나는 그 흉터들이 어떻게 생긴 것인 줄을 알지."

직장의 한 나이 든 선배님이 어떤 자리에서 내 손등의 흉터를 보고 그의 소중스런 마음속 비밀을 건네주듯 자신의 손을 내게 가만히 내밀어 보였을 때, 그리고 그 손등에 나보다도 더 많은 상처 자국들이 수놓여 있는 것을 보았을 때부터였다.

그렇다. 그 흉터와, 흉터 많은 손꼴은 내 어려웠던 어린 시절의 모습이요, 그것을 힘들게 참고 이겨 낸 떳떳하고 자랑스런 내 삶의 한 기록일 수 있었다. 그 나이 든 선배님의 경우처럼, 우리 누구나가 눈에 보이게든 안 보이게든 삶의 쓰라린 상처들을 겪어 가며 그 흉터를 지니고 살아가게 마련이요, 어떤 뜻에선 그 상처의 흔적이야말로 우리 삶의 매우 단단한 마디요 숨은 값이라 할 수도 있을 것이기 때문이다.

그렇다면, 그것은 오직 나만의 자랑이나 내세움거리로 삼을 수는 없으리라. 그것은 오히려 우리 누구나가 자신의 삶을 늘 겸손하게 되돌아보고, 참삶의 뜻과 값이 무엇인가를 새롭게 비춰 보는 거울로 삼음이 더 뜻있는 일일 것이다.

이런 생각 속에서도 때로 아쉽게 여겨지는 일은 요즘 사람들 가운데엔 작은 상처나 흉터 하나 지니지 않으려 함은 물론, 남의 아픈 상처 또는 거기 숨은 뜻이나 값을 한 대목도 읽어 주지 못하는 이들이 흔해 빠진 형상이다.

아무쪼록 자기 흉터엔 겸손한 긍지를, 남의 흉터엔 위로와 경의를, 그리고 흉터 많은 우리 삶엔 사랑의 찬가를 함께할 수 있기를! ⊕

토방(土房) 방에 들어가는 문 앞에 좀 높이 평평하게 다진 흙바닥. 여기에 쪽마루를 놓기도 한다.
푸나무 풀과 나무.

작 품 이 해

「아름다운 흉터」는 얼마 전 작고한 소설가 이청준의 수필 작품이다. 이 청준은 「당신들의 천국」과 같은 작품에서는 철학적인 질문을, 「선학동 나 그네」와 같은 작품에서는 토속적인 민족적 정서를 뛰어나게 그려 낸 작가 이다.

이 수필 「아름다운 흉터」에서도 이청준 특유의 성찰이 돋보인다. 먼저 작가는 자신의 손에 있는 세 종류의 흉터를 말한다. 그 흉터들은 모두 어린 시절 실수로, 혹은 거친 노동으로 만들어진 것들이다. 아직은 어린 중학교 시절, 작가는 자신의 손에 남겨진 흉터를 부끄러워한다.

그러나 청년기에 들어 작가는 흉터의 의미를 새롭게 규정한다. '어려운 시절을 힘차게 살아온' 생생한 징표로 받아들이게 된 것이다. 그것은 직장 의 한 나이 든 선배의 손에 있는 더 많은 흉터 자국과 그의 말 때문이다. 이 흉터들에서 작가는 누구나 늘 자신의 삶을 겸손한 긍지를 지니고 들여다볼 수 있는 계기로 삼아야 하며, 타인의 삶을 위로와 경의로 바라보아야 함을 이끌어 낸다.

이청준의 수필은 단계를 밟아 가며, 생각을 밀어 가는 힘이 있다. 부끄러 웠던 기억이 자랑스럽게 변모할 뿐 아니라, 이로부터 삶 전반을 보는 철학 으로 이끌어 간다. 덧붙여 자신은 물론 타인의 상처에까지 생각을 넓힌다. 더욱이 오늘날의 세태를 비판적으로 살피는 것도 빼놓지 않으며, '자기 흉 터엔 겸손한 긍지를, 남의 흉터엔 위로와 경의를'이란 간명한 명제로 요약 함으로써 압축적으로 생각을 펼쳐 보인다.

수필의 개성은 곧 어디에서 소재를 이끌어 내며, 그 소재로부터 어떤 성 찰에 도달하는지가 중요한 법이다. 자신의 손에 난 흉터, 뿐만 아니라 누구 나 어딘가에 지니고 있는 흉터를 통해 삶에 대한 진지한 성찰을 이끌어 내

는 이청준의 수필 역시 수필의 본질에 값하며, 지극히 개성적이기도 한 것
이다.

 활 동

1. 손에 흉터가 생긴 까닭은 각각 무엇인가?
   • 첫 번째 흉터 :
   • 두 번째 흉터 :
   • 세 번째 흉터 :
2. '흉터'를 다시 보게 된 계기는 무엇인가?
3. 이 수필의 개성은 어디에서 드러나는가?

다락
강은교

1. 이 세상에서 숨고 싶을 때, 내가 숨어드는 곳은 어디인가?

2. 삶이 변화함으로써 안타깝게 사라져 가는 것은 무엇이라고 생각하는가?

예전엔 집집마다 다락들이 있었다. 하긴 지금도 한옥이라든가 하는 집들엔 다락이 있겠지만 양옥 혹은 아파트가 주거 생활의 많은 부분을 차지하고, 도시가 점점 위로 솟아만 가는 동안 옆으로 푸근하게 펼쳐 앉았던 한옥들은 어느새 사라졌고 그 속 가장 깊은 곳에 있던 다락들도 사라져 갔다.

그때 다락 속의 어둠에선 향내가 났었다. 그것은 무수한 것들을 '품던 공간'의 향내이기도 했다. 그건 좀 해지고 허접스러운, 그러나 가장 우리의 삶에 가까운 것들에게서 풍기는 향내—다락엔 무엇인가 보여 주고 싶지 않은 그 집의 비밀스러운 것들이 많이 있었으니까—이기도 했다.

'품는다'는 것이야말로 모든 집의 출발점이다. 거기서부터 사람들은 자기들이 어느 곳에선가 보호받고 있음을 느낀다. 그 '보호소'에서 어둡고 천장이 낮은 그리고 가장 깊숙한 곳에 자리 잡았던 다락. 그 안온함은 마치 생명이 품어지는 자궁과도 같다고나 할는지. 그뿐만 아니라 사람들에겐 간혹 자기의 삶을 숨기고 홀로 충만한 존재감을 느끼고 싶은 '구석'이라는 공간이 필요한 법인데, 다락은 이런 역할을 충분히 하는 것이었다고 생각한다.

하긴 다락의 내음을 향기라고 표현하는 것에 반발하는 사람도 있으리라. 거기선 오랫동안 방치된 어둠 속으로부터 혹은 낡고 곰팡이 낀 것들로부터 풍기는 음습한 습기 같은 것이 다락에 들어가는 이의 살을 건드려 움츠리게 한다고 말이다. 그러나 다락의 그 음습함을 음습함으로만 돌릴 수는 없다. 거기엔 곰삭은 것들에게서만 풍기는 향내, 어떤 이에게는 악취로밖에 생각되지 않는 것을 어떤 이들은 기가 막힌, 아무 데서도 맡을 수 없는 향내로 인식하는 어떤 젓갈의 냄새와도 같은 향기를 풍긴다.

어린 시절 우리 집엔 다락이 안방에 붙어 있었다. 사다리처럼 높은 곳에 달린 문을 열고, 기어 올라가야 하는 다락, 나는 거기서 많은 것들을 찾아내곤 하였다. 온갖 귀한 것들이 거기 있었다. 아버지가 돌아가신 다음엔 다락

곰삭다 젓갈 따위가 오래되어서 푹 삭다.

을 정리하던 끝에 아버지의 새 모자가 거기서 나오기도 했다. 반짝반짝 윤이 나는, 첨 보는 회색 중절모였다. 아까워서 한 번도 쓰시지 않으셨던 것이다.

"한 번 써 보시지도 못하고……."

어머니는 살그머니 눈물을 훔치셨다. 우리들이 함부로 못 꺼내게 감춰 놓은 수밀도 캔도 있었다. 하긴 '복숭아 깡통'이라고 해야 그 시절의 기분이 난다. 그때 '복숭아 깡통'이 준 거부의 경험 때문에 결혼하자마자 내 돈으로 맨 처음 실컷 사 먹은 것이 그것이었다. 그런가 하면 아주 낡은 사진첩도 있었다. 어느 날 다락 속으로 올라가 잔뜩 몸을 웅크리고 그 사진첩을 넘기니, 어머니와 아버지의 젊은 시절의 사진이 있었다. 두 분이 어떤 바위 앞에서 찍은 사진이었다. 어머니와 아버지에게도 이런 시절이 있으셨나 내심 어둠에 뒤통수라도 한 대 맞은 듯 놀라면서 사진첩을 넘겼던 기억이 난다.

또 이런 일도 생각난다. 어느 날 나는 가족들로부터 깊은 소외감을 느끼고 다락에 숨었다. 다락의 어두운 한구석에 웅크리고 앉아 나를 찾아 집의 이곳저곳을 살피는 식구들의 발걸음 소리를 들었다. 드디어 어머니에게 들켜 화가 나신 어머니의 손을 잡으며 다락에서 끌어 내려질 때 나는 세상에서 가장 다정한 힘을 경험했다. 아, 그것이야말로 다정함이다. '버려지지 않았다'는 안도감이 나의 숨에서는 그대로 흘러나왔다.

그 집의 가장 깊은 곳에 있으며 그 집의 많은 비밀을 품고 있기 마련인 다락은 집의 혼이다. 집의 구석에 달린 심장이다. 그것이 두근거릴 때 그 집에 살고 있는 이들은 모두 가슴이 두근거린다.

요즘의 아파트들은 그 깊은 자궁, 다락을 잃어버린 셈이다. 아파트의 집들을 방문하면 실은 우리는 그 집의 나신(裸身)과 만난다. 없어진 문패라는 것에서부터 시작하여 문을 열고 들어서면 바로 그 집 사람들이 사는 벌거벗은 공간과 한 치의 가림도 없이 맞닥뜨리는 것이다. 옛날 마당을 지나 댓돌을 밟고 올라서야 했던 그런 휴지기(休止期)가 없이 곧바로 그 집의 내부와 부딪히는 것이다. 하긴 아파트에도 다락과 같은 역할을 일정 부분 한다고 할 수 있는 다용도실이 있긴 하지만, '구석'이라는 것이 없이 온몸을 일시에 노출하기 마련인 아파트의 다용도실과 다락을 어떻게 비견(比肩)하랴.

이제 한 해도 저물어 간다. 우리의 이 생명이라는 다락 앞에서, 생명의 자궁인 다락 앞에서, 잠시 합장하고 뒤를 돌아봐야 하는 시점이다. ⑩

비견(比肩)하다 낫고 못할 것이 없이 정도가 서로 비슷하게 하다. 앞서거나 뒤서지 않고 어깨를 나란히 한다는 뜻에서 나온 말이다.

작 품   이 해

작 품   이 해

집은 건축물이다. 그러나 우리가 집을 짓고 집에서 사는 것은 건물이 아니라 그 건물이 만들어 내는 공간 때문이다. 집은 곧 사람들이 사는 공간이다. 그리고 그 공간에는 삶이 담겨 있다. 모두 균일한 성냥갑 같은 아파트가 지배적인 삶의 공간이 된 오늘날, 삶 또한 균질적으로 변해 버렸다.

강은교는 그 가운데 다락에 주목한다. 그는 먼저 다락을 '향내'로 파악한다. 그것은 비밀스러운 것들을 품던 공간이 담고 있는 향기이다. 더러는 다락의 향내를 '어둠 속으로부터 혹은 낡고 곰팡이 낀 것들로부터 풍기는 음습한 습기'라고 하는데, 강은교는 곰삭은 '젓갈의 냄새와도 같은 향기'라고 주장한다. 그리고 다락은 사람들을 '품어 주는' 깊고 안온한 공간이기도 하다. 강은교는 이 다락의 안온함을 '생명이 품어지는 자궁'에 비유한다.

이어서 어린 시절 집에 있던 다락의 경험을 불러낸다. 거기서 나온 '중절모', '수밀도 캔', '사진첩' 등 추억이 매달린 물건들과 함께 가족들로부터 소외감을 느끼고 숨어든 다락에서 어머니의 손에 이끌려 내려올 때 느끼던 안도감 등이 모두 다락이 있었기에 가능한 일이다.

강은교는 다락의 의미를 다음과 같이 요약한다. "그 집의 가장 깊은 곳에 있으며 그 집의 많은 비밀을 품고 있기 마련인 다락은 집의 혼이다. 집의 구석에 달린 심장이다. 그것이 두근거릴 때 그 집에 살고 있는 이들은 모두 가슴이 두근거린다."고 시인답게 시적 이미지를 달아 준다.

그런데 안타깝게도 지금은 다락이 귀하다. 모두의 가슴에서 다락이 잊혀 간다. 현관문을 열면 바로 벌거벗은 거실과 방이 보이는 아파트들이 '구석'을 없애 버린 까닭이다. 이제 다락을 생각하며 저물어 가는 한 해를 되돌아보아야 하는 시점이라고 함으로써 글은 끝을 맺는다.

다락이라는 사라져 가는 공간을 통해 구석의 의미를 다시금 되돌아보게
만드는 시인의 개성이 잘 드러나는 수필이다.

 활 동

1. '다락'이 상징하는 것은 무엇인가?
2. '다락'이 '집의 심장', '집의 혼'인 까닭은 무엇인가?
3. 이 글을 통해 알 수 있는 글쓴이의 가치관은 어떠한가?

강물의 끝과 바다의 시작을
바라보기 바랍니다
-철산리의 강과 바다
신영복

1. '강'과 '바다'의 상징적 의미가 각각 무엇인지 생각해 보자.
2. 수필에서 경어체를 사용하면 어떤 효과가 있는지 생각해 보자.

당신은 바다보다는 강을 더 좋아한다고 하였습니다. 강물은 지향하는 목표가 있는 반면 바다는 지향점을 잃은 물이라는 것이 그 이유였습니다.

오늘 한강 하구(河口)에 서서 당신의 강물을 생각합니다. 그렇습니다. 강물은 목표를 향하여 끊임없이 나아가는 물임에 틀림없습니다. 골짜기와 들판을 지나 바다에 이르기까지 참으로 숱한 역사를 쌓아 가는 살아 있는 물입니다. 절벽을 만나면 폭포가 되어 뛰어내리고 댐에 갇히면 뒷물을 기다려 다시 쏟아져 내리는 치열한 물입니다. 이처럼 치열한 강물과는 달리 바다는 더 이상 어디로 나아가지 않는 물입니다. 바다로 나와 버린 물은 아마 모든 의지가 사라져 버린 물의 끝인지도 모릅니다.

나는 당신에게 보내는 마지막 엽서를 들고 먼저 한강과 임진강이 만나는 통일 전망대를 찾아왔습니다. 태백산에서 시작하여 굽이굽이 천 리 길을 이어 온 한강과 마식령 산맥에서부터 오백 리 길을 흘러온 임진강이 서슴없이 서로 몸을 섞으며 바다로 향하고 있었습니다.

나는 다시 물길을 따라 강화도의 월곶리에 있는 연미정(燕尾亭)으로 왔습니다. 마침 밀물 때를 만난 서해의 바닷물이 강화 해협을 거슬러 이 두 물을 마중 나오고 있었습니다. 드넓은 강심에는 인적 없는 유도(流島)가 적막한 DMZ 속에서 잠들어 있고 기다림에 지친 정자가 녹음 속에 늙어 가고 있었습니다.

다시 강안(江岸)을 따라 강화의 북쪽 끝인 철산리(鐵山里) 언덕에 올랐습니다. 이곳은 멀리 개성의 송악산이 바라보이고 예성강 물이 다시 합수하는 곳입니다. 생각하면 이곳은 남쪽 땅을 흘러온 한강과 휴전선 철조망 사이를 흘러온 임진강 그리고 분단 조국의 북녘 땅을 흘러온 예성강이 만나는 곳입니다. 파란만장한 강물의 역사를 끝마치고 바야흐로 바다가 되는 곳입니다. 참으로 많은 것을 생각하게 하고 일깨우는 곳입니다. 멀리 유서 깊은 벽란도(碧瀾渡)의 푸른 솔이 세 강물을 배웅하고 있습니다.

나는 오늘 이곳 철산리에서 바다의 이야기를 당신에게 띄웁니다. 당신이 내게 강물을 생각하라고 하듯이 나는 당신에게 바다의 이야기를 담아 엽서를 띄웁니다. 바다로 나온 물은 이제 한강도 임진강도 예성강도 아닌 바다일 뿐입니다. 드넓은 하늘과 그 하늘의 푸름을 안고 있는 평화로운 세계일 뿐입니다.

나는 당신이 강물을 사랑하는 까닭을 모르지 않습니다. 그러나 생각하면 강물은 고난의 시절입니다. 강물은 목표를 향해 달리는 물이되 엎어지고 갇히고 찢어지는 고난의 세월을 살아갑니다. 우리의 역사에서도 한강과 임진강, 예성강 유역은 삼국이 서로 창검을 겨누고 수없이 싸웠던 전장(戰場)입니다. 지금도 임진강은 휴전선 철조망에 옆구리를 할퀴인 몸으로 이곳에 당도하고 있습니다.

생각하면 강물의 시절은 이념과 사상과 이데올로기의 도도한 물결에 표류해 온 우리의 불행한 현대사를 보여 주고 있는지도 모릅니다. 인간의 존엄이 망각되고 겨레의 삶이 동강 난 채 증오와 불신을 키우며 우리의 소중한 역량을 헛되이 소모해 온 부끄러운 자화상을 보여 주고 있는지도 모릅니다.

그러나 이곳 철산리 앞바다에 이르러서는 암울한 강물의 시절도 그 고난의 장을 마감합니다. 당신의 말처럼 이제 더 이상 목표를 향하여 달리는 물이 아닙니다. 한마디로 바다가 됩니다. 달려야 할 목표가 없다기보다 달려야 할 필요가 없습니다. 이곳은 부질없었던 강물의 시절을 뉘우치는 각성의 자리이면서 이제는 드넓은 바다를 향하여 시야를 열어 나가는 조망의 자리이기도 합니다.

돌이켜 보면 강물의 치열함도 사실은 강물의 본성이 아니라고 생각됩니다. 험준한 계곡과 가파른 땅으로 인하여 그렇게 달려왔을 뿐입니다. 강물의 본성은 오히려 보다 낮은 곳을 지향하는 겸손과 평화인지도 모릅니다. 강물은 바다에 이르러 비로소 그 본성을 찾은 것이라 할 수 있습니다. 바다가 세상에서 가장 낮은 물이며 가장 평화로운 물이기 때문입니다.

바다는 가장 낮은 물이고 평화로운 물이지만 이제부터는 하늘로 오르는 도약의 출발점입니다. 자신의 의지와 자신의 목표를 회복하고 청천 하늘의 흰 구름으로 승화하는 평화의 세계입니다. 방법으로서의 평화가 아니라 최후의 목표로서의 평화입니다.

평화는 평등과 조화이며 평등과 조화는 갇혀 있는 우리의 이성과 역량을 해방하여 겨레의 자존(自尊)을 지키고 진정한 삶의 가치를 깨닫게 함으로써 자기(自己)의 이유(理由)로 걸어갈 수 있게 하는 자유(自由) 그 자체입니다. 당신에게 띄우는 마지막 엽서를 앞에 놓고 오랫동안 망설이다가 엽서 대신 파란 색종이 한 장을 띄우기로 하였습니다.

나는 당신이 언젠가 이곳에 서서 강물의 끝과 바다의 시작을 바라보기 바랍니다. 그리고 당신이 받은 색종이에 담긴 바다의 이야기를 읽어 주기를 바랍니다. 그동안 우리의 국토와 역사의 뒤안길을 걸어왔던 나의 작은 발길도 생각하면 바다로 향하는 강물의 여정이었는지도 모릅니다.

나는 마지막 엽서를 당신이 내게 띄울 몫으로 이곳에 남겨 두고 떠납니다. 강물이 바다에게 띄우는 이야기를 듣고 싶기 때문입니다. ⑯

작 품 이 해

    신영복 선생의 『나무야, 나무야』에 실린 글 가운데 한 편이다. 전체적으로 편지글의 형식을 띠고 있으며, 기행문의 성격 또한 갖추고 있다. 여정과 견문, 감상이 함께 포함된 것이 기행문의 특성이라고 할 때, 이 글은 몇몇 여정을 거쳐 철산리라는 특정한 지역에서 쓴 글임을 알 수 있다.

    선생의 글은 경어체를 사용함으로써 완곡하게 자신의 생각을 전달하는 효과를 얻고 있다. 글의 성격이 계몽적인 만큼 온화한 어조로 말하는 것이 더욱 적절하다는 판단 때문일 것이다. 이러한 어조와 함께 이 글은 '목표를 향하여 달리는 강'과 '지향점을 잃은 바다'라는 통념을 거부하며, 새로운 깨달음을 건네고자 한다.

    글은 먼저 '강'과 '바다'에 관한 '당신'의 문제 제기로부터 시작된다. 그리고 강이야말로 목표를 향하여 끊임없이 나아가는 물임을 승인한다. 이 관점으로 보면 바다는 그저 '모든 의지가 사라져 버린 물의 끝'일 것이다.

    그러나 선생은 계속 이어지는 여정을 기록하며 생각을 이어 간다. 그 여정은 다름 아닌 전쟁과 분단의 고통으로 점철된 통일 전망대와 연미정과 철산리로 이동하며, 거듭 강과 바다에 대한 생각을 이어 가다, 마침내 바다가 '물의 끝'이 아니라 '평화'임을 확인한다. 그렇다면 끊임없는 분쟁을 거듭한 강물이야말로 우리의 현대사와 다를 바 없는 부끄러운 역사이며, 바다는 오히려 '각성'과 '조망'의 자리라고 주장한다. 덧붙여 강물 역시 물의 본성으로 미루어 볼 때 가장 평화로운 바다를 향해 달려온 셈이라는 것이다. 끝으로 선생은 '도약'의 의미를 새로 더하면서 글을 끝맺는다.

    수필이 개성적인 성찰을 담고 있다면, 신영복 선생의 글은 깊은 사색이 길어 올린 빛나는 성찰을 유감없이 펼쳐 보인다는 점에서 수필의 본질에 가장 가까운 글이라 하겠다. 끊임없이 목표를 향해 달려가는 삶이 아닌 평화야말로 우리네의 이상이며, 강물과 바다는 이 상징을 명료하게 전달하고 있다.

 활 동

1. '당신'은 '강'과 '바다'를 어떻게 바라보고 있는가?
2. 글쓴이의 여정과 글의 주제는 어떤 관련이 있는가?
3. 글쓴이는 바다의 함축적인 의미를 무엇이라고 말하는가?

● 다음은 같은 작가의 「목수의 집 그림」이란 글이다. 두 글에 나타난 글쓴이의 개성적인
특성은 무엇인가?

목수의 집 그림
신영복

나와 같이 징역살이를 한 노인 목수 한 분이 있었습니다. 언젠가 그 노인
이 내게 무얼 설명하면서 땅바닥에 집을 그렸습니다. 그 그림에서 내가 받
은 충격은 잊을 수 없습니다. 집을 그리는 순서가 판이하였기 때문입니다.

지붕부터 그리는 우리들의 순서와는 거꾸로였습니다. 먼저 주춧돌을 그
린 다음, 기둥, 도리, 들보, 서까래, 지붕의 순서로 그렸습니다. 그가 집을
그리는 순서는 집을 짓는 순서였습니다. 일하는 사람의 그림이었습니다.

세상에서 지붕부터 지을 수 있는 집은 없습니다. 그럼에도 불구하고 지
붕부터 그려 온 나의 무심함이 부끄러웠습니다. 나의 서가(書架)가 한꺼번
에 무너지는 낭패감이었습니다. 나는 지금도 책을 읽다가 '건축'이라는 단
어를 만나면 한동안 그 노인의 얼굴을 상기합니다.

도리 서까래를 받치기 위하여 기둥 위에 건너지르는 나무.
들보 칸과 칸 사이의 두 기둥을 건너지르는 나무.

속는 자와 속이는 자
장영희

읽 기 전 에

1. 누군가에게 속았던 경험이 있는가? 있다면 무엇이었는가?

2. 나는 어떤 기준으로 사람을 분류하는가?

우리 조교가 며칠 전에 좀 황당한 일을 당했다고 한다. 길을 가는데 청년 하나가 좌판을 놓고 손목시계를 팔고 있었다. "예쁜 시계 하나에 오늘만 이천 원이요! 오늘만 이천 원!" 하는 소리에 동생 것까지 시계 두 개를 골랐다. 시계를 받아 들고 사천 원을 주자 청년은 눈을 크게 뜨고 이만 사천 원인데 왜 사천 원만 주느냐고 했다. 이천 원이라고 하지 않았느냐는 조교의 말에 청년은 당치 않은 소리 말라며, "오늘 만 이천 원이요."라고 했다는 것이었다.

분명히 '이천 원'이라고 힘주어 얘기하지 않았느냐고 따지는데 어디선가 갑자기 덩치가 큰 청년이 나타났고, 위협을 느낀 조교는 시계 두 개가 아닌 한 개를 사는 것으로 타협하고 만 이천 원을 주고 왔다고 했다. 기껏해야 삼사천 원 하는 시계를 꼼짝없이 만 이천 원 주고 산 셈이다.

19세기 영국 작가 찰스 램은 인간을 크게 두 가지 유형, '빚을 지는 자와 빚을 지지 않는 자'로 나누었지만, 내가 생각하기엔 '속는 자와 속지 않는 자'로 나누는 것도 괜찮을 듯싶다. 내 주변을 보면 좀 어수룩해서 무조건 남의 말을 믿고 잘 속아 넘어가는 사람이 있는가 하면 명석하고 눈치가 빨라 여간해서 잘 속아 넘어가지 않는, 완전히 변별되는 두 그룹이 있기 때문이다.

그렇게 따지면 나는 단연 전자 쪽에 속한다. 사람들이 무슨 말을 하면 나는 무조건 믿고 본다. 내 마음이 너무 순수해서 또는 말하는 사람의 뜻을 존중해서가 아니라 천성이 게으른 탓에 '저 말이 진짜일까 가짜일까.' 하고 머릿속으로 계산하는 것이 번거롭고 귀찮아 그냥 믿어 버린다. 그러다 보니 아주 사소한 일로 속임의 대상이 되거나 남의 의중을 제대로 간파하지 못해서 큰 실수를 하거나 때로는 우리 조교처럼 '사기'라는 것을 당하기도 한다.

지난주에는 퇴근하고 신촌 로터리 쪽으로 차를 모는데 연말이라 교통이 복잡한 가운데 승합차 하나가 다른 차들을 비집고 내 옆쪽으로 왔다. 조수석에 앉은 청년이 유리창을 내리고는 이렇게 말했다.

"아줌마, 비싼 굴비 그냥 드릴게요!"

'그냥'이라는 말에 귀가 번쩍 틔었다.

"우리는 신촌 ○○백화점 납품업체인데 오늘 물건들 내리다 보니 장부에 기록 안 된 것들이 있어서 그냥 가져가는 중이거든요. 우리는 필요 없는데 그래도 버리기 아까우니까 그냥 드릴게요."

나는 어머니가 신정 때 아버지 차례 상에 놓을 굴비가 필요하다는 말씀을 하신 것이 기억났다.

"굴비요? 공짜라고요?"

머뭇거리는 나를 청년은 길옆 쪽으로 안내하고는 큰 나무 상자에 든 굴비 세트를 가져왔다. 아닌 게 아니라 굴비 열 마리가 나무 상자에 아주 고급스럽게 포장되어 있었다.

"원래 백화점에서 칠십팔만 원짜리인데 도로 회사에 갖다 준다고 해서 칭찬받을 것도 아니고, 그냥 담뱃값만 받고 넘기려고요."

청년은 한 세트에 팔만 원만 받겠다고 했다. 공짜로 준다더니 왜 딴말하느냐는 나의 말에 그는 "진짜 가격의 십 퍼센트도 안 되는데 공짜나 다름없죠. 아줌마 일확천금하는 거예요!"라고 하는 것이었다.

결국 나는 굴비 두 세트를 십오만 원에 깎아 '싸게' 샀고, 그야말로 일확천금이라도 한 듯, 의기양양하게 어머니에게 갖다 드렸다. 그러나 웬만해서는 '속지 않는' 부류에 속하는 우리 어머니는 그 굴비를 보자마자 그건 '굴비'가 아니라 중국산 '부세'이며, 마리당 사오백 원도 안 한다고 하셨다.

굴비가 암만 비싸도 열 마리에 칠십팔만 원이라는 말을 믿었던 나도 한심하지만, 지금 생각해도 모를 일은 그 청년들이 신촌 로터리의 하고많은 차 중에서 왜 하필이면 나를 따라왔느냐는 것이다. 멀리서 보기에도 어수룩하게 보였는지, 나를 찍은 그들의 예상대로 제대로 속아 준 셈이었다.

며칠 전에는 오전에 중요한 약속이 있어서 시내에 나가는데 초행길이라 택시를 타고 가기로 했다. 집 앞에 서 있는데 빈 택시는 없고, 간혹 지나가는 택시들은 이미 꽉 차서 합승조차 할 수 없었다. 약속 시간은 자꾸 다가오고, 날씨는 어찌나 추운지 온몸이 얼어붙는 듯했다. 그때 마침 택시 하나가 오더니 내 앞에 섰다. 젊은 기사가 내 목발을 보면서 말했다.

"이 손님들 모셔다 드리고 금방 올 테니까 한 이삼 분만 기다리세요."

택시는 골목길로 들어갔고 나는 안도의 한숨을 내쉬었다. 그런데 무슨 운명의 장난인지, 금방 빈 택시 하나가 오는 것이었다. 순간 나는 갈등했다. 그 차를 잡을지, 아니면 나를 위해서 곧 돌아오기로 한 택시를 기다려야 할지. 나는 그 고마운 기사를 기다리기로 하고 빈 택시를 그냥 보냈다. 그런데 오 분, 십 분이 지나도 택시는 돌아오지 않았다.

십오 분가량 지났을 때 나는 문득 '아차' 싶었다. '또 속았구나.' 목발 짚고 서 있는 모습이 독특하게 보여서 좀 골탕 먹이고 싶었거나, 아니면 그냥 순전히 재미로 거짓말했는지도 모른다. 지금쯤 회심의 미소를 지으면서 다른 손님을 태우고 어디론가 가고 있는 것이 분명했다. 나는 내가 다시 속임의 대상이 되었다는 것에 너무나 큰 충격을 받았다.

왜 나는 그렇게 잘 속아 넘어갈까? 얼마나 호락호락해 보이면 허구한 날 속임의 대상이 될까? 나는 지독한 자괴감에 빠졌다. 중요한 약속이고 뭐고, 만사가 귀찮았다. 막 다시 집으로 들어가려는데 택시 한 대가 급하게 골목길을 빠져나왔고, 아까 그 청년 기사가 황급히 차에서 내렸다.

"아이쿠, 죄송해요. 이걸 어쩌나. 도와드린다는 것이……."

청년은 정말 어쩔 줄 몰라 하며 어깨에 멘 내 가방을 들어 주었다. 차바퀴가 얼음 구덩이에 빠진 채 헛돌아 근처 가게에서 뜨거운 물을 얻어다 붓고 나서야 간신히 빠져나왔다는 것이었다.

차에 올라타자 청년 기사가 말했다.

"다른 손님들이 차를 잡는데, 시간이 많이 지났어도 기다리실 것 같아서 빈 차로 왔지요."

"왜 내가 기다릴 거라고 생각했어요?"

내가 물었다.

"얼굴을 보니 그렇게 생기셨어요. 의리 있게 생기셨다고요."

청년 기사가 웃으며 말했다.

'의리 있게 생겼다'는 말은 사실 '어수룩하고 융통성 없게 생겼다'를 예의 바르게 말한 것인지도 모르지만, 난 무조건 그가 고마웠다. 그리고 어떻든 무슨 상관이랴. 어수룩하든 똑똑하든, 속고 속이고 빚지고 빚 갚으며 서로서로 사슬 되어 사는 세상인데……. 얼었던 몸이 녹으면서 내 마음도 녹기 시작했다.

영어에 '한 개의 속임수는 천 개의 진실을 망친다'라는 격언이 있지만, 어쩌면 그 반대, '한 개의 진실은 천 개의 속임수를 구한다'가 더욱 맞는 말인지도 모른다. '속이지 않는 자'가 한 명만 있어도 '속이는 자' 천 명을 이길 수 있기 때문이다.

그런데 오늘 오후 집에 오는 길, 빨간불에 정차를 하고 있는데 바로 옆에 선 용달차의 운전자가 창문을 내렸다. 그는 고개를 쭉 빼고 나를 향해 창문을 내려 보라는 손짓을 했다. 길을 물어보려는 줄 알고 창문을 내리니 그가 큰 소리로 말했다.

"아줌마, 굴비 좋아하죠?" ㉖

작 품 이 해

소박한 그러나 좋은 몇 권의 책 그리고 짧은 생애지만 희망을 잠시도 놓지 않았던 삶을 두고, 장영희 선생이 2009년 우리 곁을 떠났다.

이 글 「속는 자와 속이는 자」는 그가 남긴 몇몇 글 가운데 한 편이다. 여느 글과 마찬가지로 수식이 없는 소박한 문체로 일상의 경험과 그 경험으로부터의 성찰을 담담하게 이끌어 낸다.

어떤 동물 보호론자는 '개를 먹는 사람'과 '개를 먹지 않는 사람'으로 사람들을 분류한다. 어떤 사람은 '비틀스를 좋아하는 사람'과 '좋아하지 않는 사람'으로 이 세상 사람들을 구분한다. 찰스 램은 '빚을 지는 자'와 '빚을 지지 않는 자'로 나누었다고 했다. 이 글에서는 사람을 '속는 자'와 '속지 않는 자'로 구분하고, 작가는 자신의 구체적인 경험을 써 내려간다. 사실 우리들은 대부분이 어수룩한 '속는 자'에 속할 것이다. 그래서 늘 손해를 보지만, 두 발은 편안하게 뻗고 잘 수 있을 게다.

이 글은 속아서 손목시계를 산 조교의 경험을 도입으로 하여 작가 자신의 두 번의 경험, 속아서 굴비를 샀던 경험과 믿고 기다린 결과 택시를 타게 된 경험을 떠올린다. 그리고 작가는 '한 개의 속임수는 천 개의 진실을 망친다'는 '속이는 자'에게 주는 교훈과 함께, '한 개의 진실은 천 개의 속임수를 구한다'며 '속는 자'에게 위안을 건넨다.

더욱이 마지막 마무리의 해학 또한 글쓰기가 무엇임을 작가가 잘 알고 있음을 보여 준다.

수필이란 결코 어려운 문학 장르가 아니다. 누구나 좋은 수필을 쓸 수 있다. 다만 자신의 경험을 글쓰기로 전환할 수 있는 힘을 가져야 한다. 그러기 위해 때로는 쓰고자 하는, 또 때로는 쓰지 않고는 견딜 수 없는 작가 정신을 지녀야 한다. 그것이야말로 좋은 수필을 낳는 힘이다.

경험과 경험에 대한 성찰, 그리고 글쓰기, 이 세 가지가 함께 어우러질 때 누구나 좋은 글을 쓸 수 있다.

 활 동

1. 이 글의 짜임은 어떠한가?
2. 이 글의 짜임을 생각할 때, 글쓴이의 개성이 가장 잘 드러나는 부분은 어디인가?
3. 글쓴이가 세계를 바라보는 관점은 어떠한가?

천국에는 사다리가 없다
성석제

읽 기 전 에

1. 자장면이라고 해야 할까, 짜장면이라고 해야 할까?

2. 자장면의 맛을 묘사해 보자.

내가 자장면을 처음 먹은 건 초등학교 5학년 때이다. 그 당시 내가 콧등에 주름을 잡으며 노닐던 거리에는 일제 시대에 지은 낡은 이층 건물들이 열을 지어 서 있었다. 영빈루라는 중국집이 있었는데 영빈루는 다른 식당과는 달리 이층에 있었다. 이층에 있다는 건 재료를 한 층 더 위로 날라야 한다는 뜻이고 배달을 할 때 한 층 더 오르내려야 하며 손님에게 계단을 오르는 수고를 하게 하니 장사에 지장이 많았을 것이다. 그러면 어떻게 영빈루가 살아남았는가.

영빈루는 언제나 뒷문을 열어 두고 있었다. 뒷문뿐 아니라 뒤창도 열고 당시로서는 드문 환기 장치까지 달아 뒤쪽에서는 사시사철 김과 연기가 흘러나오고 있었다. 그 근처를 지나다 보면 다른 곳보다 자장 냄새가 훨씬 많이, 아니 독하게 났다. 굵지도 가늘지도 않은 부드러운 면발, 검고 윤기 나며 풍성한 소스, 강한 불로 알맞게 볶은 고기와 야채, 식초가 끼얹어진 단무지와 양파 형제의 이미지가 바로 그 냄새를 타고 사방에 퍼뜨려졌다. 밥을 먹고 나온 사람들도 그냥 지나가려면 어금니를 갈면서 인내력을 발휘해야 했으니 그게 영빈루의 상술 가운데 하나였다. 위치의 불리함을 유리한 것으로 바꾼 것이다.

내가 자장면을 먹기로 결심한 것도 바로 그 독특하고 신비한 냄새 때문이었다. 그렇지만 일층도 아니고 이층이나 되는 그 고고한 왕국에 혼자 쳐들어갈 용기는 없었다. 그래서 일찍이 그 왕국에 다녀온 바 있으며 자장면에 환장한 두 모험가와 동행하게 되었다.

우리는 이층 건물 앞에 서서 하늘에서 내려오는 은총과 같은 자장면 냄새를 흠뻑 들이마셨다. 공짜니까. 그리고 서로의 손을 힘차게 잡았다 놓은 뒤, 삐걱거리는 나무 계단으로 올라갔다. 셋 중 가장 깨끗한 옷을 입고 마른 버짐이 없는 C가 앞장을 섰고 셋 중 가장 지저분하지만 발걸음과 눈치가 빠른 B가 맨 뒤에 섰다. 올라갈수록 계단은 심하게 삐걱거렸고 냄새는 더욱 짙어졌다. 주렴을 들치면서 안으로 들어섰을 때, 우리는 자장 냄새의 폭탄에 맞아 일제히 목이 메었다. 거기에 자장면 나라의 왕이 있었다.

왕께서는 왕관 말고 중국인들이 흔히 쓰는 빵떡모자를 쓰고, 한 손에는 홀(笏)이 아닌 파리채를 들고 있었다. 우리가 자장면을 주문하자 그는 주방을 향해 마법의 주문 같은 중국말로 뭐라고 빠르게 소리쳤다. 우리는 귓속말로 그의 비대함을 비웃는 한편 먹고 잽싸게 튀면 계단까지도 따라올 수 없을 거라고 결론지었다.

우리는 모험을 하려고 했으므로 돈을 가지고 있지 않았다. 모험을 떠난 기사가 돈 내고 밥 사 먹고 돈 내고 성(城)에 묵고 돈 내고 청룡 백호를 타면 그게 어디 모험인가. 우리의 신념은 흔들리지 않았고 흔들려 봤자 별수 없었다. 돈은 원래 없었기 때문에.

우리는 삽시간에 자장면 한 그릇씩을 해치웠다. 육식을 못하는 나만 그릇 바닥에 돼지비계 몇 점을 남겼을 뿐, 그릇은 설거지가 필요 없을 정도로 깨끗했다. 그동안 가엾은 왕은 계산대에 엎드려 쿨쿨 자고 있었다. 엽차를 쭈욱 들이켠 뒤에, 걸음이 느린 내가 가장 먼저 일어섰다. 계산대 앞을 지나며 어깨로 오른손을 올려 엄지손가락을 편 후 뒤를 가리켰다. 다른 모험가가 같은 동작을 취했다. 마지막으로 가장 걸음이 날랜 B가 계산대 앞을 통과하는 순간, "날아라!" 하는 명랑하고 신 나는 구호가 C의 입에서 튀어나왔다. 그러나 우리보다 빠른 존재가 있었다. 언제 잠에서 깼는지, 언제 일어났는지, 언제 날았는지 그가 이미 출구를 봉쇄하고 있었다. 몸과 문이 어찌나 그렇게 일치하는지 파리 한 마리조차 빠져나갈 수 없었다. 그래서 그는 늘 뚱뚱했고 뚱뚱할 필요가 있었던 것이다.

우리는 몸을 돌려 주방으로 뛰어들었다. 주방에서는 요리사들이 쉬고 있었는데 우리를 제지할 생각이 전혀 없는 듯 한가롭게 부채를 부치고 있었다. 우리는 지체 없이 미리 보아 둔 뒷문, 늘 열려 있는 문을 향해 몸을 날렸다. 그러나 아뿔싸, 거기에는 사다리가 없었다. 밧줄도 없었고 낙하산, 하다못해 에스컬레이터도 없었다. 그냥 낭떠러지였다. 그 사실을 깨닫고 급

정거하는 바람에 우리 셋은 모두 밀가루 반죽처럼 뭉쳐져 바닥에 나뒹그러졌다.

그로부터 우리는 우리 중 누군가의 형이 자장면 값을 가지고 올 때까지 손을 들고 서 있어야 했다. 그러나 그때 내가 먹은 그 자장면은 세상에서 가장 맛있는 자장면이었다.

맛있는 자장면을 먹으려는 사람들을 위한 사소한 충고 : 모험과 편력을 더하라. 지옥에서도 맛있는 자장면을 먹을 수 있나니. ㉈

홀(笏) 조선 시대에, 벼슬아치가 임금을 만날 때에 손에 쥐던 물건.
편력(遍歷) 여러 가지 경험을 함.

작 품   이 해

    지금이야 외식을 할 수 있는 종류도 만만치 않게 많고 맛있는 음식도 적지 않다. 그러나 우리네 어린 시절이야 고만고만한 살림도 살림이지만, 밖에서 사 먹을 수 있는 먹을거리가 많지 않았다. 아마도 특별한 날 먹는 유일한 음식이 자장면이 아니었나 싶다. 그것도 1년에 한 번 돌아오는 생일날조차 먹을 수 없었다. 6년에 한 번, 3년에 한 번 돌아오는 졸업식 날이나 겨우 먹을 수 있었을 따름이다. 그런데 정말 짜장면을 왜 자장면이라 했을까. 단연코 자장면은 한글 맞춤법이 그 무엇이든 짜장면이어야 함이 옳다. 어찌 그 쫄깃한 면발과 달큰한 짜장의 맛을 자장으로 자장가처럼 말할 수 있단 말인가. 오직 짜장면만이 짜장면을 지칭하는 말이어야 함은 물론이다.

    이 수필의 작가 성석제에게도 짜장면은 각별한 기억으로, 어린 시절의 음식으로 남아 있다. 이층 영빈루에서 풍겨 오는 '독특하고 신비한 냄새'는 어린 소년들을 꾀기에 충분했으며, 이 모험심 가득한 소년들은 돈도 한 푼 없이 무전취식의 용맹함을 발휘한다. 사실 돈 내지 않고 먹는 음식의 맛은 어디에도 비길 바가 못 된다. 맛있는 음식 중의 하나는 뭐니 뭐니 해도 남들이 사 주는 음식이며, 가장 맛있는 밥은 남이 해 주는 밥이지 않은가. 옛말에도 '사발농사'라는 말이 있다. 남의 집에서 얻어먹으면, 그 한 사발의 밥이야말로 한 사발 농사를 지은 것과 진배없다는 것이다. 그러니 얼마나 맛있었겠는가?

    아, 물론 무전취식을 권하는 것은 결코 아니다. 그 결말은 언제나 비극적이기 때문이다. 이 작품에서도 소년들은 '밀가루 반죽처럼' 나뒹굴고, 누군가가 돈을 가져와 사죄하기까지 벌을 서야만 했지 않은가. 그럼에도 그 모험은 충분히 값진 모험이기도 하다. 이 글의 필자인 성석제 또한 '모험과 편력'을 적극 권장하고 있지 않은가? '모험과 편력'이 뒤따르는 한 그 짜장면은 세상에서 가장 맛있는 짜장면이 되는 법임에랴. 나도 오늘 점심만큼은 짜장면을 먹어야겠다. 우리 동네 영빈루는 어디에 있을까?

활 동

1. 중국집 주인을 '왕'으로 부른 까닭은 무엇인가?
2. 이 작품에 등장하는 인물들의 특성을 찾고 각각의 성격을 말해 보자.
   • 나 :
   • 친구 B :
   • 친구 C :
   • 중국집 주인 :
3. 이 수필에 나타난 글쓴이의 개성은 어떠한가?

•다음의 수필을 비교하여 읽고 두 작가의 인생관을 비교해 보자.

짜장면
정진권

짜장면은 좀 침침한 작은 중국집에서 먹어야 맛이 난다.

그 방은 퍽 좁아야 하고, 될 수 있는 대로 깨끗지 못해야 하고, 칸막이에는 콩알만 한 구멍이 몇 개 뚫려 있어야 어울린다. 식탁은 널판으로 아무렇게나 만든 앉은뱅이여야 하고, 그 위엔 담뱃불에 탄 자국들이 검게 또렷하게 무수히 산재해 있어야 정이 간다. 방석은 때에 절어 윤이 나고 손으로 잡으면 단번에 쩍 하고 달라붙는 것이어야 앉기에 편하다.

고춧가루 그릇은 약간의 먼지가 끼어 있는 것이 좋고, 금이 갔거나 다소 깨어져 있으면 더욱 운치가 있다. 그리고 그 안에 담긴 고춧가루는 누렇고 굵고 억센 것이어야 한다. 식초병이나 간장병도 다소 때가 끼어 있어야 가벼운 마음으로 손을 댈 수 있다. 짜장면 그릇으로 가장 흔한 것은 희고 납작하게 생긴 것인데, 할 수 있으면 거무스레하고 이가 한두 군데쯤 빠진 것이 좋다.

그리고 그 집 주인은 뚱뚱해야 한다. 머리엔 한 번도 기름을 바른 일이 없고, 인심 좋은 얼굴엔 개기름이 번들거리며, 깨끗지 못한 손은 소두방만 하고, 신발은 여름이어도 털신이어야 좋다. 나는 그가 때에 전 검은색의 중국옷을 입고 있길 바라지만 지금은 그런 옷을 보기 어려우니 낡은 스웨터로 참아 두자. 어떻든 이런 주인에게 돈을 치르고 나오면 언제나 마음이 편하다.

내가 어려서 최초로 대면한 중국 음식이 짜장면이고(짜장면이 정말 중국의 전통적인 음식인지 어떤지는 따지지 말자.), 내가 처음 가 본 내 고향의 중국집이 그런 집이고, 이따금 흑설탕을 한 봉지씩 싸 주며 "이거 먹어해, 헤헤헤." 하던 그 집 주인이 그런 사람이어서, 나는 중국 음식이라면 우선 짜장면을 생각했고 중국집이나 중국 사람은 다 그런 줄로만 알고 컸다.

스무 살 적 서울에 처음 왔을 때에도 나는 자장면을 잘 사 먹었는데, 그 그릇이나 맛, 그 방 안의 풍경. 비록 흑설탕은 싸 주지 않았으나 그 주인의 모습까지도 내 고향의 그 짜장면, 그 중국집, 그 장궤와 별로 다르지 않았다. 해서, 내가 처음으로 으리으리한 중국집을 보았을 때, 그리고 엄청난 중국 요리 앞에 앉았을 때, 나는 그것들이 온통 가짜처럼 보였고 겁이 났고 안 올 데를 왔나 싶었다.

그동안 서울 시골 할 것 없이 음식점은 많이도 불어났다. 한식, 중국식, 일본식, 서양식, 또 무슨 식이 더 있는지 모른다. 값이 비싸다는 데도 있고 보통이라는 데도 있고 싼 듯한 곳도 있다. 비싸다는 곳은 잘 모르지만 보통이라는 데는 더러 가 보았다. 그러나 얻어먹을 때는 불안하고 내가 낼 때는 갈빗대가 휘어서 그곳의 분위기와 음식 맛을 한 번도 제대로 감상하지 못했다.

그러므로 내가 그래도 마음 놓고 갈 수 있는 곳은 그 싼 듯한 곳일 수밖에 없고, 그 싼 듯한 곳 중에선 위에 말한 그런 주인의 그런 중국집일 수밖에 없는 것이다. 싸구려 한식은 집에서 늘 먹으니 갈 필요가 없고, 싸구려 왜식이나 양식은 먹어 봤자 국적도 찾을 수가 없기 때문이다.(국적 있는 왜·양식을 먹으려면 비싸다는 데 내지 최소한 보통이라는 데는 가야 할 것이다.)

그러나 내 친애하는 짜장면 장수 여러분도 자꾸만 집을 수리하고 늘리고 새 시설을 갖추는 모양이다. 돈을 벌고, 나보다 더 훌륭한 고객을 맞고, 그리

장궤(掌櫃) 부자라는 뜻으로, 중국 사람을 속되게 이르는 말.

하여 더 많은 돈을 벌고 싶은 것이야 물론 그분들의 정당한 소원이겠지만, 그러나 우리 동네와 내 직장 근처에만은 좁고 깨끗지 못한 중국집과 내 어리던 날의 그 장궤 같은 뚱뚱한 주인이 오래오래 몇만 남아 있었으면 한다.

그러면 나는 어느 토요일 저녁때 혹은 일요일 점심때 호기 있게 내 아이들을 인솔하고 우리 동네 그 중국집으로 갈 것이다. 아내도 그때만은 잠시 가계부를 잊고 흔쾌히 따라나설 것이다. 아이들은 입술에다 볼에다 짜장을 바르고 깔깔대며 맛있게 먹을 것이고, 아내는 잔잔히 웃으며 나와 아이들을 바라볼 것이다. 그러면 나는 모처럼 유능한 가장이 될 수 있을 것이다.

퇴근길에 친구를 만나면, 나는 그의 손을 이끌고 내 직장 근처의 그 중국집으로 선뜻 들어갈 것이다. 그러고는 양파 조각에 짜장을 묻혀 들고, 또는 따끈한 군만두 하나를 집어 들고 "이 사람, 어서 들어." 하며, 고량주 한 병을 맛있게 비운 다음, 함께 짜장면을 나눌 것이다. 내 친구도 세상을 좁게 겁 많게 사는 사람이니, 나를 보고 그래도 인정 있는 친구라고 할 것 아닌가?

짜장면은 좀 칙칙한 작은 중국집에서 먹어야 맛이 난다.

권태
이상

1. 삶이 권태롭다고 느낀 적이 있는가? 언제인가?
2. 객관적인 사물이 주관적인 상태에 따라 달리 보인 적이 있는가?

1

어서— 차라리— 어둬 버리기나 했으면 좋겠는데— 벽촌의 여름날은 지리해서 죽겠을 만치 길다.

동에 팔봉산(八峯山). 곡선은 왜 저리도 굴곡이 없이 단조로운고?

서를 보아도 벌판, 남을 보아도 벌판, 북을 보아도 벌판, 아— 이 벌판은 어쩌자고 이렇게 한이 없이 늘어놓였을꼬? 어쩌자고 저렇게까지 똑같이 초록색 하나로 되어 먹었노?

농가가 가운데 길 하나를 두고 좌우로 한 십여 호씩 있다. 휘청거린 소나무 기둥, 흙을 주물러 바른 벽, 강냉대로 둘러싼 울타리, 울타리를 덮은 호박 넝쿨 모두가 그게 그것같이 똑같다.

어제 보던 댑싸리 나무 오늘도 보는 김 서방, 내일도 보아야 할 신둥이, 검둥이.

해는 백 도 가까운 볕을 지붕에도, 벌판에도, 뽕나무에도, 암탉 꼬랑지에도 나려 쪼인다. 아침이나 저녁이나 뜨거워서 견딜 수가 없는 염서(炎暑) 계속이다.

나는 아침을 먹었다. 할 일이 없다. 그러나 무작정 널따란 백지 같은 '오늘'이라는 것이 내 앞에 펼쳐져 있으면서 무슨 기사(記事)라도 좋으니 강요한다. 나는 무엇이고 하지 않으면 안 된다. 무엇을 해야 할 것인가 연구해야 된다. 그럼 나는 최 서방네 집 사랑 툇마루로 장기나 두러 갈까. 그것 좋다.

최 서방은 들에 나갔다. 최 서방네 사랑에는 아무도 없나 보다. 최 서방의 조카가 낮잠을 잔다. 아하— 내가 아침을 먹은 것은 열 시나 지난 후니까 최 서방의 조카로서는 낮잠 잘 시간임에 틀림없다.

나는 최 서방의 조카를 깨워 가지고 장기를 한판 벌이기로 한다. 최 서방의 조카와 열 번 두면 열 번 내가 이긴다. 최 서방의 조카로서는 그러니까 나와 장기 두는 것 그것부터가 권태(倦怠)다. 밤낮 두어야 마찬가질 바에는 안 두는 것이 차라리 나았지—. 그러나 안 두면 무엇을 하나? 둘밖에 없다.

지는 것도 권태어늘 이기는 것이 어찌 권태 아닐 수 있으랴? 열 번 두어서 열 번 내리 이기는 장난이란 열 번 지는 이상으로 싱거운 장난이다. 나는 참 싱거워서 견딜 수 없다.

한 번쯤 져 주리라. 나는 한참 생각하는 체하다가 슬그머니 위험한 자리에 장기 조각을 갖다 놓는다. 최 서방의 조카는 하품을 쓱 한 번 하더니 이윽고 둔다는 것이 딴전이다. 으레 질 것이니까 골치 아프게 수를 보고 어쩌고 하기도 싫다는 사상(思想)이리라. 아무렇게나 생각나는 대로 장기를 갖다 놓고는 그저 얼른얼른 끝을 내어 져 줄 만큼 져 주면 이 상승장군(常勝將軍)은 이 압도적 권태를 이기지 못해 제출물에 가 버리겠지 하는 사상이리라. 가고 나면 또 낮잠이나 잘 작정이리라.

나는 부득이 또 이긴다. 인제 그만 두잔다. 물론 그만 두는 수밖에 없다.

일부러 져 준다는 것조차가 어려운 일이다. 나는 왜 저 최 서방의 조카처럼 아주 영영 방심 상태가 되어 버릴 수가 없나? 이 질식할 것 같은 권태 속에서도 사세(些細)한 승부에 구속을 받나? 아주 바보가 되는 수는 없나?

내게 남아 있는 이 치사스러운 인간 이욕(利慾)이 다시없이 밉다. 나는 이 마지막 것을 면해야 한다. 권태를 인식하는 신경마저 버리고 완전히 허탈해 버려야 한다.

2

나는 개울가로 간다. 가물로 하여 너무나 빈약한 물이 소리 없이 흐른다. 뼈처럼 앙상한 물줄기가 왜 소리를 치지 않나?

벽촌(僻村) 외따로 떨어져 있는 궁벽한 마을.
강낭대 '옥수숫대'의 북한어.
염서(炎暑) 몹시 심한 더위.
상승장군(常勝將軍) 싸울 때마다 늘 이기는 장군.
제출물에 제풀에. 저 혼자서 절로.
이욕(利慾) 사사로운 이익을 탐내는 욕심.

나는 덥다. 나뭇잎들이 축 늘어져서 허덕허덕하도록 덥다. 이렇게 더우니 시냇물인들 서늘한 소리를 내어 보는 재간도 없으리라.

나는 그 물가에 앉는다. 앉아서 자— 무슨 제목으로 나는 사색해야 할 것인가 생각해 본다. 그러나 물론 아무런 제목도 떠오르지 않는다. 그렇다면 아무것도 생각 말기로 하자. 그저 한량없이 넓은 초록색 벌판, 지평선, 아무리 변화하여 보았댔자 결국 치열한 곡예(曲藝)의 역(域)을 벗어나지 않은 구름, 이런 것을 건너다본다.

지구 표면적의 100분의 99가 이 공포의 초록색이리라. 그렇다면 지구야말로 너무나 단조 무미한 채색이다. 도회에는 초록이 드물다. 나는 처음 여기 표착(漂着)하였을 때 이 신성한 초록빛에 놀랐고 사랑하였다. 그러나 닷새가 못 되어서 일망무제의 초록색은 조물주의 몰취미(沒趣味)와 신경의 조잡성으로 말미암은 무미건조한 지구의 여백인 것을 발견하고 다시금 놀라지 않을 수 없었다.

어쩔 작정으로 저렇게 퍼러냐. 하루 온종일 저 푸른빛은 아무것도 하지 않는다. 오직 그 푸른 것에 백치와 같이 만족하면서 푸른 채로 있다.

이윽고 밤이 오면 또 거대한 구덩이처럼 빛을 잃어버리고 소리도 없이 잔다. 이 무슨 거대한 겸손이냐.

이윽고 겨울이 오면 초록은 실색(失色)한다. 그것은 남루(襤褸)를 갈기갈기 찢은 것과 다름없는 추악한 색채로 변하는 것이다. 한겨울을 두고 이 황막(荒漠)하고 추악한 벌판을 바라보고 지내면서 그래도 자살(自殺) 민절(悶絶)하지 않는 농민들은 불쌍하기도 하려니와 거대한 천치다.

그들의 일생이 또한 이 벌판처럼 단조한 권태 일색으로 도포(塗布)된 것이리라. 일할 때는 초록 벌판처럼 더워서 숨이 칵칵 막히게 싱거울 것이요, 일하지 않을 때에는 겨울 황원(荒原)처럼 거칠고 구주레하고 싱거울 것이다.

그들에게는 흥분이 없다. 벌판에 벼락이 떨어져도 그것은 뇌성 끝에 가끔 있는 다반사에 지나지 않는다. 촌동(村童)이 범에게 물려 가도 그것은 맹

수가 사는 산촌에 가끔 있는 신벌(神罰)에 지나지 않는다. 실로 전신주 하나 없는 벌판에서 그들이 무엇을 대상으로 흥분할 수 있으랴.

팔봉산 등을 넘어 철골 전선주가 늘어섰다. 그러나 그 동선(銅線)은 이 촌락에서 엽서 한 장을 내려뜨리지 않고 섰는 채다. 동선으로는 전류도 통하리라. 그러나 그들의 방이 아직도 송명(松明)으로 어둠침침한 이상 그 전선주들은 이 마을 동구(洞口)에 늘어선 포플러 나무와 조금도 다름이 없다.

그들에게 희망이 있던가? 가을에 곡식이 익으리라. 그러나 그것은 희망은 아니다. 본능이다.

내일, 내일도 오늘 하던 계속의 일을 해야지. 이 끝없는 권태의 내일은 왜 이렇게 끝없이 있나? 그러나 그들은 그런 것을 생각할 줄 모른다. 간혹 그런 의혹이 전광(電光)과 같이 그들의 흉리를 스치는 일이 있어도 다음 순간 하루의 노역(勞役)으로 말미암아 잠이 오고 만다. 그러니 농민은 참 불행하도다. 그럼— 이 흉악한 권태를 자각할 줄 아는 나는 얼마나 행복된가.

【중략】

5

원숭이가 사람의 흉내를 내는 것이 내 눈에는 참 밉다. 어쩌자고 여기 아이들이 내 흉내를 내는 것일까? 귀여운 촌동(村童)들을 원숭이를 만들어서는 안 된다.

표착(漂着) 정처 없이 떠돌아다니다가 일정한 곳에 정착함을 비유적으로 이르는 말.
일망무제(一望無際) 한눈에 바라볼 수 없을 정도로 아득하게 멀고 넓어서 끝이 없음.
황막(荒漠)하다 거칠고 아득하게 넓다.
민절(悶絶) 너무 기가 막혀 정신을 잃고 까무러침.
황원(荒原) 버려두어 거친 들판.
뇌성(雷聲) 천둥소리.
송명(松明) 관솔. 소나무의 가지나 옹이. 불이 잘 붙어 예전에는 여기에 불을 붙여 등불 대신 이용하였다.
흉리(胸裏) 마음속에 품고 있는 생각.

나는 다시 개울가로 가 본다. 썩은 물 늘어진 댑싸리 외에 아무것도 없다. 그러나 나는 거기 앉아서 이번에는 그 썩은 중(中)의 웅덩이 속을 들여다본다. 순간 나는 진기한 현상을 목도(目睹)한다. 무수한 오점이 방향을 정돈해 가면서 움직이고 있는 것이다. 이것은 생물임에 틀림없다. 송사리 떼임에 틀림없다. 이 부패한 소택(沼澤) 속에 이런 앙증스러운 어족이 서식하리라고는 나는 참 꿈에도 생각하지 못했다.

요리 몰리고 조리 몰리고 역시 먹을 것을 찾음이리라. 무엇을 먹고 사누. 버러지를 먹겠지. 송사리보다도 더 작은 버러지라는 것이 있을까. 잠시를 가만있지 않는다. 저물도록 움직인다. 대략 같은 동기(動機)와 같은 모양으로들 그러는 것 같다. 동기! 역시 송사리의 세계에도 시급한 목적이 있는 모양이다.

차츰차츰 하류를 향하여 군중적으로 이동한다. 저렇게 하류로 하류로만 가다가 또 어쩔 작정인가. 아니 그들은 중로에서 또 상류를 향하여 거슬러 올라올는지도 모른다. 그러나 당장 하류로 향하여 가고 있는 것이 확실하다. 하류로 하류로! 5분 후에는 그들의 모양이 보이지 않을 만치 그들은 멀리 하류로 내려갔다. 그리고 웅덩이는 아까와 같이 도로 썩은 물의 웅덩이로 조용해지고 말았다. 고 웅덩이 속에 고런 맹랑한 현상이 잠복해 있을 수 있다니— 하고 나는 적잖이 흥분했다. 그 현상도 소낙비처럼 지나가고 말았으니 잊어버리고 그만두는 수밖에.

나는 그 자리에서 일어나서 풀밭으로 가 보기로 한다. 풀밭에는 암소 한 마리가 있다. 소의 뿔은 벌써 소의 무기도 아니다. 소의 뿔은 오직 안경의 재료일 따름이다. 소는 사람에게 얻어맞기로 위주니까 소에게는 무기가 필요 없다. 소의 뿔은 오직 동물학자를 위한 표지(標識)이다. 야우(野牛) 시대에는 이것으로 적을 돌격한 일도 있습니다— 하는 마치 폐병(廢兵)의 가슴에 달린 훈장처럼 그 추억성이 애상적이다.

암소의 뿔은 수소의 그것보다도 더한층 겸허하다. 이 애상적인 뿔이 나를 받을 리 없으니 나는 마음 놓고 그 곁 풀밭에 가 누워도 좋다. 나는 더워서 우선 소를 본다. 소는 잠시 반추(反芻)를 그치고 나를 응시한다.

'이 사람의 얼굴이 왜 이리 창백하냐. 아마 병인가 보다. 내 생명에 위해(危害)를 가하려는 거나 아닌지 나는 조심해야 되지.'

이렇게 소는 속으로 나를 심리(審理)하였으리라. 그러나 5분 후에는 소는 다시 반추를 계속하였다. 소보다도 내가 마음을 놓는다.

소는 식욕의 즐거움조차를 냉대할 수 있는 지상 최대의 권태자다. 얼마나 권태에 지질렸길래 이미 위에 들어간 식물을 다시 게워 그 시금털털한 반소화물의 미각을 역설적으로 향락하는 체해 보임이리오? 소의 체구가 크면 클수록 그의 권태도 크고 슬프다. 나는 소 앞에 누워 내 세균(細菌)같이 사소한 고독을 겸손해하면서 나도 사색의 반추는 가능할는지 몰래 좀 생각해 본다.

【중략】

7

날이 어두웠다. 해저(海底)와 같은 밤이 오는 것이다. 나는 자못 이상하다. 가만히 생각해 보면 나는 배가 고픈 모양이다. 이것이 정말이라면 그럼 나는 어째서 배가 고픈가. 무엇을 했다고 배가 고픈가.

자기 부패 작용이나 하고 있는 웅덩이 속을 실로 송사리 떼가 쏘다니고 있더라. 그럼 내 장부(臟腑) 속으로도 나로서 자각할 수 없는 송사리 떼가 준동(蠢動)하고 있나 보다. 아무렇든 밥을 아니 먹을 수는 없다.

오점(汚點) 더러운 점.
소택(沼澤) 늪과 못을 아울러 이르는 말.
반추(反芻) 어떤 일을 되풀이하여 음미하거나 생각함. 또는 그런 일.
장부(臟腑) '오장육부'를 줄여 이르는 말.
준동(蠢動)하다 불순한 세력이나 보잘것없는 무리가 법석을 부리다.

밥상에는 마늘장아찌와 날된장과 풋고추조림이 관성의 법칙처럼 놓여 있다. 그러나 먹을 때마다 이 음식이 내 입에 내 혀에 다르다. 그러나 나는 그 까닭을 설명할 수 없다.

마당에서 밥을 먹으면 머리 위에서 그 무수한 별들이 야단이다. 저것은 또 어쩌라는 것인가. 내게는 별이 천문학의 대상이 될 수 없다. 그렇다고 시상(詩想)의 대상도 아니다. 그것은 다만 향기도 촉감도 없는 절대 권태의 도달할 수 없는 영원한 피안(彼岸)이다. 별조차가 이렇게 싱겁다.

저녁을 마치고 밖으로 나와 보면 집집에서는 모깃불의 연기가 한창이다. 그들은 마당에서 멍석을 펴고 잔다. 별을 쳐다보면서 잔다. 그러나 그들은 별을 보지 않는다. 그 증거로는 그들은 멍석에 눕자마자 눈을 감는다. 그러고는 눈을 감자마자 쿨쿨 잠이 든다. 별은 그들과 관계없다.

나는 소화를 촉진시키느라고 길을 왔다 갔다 한다. 돌칠 적마다 멍석 위에 누운 사람의 수가 늘어 간다.

이것이 시체와 무엇이 다를까? 먹고 잘 줄 아는 시체— 나는 이런 실례(失禮)로운 생각을 정지해야만 되겠다. 그리고 나도 가서 자야겠다.

방에 돌아와 나는 나를 살펴본다. 모든 것에서 절연된 지금의 내 생활— 자살의 단서조차 찾을 길이 없는 지금의 내 생활은 과연 권태의 극(極)권태 그것이다.

그렇건만 내일이라는 것이 있다. 다시는 날이 새이지 않은 것 같기도 한 밤 저쪽에 또 내일이라는 놈이 한 개 버티고 서 있다. 마치 흉맹(凶猛)한 형리(刑吏)처럼—. 나는 그 형리를 피할 수 없다. 오늘이 되어 버린 내일 속에서 또 나는 질식할 만큼 심심해야 되고 기막힐 만치 답답해야 된다.

그럼 오늘 하루를 나는 어떻게 지냈던가. 이런 것은 생각할 필요가 없으리라.

그냥 자자! 자다가 불행히— 아니 다행히 또 깨거든 최 서방의 조카와 장기나 또 한판 두지. 웅덩이에 가서 송사리를 볼 수도 있고— 몇 가지 안

남은 기억을 소처럼— 반추하면서 끝없이 나태(懶怠)를 즐기는 방법도 있지 않으냐.

불나비가 달려들어 불을 끈다. 불나비는 죽었든지 화상을 입었으리라. 그러나 불나비라는 놈은 사는 방법을 아는 놈이다. 불을 보면 뛰어들 줄을 알고, 평상에 불을 초조히 찾아다닐 줄도 아는 정열의 생물이니 말이다.

그러나 여기 어디 불을 찾으려는 정열이 있으며 뛰어들 불이 있느냐. 없다. 나에게는 아무것도 없고 아무것도 없는 내 눈에는 아무것도 보이지 않는다.

암흑은 암흑인 이상 이 좁은 방 것이나 우주에 꽉 찬 것이나 분량상 차이가 없으리라. 나는 이 대소 없는 암흑 가운데 누워서 숨 쉴 것도 어루만질 것도 또 욕심나는 것도 아무것도 없다. 다만 어디까지 가야 끝이 날지 모르는 내일 그것이 또 창밖에 등대(等待)하고 있는 것을 느끼면서 오들오들 떨고 있을 뿐이다.

12월 19일 미명(未明) 동경(東京)서 ⓙ

피안(彼岸) 인간 세계 저쪽에 있는 깨달음의 세계.
돌치다 되돌다.
형리(刑吏) 지방 관아의 형방에 속한 구실아치.
등대(等待) 미리 준비하고 기다림.

작 품 이 해

이상은 「날개」로 잘 알려진 소설가다. 더러 수필도 썼는데, 이 작품이 그의 대표적인 수필이다. 요양차 시골로 내려가 하루 동안 본 것을 자신의 느낌으로 확 끌어당겨 썼다. 이 작품은 무엇보다 세상을 바라보는 이상 특유의 관점이 잘 드러난다. 그리고 그 관점은 소설 「날개」가 바탕에 깔고 있는 관점이기도 하다. 「날개」가 담고 있는 주제는 무엇보다 삶을 대하는 무기력함이다. 비록 '날자'라고 외치는 마지막 장면에서 현실을 넘어서고자 하는 욕망을 표현하지만, 전반적으로 절망을 표현하고 있다. 물론 이와 같은 절망이 식민지 현실과 연결되어 있음은 쉽게 짐작할 수 있다. 절망적 시대를 절망적으로 표현하는 것이야말로 절망과 대면하는 것이기 때문이다.

이 수필의 바탕을 이루는 관점 역시 다르지 않다. 벽촌의 하루를 점묘, 곧 이러저러한 에피소드를 점점이 뿌려 두고 이를 자신의 주관으로 기술하는 방법은, 어디를 가나 권태라는 주제를 벗어날 수 없다는 절망적인 탄식으로 이어진다. 물론 이상이 절망스러워하는 것은 현실의 억압과는 거리가 멀다. 우선 1장에서는 '지루함', '단조로움', '모두가 똑같다'는 권태로움이 절망이다. 그러나 이 권태는 삶 자체의 속성이라기보다, 삶을 받아들이는 사람의 생각일 뿐이다. 권태를 인식하는 순간 삶은 권태로워지기 때문이다. 이상처럼 근대의 한가운데를 사는 모더니즘적인 인간은 결코 자의식으로부터 자유로울 수 없으며, '최 서방의 조카'와 같은 '영영 방심 상태'가 될 수 없는 것이다.

2장에서는 '공포의 초록색' 벌판과 지평선을 담아낸다. '무미건조한 지구의 여백'이라고 이상은 표현한다. 이 지구의 여백은 물론 계절에 따라 색을 달리한다. 단조로움과 황폐함 속에 살아가는 사람들은 곧 그 여백을 닮아 노역에 시달리거나 황폐함에 잠겨들 따름이다. 그러나 정작 농민들은 이 끝없는 권태를 깨닫지 못한다. 이상은 역설적으로 '이 흉악한 권태를 자각할 줄 아는 나는 얼마나 행복된가.'라고 읊조림으로써 자조(自嘲), 곧 자기 조롱에 빠지고 만다. 어쩌면 이상이 현실에서의 삶과 유리된 채 노동을 노역으로 인식하는 순간, 그에게는 모든 것이 권태일 것이다. 더욱이 도시와 다른 궁벽한 산골에서의 생활이란 도무지 권태를 충족시켜 줄 그 어떤 것도 없기 때문이다.

5장에서 포착하는 대상은 먼저 '송사리 떼'다. 작은 웅덩이에서 그들은 일정한 동기(動機)를 지닌 채 맹렬하게 움직인다. 뚜렷한 목적을 가진 채 군중적으로 하류를 향해 이동하는 송사리들은, 다양한 비판적인 어휘들을 사용하고 있으나 그에게는 경이다. 그러나 이 또한 금세 시들해지고 만다. 이내 송사리들이 어디론가 사라진 까닭이다. 다음으로 이상의 글에 들어오는 대상은 '소의 뿔'이다. 그리고 '반추하는 소'의 생리를 통해 소가 '지상 최대의 권태자'라고 규정한다. 이로부터 이상은 '사색의 반추'라는 그나마 희망 섞인 대안을 내어놓는다.

7장에 이르면 시간이 흘러 어느덧 밤이다. 이상은 앞선 '송사리 떼'와 다를 바 없는 맹렬한 식욕을 느낀다. 그 맹렬함은 똑같은 반찬들을 다른 맛으로 경험하게 만든다. 그러고는 '별'을 본다. 빛나는 동경, 영원한 순수 등의 이미지와 달리 그에게는 '별'조차 절대 권태이며, '도달할 수 없는 영원한 피안'의 함축을 갖는다. 그러나 이 수필의 마지막 부분에서 이상은 '사는 방법'을 아는 '불나비'를 통해 자신의 감추어진 욕망을 드러낸다. '정열의 생물'이기 때문이다. 그러나 정작 이상에게는 뛰어들 불 대신 오늘과 똑같이 권태로운 아침이 기다릴 뿐이다. 결국 그가 느끼는 권태는 존재 자체가 느낄 수밖에 없는 것이라기보다, 현실 상황에 빚진 바가 많은 것이다. 그의 권태는 그의 책임이라기보다 현실의 책임이며, 상황의 탓이라는 것으로 끝맺고 있다.

이상 수필의 매력은 결코 수필의 대상이 될 수 없는 존재들을 글 속으로

불러들인다는 점이다. 그리하여 이 하잘것없는 대상들에 자신만의 독특한
의미를 담아낸다. 그것은 계몽적인 가르침이나 이데올로기도 아니며, 자연
의 아름다움이나 삶의 빛도 아니다. 이상은 그저 자신만의 독특한 관점에
서 대상을 자유롭게 자기 것으로 삼는다. 이 놀라운 주관성은 시의 몫이다.
이것이야말로 이상 수필이 아직도 사람들에게 읽히는 힘일 것이다.

 활 동

1. 글쓴이가 권태를 느끼게 된 궁극적인 원인은 어디에 있을까?
2. 글쓴이는 다양한 대상을 주관에 비추어 보고 있다. 그가 세상을 바라보는 관점은 어떠한가?
3. 내가 처한 상황이 달라짐에 따라 대상이 달라 보였던 경험이 있는가? 언제였는가?

• 다음은 이상이 쓴 다른 수필이다. 두 수필의 차이를 내용과 형식이란 측면에서 살펴보자.

산촌 여정(山村餘情) 1
이상

1

향기로운 엠제이비(MJB)의 미각을 잊어버린 지도 20여 일이나 됩니다. 이곳에는 신문도 잘 아니 오고 체전부(遞傳夫)는 이따금 '하도롱'(hard-rolled paper) 빛 소식을 가져옵니다. 거기는 누에고치와 옥수수의 사연이 적혀 있습니다. 마을 사람들은 멀리 떨어져 사는 일가 때문에 수심이 생겼나 봅니다. 나도 도회에 남기고 온 일이 걱정이 됩니다.

건너편 팔봉산에는 노루와 멧도야지가 있답니다. 그리고 기우제 지내던 개골창까지 내려와서 가재를 잡아먹는 '곰'을 본 사람도 있습니다. 동물원에서밖에 볼 수 없는 짐승, 산에 있는 짐승들을 사로잡아다가 동물원에 갖다 가둔 것이 아니라, 동물원에 있는 짐승들을 이런 산에다 내어 놓아준 것만 같은 감각을 자꾸만 느낍니다. 밤이 되면 달도 없는 그믐 칠야(漆夜)에 팔봉산도 사람이 침소로 들어가듯이 어둠 속으로 아주 없어져 버립니다.

그러나 공기는 수정처럼 맑아서 별빛만으로라도 넉넉히 좋아하는 「누가복음」도 읽을 수 있을 것 같습니다. 그리고 또 참 별이 도회에서보다 갑절이나 더 많이 나옵니다. 하도 조용한 것이 처음으로 별들의 운행하는 기척이 들리는 것도 같습니다.

객줏집 방에는 석유 등잔을 켜 놓습니다. 그 도회지의 석간(夕刊)과 같은 그윽한 내음새가 소년 시대의 꿈을 부릅니다. 정 형! 그런 석유 등잔 밑에서 밤이 이슥하도록 '호까' 붙이던 생각이 납니다. 베짱이가 한 마리 등잔에 올라앉더니 그 연둣빛 색채로 혼곤한 내 꿈에 마치 영어 '티(T)' 자를 쓰고 건너긋듯이 유다른 기억에다는 군데군데 '언더라인'을 하여 놓습니다. 슬퍼하는 것처럼 고개를 숙이고 도회의 여차장이 차표 찍는 소리 같은 그 음악을 가만히 듣습니다. 그러면 그것이 또 이발소 가위 소리와도 같아집니다. 나는 눈까지 감고 가만히 또 자세히 들어 봅니다.

그리고 비망록을 꺼내어 머루 빛 잉크로 산촌의 시정(詩情)을 기초합니다.

그저께신문을찢어버린
때묻은흰나비
봉선화는아름다운애인의귀처럼생기고
귀에보이는지난날의기사

얼마 있으면 목이 마릅니다. 자리물—심해처럼 가라앉은 냉수를 마십니다. 석영질 광석 내음새가 나면서 폐부에 한란계 같은 길을 느낍니다. 나는 백지 위에 싸늘한 곡선을 그리라면 그릴 수도 있을 것 같습니다.

청석(靑石) 얹은 지붕에 별빛이 나려 쪼이면 한겨울에 장독 터지는 것 같은 소리가 납니다. 벌레 소리가 요란합니다. 가을이 이런 시간에 엽서 한 장에 적을 만큼씩 오는 까닭입니다. 이런 때 참 무슨 재조로 광음(光陰)을 헤아리겠습니까? 맥박 소리가 이 방 안을 방째 시계로 만들어 버리고 장침과 단침의 나사못이 돌아가느라고 양짝 눈이 번갈아 간질간질합니다. 코로 기계 기름 내음새가 드나듭니다. 석유 등잔 밑에서 졸음이 오는 기분입니다.

'파라마운트' 회사 상표처럼 생긴 도회 소녀가 나오는 꿈을 조곰 꿉니다. 그리다가 어느 도회에 남겨 두고 온 가난한 식구들을 꿈에 봅니다. 그들은 포로들의 사진처럼 나란히 늘어섭니다. 그리고 내게 걱정을 시킵니다. 그러면 그만 잠이 깨어 버립니다.

죽어 버릴까 그런 생각을 하여 봅니다. 벽 못에 걸린 다 해어진 내 저고리를 쳐다봅니다. 서도천리(西道千里)를 나를 따라 여기 와 있습니다그려!

한바탕 울 만한 자리
박지원

읽 기 전 에

1. 여행을 하며 풍경에 감동받은 적이 있는가?
2. 울기에 좋은 장소는 어떤 곳일까?

정사 박명원과 같은 가마를 타고 삼류하를 건너 냉정에서 아침밥을 먹었다. 십 리 남짓 가서 산모롱이를 접어드는데 정 진사의 마두 태복이 말 앞으로 달려 나와 땅에 엎드려 큰 소리로, "백탑(白塔)이 현신(現身)함을 아뢰오." 하고 말하였다.

산모롱이에 가려서 백탑은 아직 보이지 않았다. 급히 말을 채찍질하여 수십 보를 채 못 가서 겨우 산모롱이를 벗어나자 눈앞이 아찔해지며 헛것이 오르락내리락하였다. 나는 오늘에야 처음으로 인생이란 본디 의지할 데가 없이 하늘을 이고 땅을 밟은 채 떠돌아다니는 존재임을 알았다.

말을 세우고서 사방을 돌아보다가 손을 들어 이마에 얹고, "아, 참 좋은 울음터로다. 한바탕 울어 볼 만하구나." 하였다.

정 진사가 묻기를, "이렇게 천지간의 큰 장관을 만났는데 갑자기 울고 싶다니, 웬 말씀이오." 하였다.

이에 나는 말했다.

"옳은 말씀이나 그렇지 않소이다. 옛 영웅은 잘 울었고, 미인은 눈물이 많다지만 소리 없는 눈물로 그저 옷깃을 적셨을 뿐이요, 그 울음소리가 쇠나 돌이나 우러나온 듯 천지에 가득 찼다는 소리를 듣지는 못하였소이다. 사람들은 칠정 중에서 슬플 때만 우는 줄 알고 칠정이 모두 울음을 자아내는 줄은 모를 겝니다. 기쁨이 사무치면 울게 되고, 노여움이 사무치면 울게 되고, 즐거움이 사무치면 울게 되고, 사랑이 사무치면 울게 되고, 미움이 사무치면 울게 되고, 욕심이 극에 달하여도 울게 되니, 답답하고 울적한 감정을 풀어 버리는 것으로 소리쳐 우는 것보다 더 빠른 방법은 없소이다. 울음

마두(馬頭) 역마에 관한 일을 맡아보던 사람.
백탑(白塔) 중국 요나라와 금나라의 전탑(塼塔)을 이르는 말로, 여기서는 중국 요동 요양성 밖의 탑. 당시 조선에서는 볼 수 없었던, 거대하고 웅장한 탑임.
현신(現身) 다른 사람에게 자신을 보임. 흔히, 아랫사람이 윗사람에게 예를 갖추어 자신을 보이는 일을 이름.
칠정(七情) 사람의 일곱 가지 감정. 기쁨(喜)·노여움(怒)·슬픔(哀)·즐거움(樂)·사랑(愛)·미움(惡)·욕심(欲), 또는 기쁨(喜)·노여움(怒)·근심(憂)·생각(思)·슬픔(悲)·놀람(驚)·두려움(恐)을 이른다.

이란 우레에 비할 수 있는 게요. 복받쳐 나오는 감정이 이치에 맞아 터지는 것이 웃음과 다르지 않소이다. 사람들은 일찍이 이러한 지극한 감정을 겪어 보지 못하여 칠정을 늘어놓고 슬픔에다 울음을 짜 맞춘 게지요. 그리하여 초상을 치를 때 억지로 '애고', '어이' 따위의 소리를 부르짖지요. 그러나 참된 칠정에서 우러나오는 지극하고도 참된 소리란, 눌러 참아서 천지 사이에 서리고 엉기어 감히 나타내지 못하는 게요. 그러므로 저 가의(賈誼)는 일찍이 그 울 곳을 얻지 못하고, 참다못하여 필경은 선실(宣室)을 향해 한바탕 울었으니, 이 어찌 듣는 사람들이 놀라고 괴이하게 여기지 않았겠소."

내 말을 들은 정 진사가 다시 묻기를, "이제 이 울음터가 저토록 넓으니 나도 한번 울어 볼 터이나, 칠정 중에 어느 정을 골라 울어야 하겠소?" 하였다.

나는 이렇게 답해 주었다.

"저 갓난아이에게 물어보시오. 처음 날 때 느낀 것이 무슨 정인지를 말이오. 먼저 해와 달을 보고, 다음에는 앞에 가득한 부모와 친척들을 보니 기쁘지 않을 리가 없을 겝니다. 이러한 기쁨은 늙을 때까지 두 번 다시 없을 터이니 슬퍼하고 노여워할 리 없고 의당 웃고 즐거워하는 정만이 있어야 할 게요. 그러나 갓난아이는 도리어 분하고 한스러운 마음이 가슴에 가득 찬 듯이 울부짖소이다. 이는 곧 인생이란 귀한 사람이나 못난 사람이나 모두 한결같이 끝내는 죽어야 하고, 사는 동안에는 근심과 걱정을 골고루 겪어야 하기에, 태어난 것을 후회하고 울음보를 터뜨려 스스로를 애도하는 것이라고도 하오. 그렇지만 갓난아이의 울음은 결코 그런 정이 아닐 겝니다. 아이가 어머니의 태중에서 어둡고 갑갑하고 비좁게 지내다 하루아침에 탁 트인 곳으로 빠져나와 손과 발을 뻗어 정신이 시원하게 될 터이니, 한바탕 참된 소리를 질러 보지 않을 수 있겠소. 그러하니 우리는 갓난아이의 꾸밈없는 소리를 본받아, 저 비로봉(毘盧峯) 산마루에 올라가 동해를 바라보며 한바탕 울어 볼 만하고, 장연(長淵)의 바닷가 금모래밭을 거닐면서 한바탕 울어 볼 만할 게요. 오늘 요동 벌판에 이르러, 예서 산해관까지 일천이백 리 사방에 한 점의 산도 없고 하늘과 땅이 맞닿아 아교풀로 붙인 듯, 실로 꿰맨 듯, 오가는 비구름만이 창창할 뿐이니, 이 역시 한바탕 울 만한 자리가 아니겠소." ⑩

가의(賈誼) 중국 전한(前漢) 문제 때의 학자·정치가(B.C. 200~B.C. 168). 문제(文帝)를 섬기며 유학과 오
　　행설에 기초한 새로운 제도의 시행을 주장하였다. 저서에 『좌씨전훈고(左氏傳訓詁)』, 『신서』,
　　『복조부(?鳥賦)』 따위가 있다.
선실(旋室) 천자가 주로 기거하던 곳으로, 여기서는 중국 한나라의 왕실을 말함.
비로봉(毘盧峯) 금강산의 최고봉.
장연(長淵) 황해도 장연군에 있는 읍으로 서해가 보인다는 곳.

「한바탕 울 만한 자리」는 연암 박지원의 대표작이라고 할 수 있는 『열하일기』에서 따온 글로 그의 예사롭지 않은 생각들을 잘 엿볼 수 있다.

이 글은 『열하일기』 자체가 그러하듯, 청나라를 여행한 기록이기에 먼저 여정을 제시한다. '삼류하'를 건너 '냉정'을 거쳐 십 리 남짓 간 곳에서 백탑이 보이는 요동 벌판에 선 것이다. 과장이 없지 않겠으나 일천이백 리, 곧 480킬로미터 남짓을 가로지르는 벌판이 눈앞에 펼쳐진다. 480킬로미터는 서울에서 부산까지의 거리다. 그 거리를 거칠 것 없이 거대한 초원이 펼쳐져 있는 것이다. 어찌 장관이 아닐 수 있으랴. 오밀조밀한 산과 아기자기한 언덕에 둘러싸인 우리나라 풍광만 본 일행 모두 입을 쩍 벌릴 수밖에 없었으리라.

연암이 이 벌판에서 처음 한 생각은 '인생이란 본디 아무런 의탁할 곳이 없이 하늘을 이고 땅을 밟은 채 떠돌아다니기만 하는 것임을 알았다.'는 것이다. 텅 빈 벌판에서의 느낌을 삶 전체와 과감하게 연결한 것이다. 그의 사유가 얼마나 삶의 본질 깊숙이 파고들어 가 있는지를 알 수 있다. 공간을 통해 삶 그 자체의 의미를 재규정하는 것이다.

다음의 말은 '나도 모르는 사이에' 내뱉은 말이다. 이곳이야말로 '좋은 울음터'라는 것. 이 말을 두고 '정 진사'는 영문을 몰라 한다. 연암은 '칠정(七情)' 모두가 울 수 있는 것이라고 설명한다. 지극한 감정은 모두 울음과 연결된다는 것이다. 그럼에도 사람들은 '슬픔'만을 울음과 연결함으로써 자연스러운 감정의 발로를 억제한다고 주장한다. 정 진사는 다시금 그 '칠정' 가운데 지금 이 울음터에서의 감정은 어떤 감정이기에 울고 싶은지를 묻는다. 연암은 이 또한 아이가 어머니의 배 속에서 나올 때 처음 우는 까닭과 연결하여, '넓고 훤한 곳'이 불러일으키는 '마음의 시원함'이 울음을 터뜨리게 한다고 설명한다.

연암은 다시 여정을 적는 것으로 멋진 한 편의 글을 끝맺는다. 이 글 한 편만으로도 상식을 뒤엎는 반전, 자신만의 독특한 눈으로 사물을 바라보고, 삶의 편견과 해석을 자유롭고 능란하게 펼쳐 보이는 거인을 마주한 느낌이다. 『열하일기』는 참으로 탁월한 고전이 아닐 수 없다.

 활 동

1. 이 글 속에 나타난 물음과 대답을 간단히 정리해 보자.
2. 글쓴이가 세상 이치를 바라보는 관점 가운데 두드러진 특성은 무엇인가?
3. 사물의 근본적인 이치를 개성적으로 보고자 한다면 무엇이 필요할까 생각해 보자.

나무
이양하

읽 기 전 에

1. 나무의 대표적인 속성은 무엇인지 세 가지를 찾아보자.
2. 나무를 사람에 비유한다면 어떤 사람일까 생각해 보자.

나무는 덕(德)을 지녔다. 나무는 주어진 분수에 만족할 줄을 안다. 나무로 태어난 것을 탓하지 아니하고, 왜 여기 놓이고 저기 놓이지 않았는가를 말하지 아니한다. 등성이에 서면 햇살이 따사로울까, 골짜기에 내려서면 물이 좋을까 하여, 새로운 자리를 엿보는 일도 없다. 물과 흙과 태양의 아들로, 물과 흙과 태양이 주는 대로 받고, 득박(得薄)과 불만족을 말하지 아니한다. 이웃 친구의 처지에 눈떠 보는 일도 없다.

소나무는 진달래를 내려다보되 깔보는 일이 없고, 진달래는 소나무를 우러러보되 부러워하는 일이 없다. 소나무는 소나무대로 스스로 족하고, 진달래는 진달래대로 스스로 족하다.

나무는 고독하다. 나무는 모든 고독을 안다. 안개에 잠긴 아침의 고독을 알고, 구름에 덮인 저녁의 고독을 안다. 부슬비 내리는 가을 저녁의 고독도 알고, 함박눈 펄펄 날리는 겨울 아침의 고독도 안다. 나무는 파리 옴쭉 않는 한여름 대낮의 고독도 알고, 별 얼고 돌 우는 동짓날 한밤의 고독도 안다. 그러나 나무는 어디까지든지 고독을 견디고 고독을 이기고 또 고독을 즐긴다.

나무에 아주 친구가 없는 것은 아니다. 달이 있고, 바람이 있고, 새가 있다. 달은 때를 어기지 아니하고 찾고 고독한 여름밤을 같이 지내고 가는 의리 있고 다정한 친구다. 웃을 뿐 말이 없으나 이심전심 의사가 잘 소통되고 아주 비위에 맞는 친구다.

바람은 달과 달라 아주 변덕 많고 수다스럽고 믿지 못할 친구다. 그야말로 바람쟁이 친구다. 자기 마음 내키는 때 찾아올 뿐 아니라, 어떤 때는 쏘삭쏘삭 알랑대고, 어떤 때는 난데없이 휘갈기고, 또 어떤 때는 공연히 뒤틀려 우악스럽게 남의 팔다리에 생채기를 내 놓고 달아난다. 새 역시 바람같이 믿지 못할 친구다. 역시 자기 마음 내키는 때 찾아오고 자기 마음 내키는 때 달아난다. 그러나 가다 믿고 와 둥지를 틀고, 지쳤을 때 찾아와 쉬며 푸념하는 것이 귀엽다. 그리고 가다 흥겨워 노래할 때 노래 들을 수 있는 것이 또한 기쁨이 되지 아니할 수 없다. 나무는 이 모든 것을 잘 가릴 줄 안다. 그러나 좋은 친구라 하여 달만을 반기고, 믿지 못할 친구라 하여 새와 바람을 물리치는 일이 없다. 그리고 달을 유달리 후대하고 새와 바람을 박대하는 일도 없다. 달은 달대로, 새는 새대로, 바람은 바람대로 다 같이 친구로 대한다. 그리고 친구가 오면 다행하게 생각하고, 오지 않는다고 하여 불행해하는 법이 없다.

같은 나무 이웃 나무가 가장 좋은 친구가 되는 것은 두말할 것이 없다. 나무는 서로 속속들이 이해하고 진심으로 동정하고 공감한다. 서로 마주 보기만 해도 기쁘고, 일생을 이웃하고 살아도 싫증나지 않는 참다운 친구다.

그러나 나무는 친구끼리 서로 즐긴다느니보다는, 제각기 하늘이 준 힘을 다하여 널리 가지를 펴고, 아름다운 꽃을 피우고, 열매를 맺는 데 더 힘을 쓴다. 그리고 하늘을 우러러 항상 감사하고 찬송하고 묵도(默禱)하는 것으로 일삼는다. 그러길래 나무는 언제나 하늘을 향하여 손을 쳐들고 있다. 그리고 온갖 나뭇잎이 욱은 숲을 찾는 사람이 거룩한 전당(殿堂)에 들어선 것처럼, 엄숙하고 경건한 마음으로 자연 옷깃을 여미고 우렁찬 찬가에 귀를 기울이게 되는 이유도 여기 있다.

나무에 하나 더 원하는 것이 있다면 그것은 천명을 다한 뒤에 하늘 뜻대로 다시 흙과 물로 돌아가는 것이다. 그러나 사람은 가다 장난 삼아 칼로 제 이름을 새겨 보고, 흔히 자기 소용 닿는 대로 가지를 쳐 가고, 송두리째 베어 가고 한다. 나무는 그래도 원망하지 않는다. 새긴 이름은 도리어 그들의 원대로 키워지고, 베어 간 재목이 혹 자기를 해칠 도끼 자루가 되고 톱 손잡이가 된다 하더라도 이렇다 하는 법이 없다.

나무는 훌륭한 견인주의자(堅忍主義者)요, 고독의 철인이요, 안분지족(安分知足)의 현인이다.

불교의 소위 윤회설이 참말이라면, 나는 죽어서 나무가 되고 싶다. 무슨 나무가 될까? 이미 나무를 뜻하였으니 진달래가 될까, 소나무가 될까는 가리지 않으련다. ⑯

작 품 이 해

이양하의 수필은 지적이며 철학적 깊이가 있다. 이 글 또한 나무를 인간과 다를 바 없는 속성을 지닌 인격적인 대상으로 간주하여, 나무의 특성을 인간의 품성과 연결하여 말한다.

이 글은 먼저 나무가 덕을 지녔음을 말한다. 나무는 만족할 줄 아는 존재, 스스로 족할 줄 아는 존재라는 것이다. 그리고 나무의 고독을 말한다. 계절에 따른 변화에도 홀로 스스로 일으켜 세우고 달랠 줄 안다. 나무는 달과 바람, 새와 친구이다. 그 가운데 달이 가장 믿음직스러운 친구이나 바람이나 새를 위해서도 자신을 내주고 물리치지 않는다.

나무는 묵묵히 자신을 위해 최선의 노력을 기울인다. 그리고 나무의 바람은 흙과 물로 돌아가는 것이다. 사람이 그를 해할 때도 없지 않으나 나무는 묵묵히 받아들인다. 나무는 '훌륭한 견인주의자요, 고독의 철인이요, 안분지족의 현인'이라는 것이다. 필자는 자신 또한 나무가 되고 싶으며, 어떤 나무든 나무와 마찬가지로 가리지 않으리라는 다짐으로 끝을 맺는다.

나무에 관한 깊은 관찰과 폭넓은 통찰, 그로부터 인간은 무엇을 배울 것인가를 짧은 글에 풍부하고 깊이 있게 담고 있다. 짝을 이루는 문장의 짜임 또한 정교하며, 거침없이 생각을 펼쳐 나가는 사유의 깊이는 단정하며 웅혼하다. 일상적인 삶의 경험이 배제되어 있으나, 대상의 속성에 깊이 몰두하여 얻어 낸 좋은 수필이다.

활 동

1. 이 글의 표현상의 특징을 있는 대로 말해 보자.
2. 나무의 여러 속성 가운데 가장 바람직하다고 생각하는 것은 무엇인가?
3. 윤회가 있다면, 나는 죽어서 무엇이 되고 싶으며 그 까닭은 무엇인가?

참새
윤오영

읽 기 전 에

1. 옛사람들은 진달래꽃을 참꽃이라고 불렀다. 그렇다면 참새는 왜 참새일까?

2. '나와 참새'란 제목으로 수필을 쓴다면 어떤 내용일까?

짹짹 짹. 짹 짹. 뭇 참새의 조잘대는 소리. 반가운 소리다. 벌써 아침나절인가. 오늘도 맑고 고운 아침. 울타리에 햇발이 들어 따스하고 명랑한 하루를 예고해 주는 귀여운 것들의 조잘대는 소리다. 기지개를 펴며 눈을 비빈다. 캄캄한 밤이 아닌가. 전등의 스위치를 누르고 책상 위의 시계를 보니, 새로 세 시다. 형광등만 훤하다. 다시 눈을 감아도 금방 들렸던 참새 소리는 없다. 눈은 멀거니 천장을 직시한다.

참새는 공작같이 화려하지도, 학같이 고귀하지도 않다. 꾀꼬리의 아름다운 노래도, 접동새의 구슬픈 노래도 모른다. 시인의 입에 오르내리지도, 완상가에게 팔리지도 않는 새다. 그러나 그 조그만 몸매는 귀엽고도 매끈하고, 색깔은 검소하면서도 조촐하다. 어린 소녀들처럼 모이면 조잘댄다. 아무 기교 없이 솔직하고 가벼운 음성으로 재깔재깔 조잘댄다. 쫓으면 후루룩 날아갔다가 금방 다시 온다. 우리나라 방방곡곡, 마을마다 집집마다 없는 곳이 없다.

진달래꽃을 일명 참꽃이라 부르는 것은 무슨 까닭인가. 삼천리강산 가는 곳마다 이 연연한 꽃이 봄소식을 전해 주지 않는 데가 없어 기쁘든 슬프든 우리의 생활과 떠날 수 없이 가까웠던 까닭이다.

민요 시인 김소월이 다른 꽃 다 버리고 오직 약산의 진달래를 노래한 것도 다 이 나라의 시인인 까닭이다. 하고한 새가 많건만 이 새만을 참새라 부르는 것도 같은 뜻에서다. 이 나라의 민요 시인이 새를 노래한다면 당연히 이 새가 앞설 것이다. 우리 집 추녀에서 보금자리를 하고 우리 집 울타리에서 자란 새가 아닌가. 이 새 울음에 동창에 해가 들고 이 새 울음에 지붕에 박꽃이 피었다. 미물들도 우리와 친분이 같지가 않다. 제비는 반갑고 부엉새는 싫다. 까치 소리는 반갑고 까마귀 소리는 싫다. 이 참새처럼 한집안 식

접동새 '두견'의 사투리. 등은 회갈색이고 배는 어두운 푸른빛이 나는 흰색에 검은 가로줄 무늬가 있는 여름새.
하고하다 많고 많다.

구같이 살아온 새도 없고, 이 참새 소리처럼 아침의 반가운 소리도 없다.

"위혀어, 위혀어!" 긴 목소리로 새 쫓는 소리가 가을 들판에 메아리친다. 들곡식을 축내는 새들을 쫓는 소리다. 그렇게 보면 참새도 우리에게 해로운 새일지도 모르지만 봄여름에는 벌레를 잡는다. 논에 허수아비를 해 앉히고 새를 쫓아, 나락 먹는 것을 금하기는 하지만 쥐 잡듯 잡아 없애지는 않는다. 만일 참새를 없애자면 그리 불가능한 일은 아니다. 반드시 추녀 끝에 서식하기 때문이다. 그러나 그렇게 매몰하지도 않았고, 이삭이나 북데기까리나 겨 속의 낟알, 수채의 밥풀에까지 인색하지는 아니했다. "새를 쫓는다"라고 하지 않고 "새를 본다"라고 하는 것도 애기같이 귀엽게 여긴 부드러운 말씨다. 그리하여 저녁때는 다 같이 집으로 돌아온다.

지금 생각하면 황금빛 들판에서 푸른 하늘을 향하여 "위혀어, 위혀어!" 새 쫓는 소리도 유장하기만 하다. 새 보는 일은 대개 소녀들의 일이다. 문득 목단이 모습이 떠오른다. 목단이는 우리 집 앞 논에 새를 보러 매일 오는 아랫말 처녀다. 나는 웃는 목단이가 공주 같다고 생각한 일이 있다. 나보다 너댓 살 손위라 누나라고 불러 달라고 했지만, 나는 굳이 목단이라고 부르고 누나라고 불러 주지 아니했다. 그는 가끔 삶은 밤을 까서 나를 주곤 했다. 혼자서는 종일 심심한 까닭에 내가 날마다 와서 같이 놀아 주기를 바라는 것이었다. 그도 만일 지금 살아 있다면 물론 할머니가 되었을 것이다.

패가한 집을 가리켜 '참새 한 마리 안 와 앉는 집'이라고 한다. 또 참새 많이 모이는 마을을 복 마을이라고도 한다. 후덕스러운 말이요, 이유 있는 말이기도 하다. 참새는 양지바르고 잔풍한 곳을 택한다. 여러 집이 오밀조밀 모인 대촌(大村)을 택하고 낟알이 풍족하고 방앗간이라도 있는 부유한 마을을 택하니 그 마을은 복지(福地)일 법도 하다. 풍족한 마을에서는 새한테도 각박하지가 않다. 언제인가 나는 어느 새 장수와 만난 적이 있었다. 조롱(鳥籠) 안에는 십자매, 잉꼬, 문조, 카나리아, 기타 이름 모를 새들도 많았다. 나는 "참새만 없네." 하다가, 즉시 뉘우쳤다. 실은 참새가 잡히지 아니해서 다행인 것을……. 나는 어려서 조롱을 본 일이 없다. 시골서 새를 조롱에 넣어 기르는 사람은 한 사람도 없었다. 제비는 찾아와서 "논어"를 읽어 주고, 까치는 찾아와서 반가운 소식을 전해 주고, 꾀꼬리는 문 앞 버들가지로 오르내리며 '머리 곱게 빗고 담배 밭에 김매러 가라.'고 일깨워 주고, 또한 참새는 한집의 한식구인데 조롱이 무엇이 필요하랴. 뒷문을 열면 진달래, 개나리가 창으로 들어오고, 발을 걷으면 복사꽃, 살구꽃 가지각색 꽃이 철 따라 날고, 뜰 앞 괴석에는 푸른 이끼가 이슬을 머금고 있다. 여기에 만일 꽃꽂이를 한다고 꽃가지를 꺾어 방 안에서 시들리고, 돌을 방구석에 옮겨 놓고 먼지를 앉혀 이끼를 말리고, 또 새를 잡아 가두어 놓고 그 비명을 향락하는 자가 있다면, 그는 분명 악취미요, 그것은 살풍경이었을 것이다.

그런데 이제는 이 참새도 씨가 져서 천연기념조로 보호 대책이 시급하다는 이야기다. 세상에 참새들조차 명맥을 보존할 수가 없게 되었는가. 그동안 이렇게 세상이 변했는가. 생각하면 메마르고 삭막하고 윤기 없는 세상이다.

달 속의 돌멩이까지 캐내도록 악착같이 발전해 가는 인간의 지혜가 위대하다면 무한히 위대하지만, 한편 인간의 행복을 위하여 한 마리의 참새나마 다시금 아쉽고 그립지 아니한가.

연화봉(蓮花峯)에서 하계로 쫓겨난 양소유(楊少遊)가 사바 풍상을 다 겪고 또 부귀공명을 한껏 누리다가, 석장(錫杖) 짚은 노승의 "성진아!" 한 마디에 황연대각(晃然大覺), 옛 연화봉이 그리워 다시 연화봉으로 돌아갔다.

북데기까리 '북데기'의 사투리. 벼나 밀 따위의 낟알을 털 때 나오는 짚 부스러기, 깍지, 이삭 부스러기 같은 찌꺼기.
잔풍(殘風)하다 잔잔한 바람이 부는 듯하다.
복지(福地) 행복을 누리며 잘 살 수 있는 땅.
하계(下界) 천상계에 상대하여 사람이 사는 이 세상을 이르는 말.
양소유 서포 김만중이 지은 고대 소설 『구운몽(九雲夢)』의 주인공 '성진'이 환생한 인물.
석장(錫杖) 승려가 짚고 다니는 지팡이.
황연대각(晃然大覺) 환하게 모두 깨달음.

짹 짹 짹. 잠결에 스쳐 간 참새 소리는 나에게 무엇을 깨우쳐 주려는 것인가. 나더러 어디로 돌아가라는 것인가. 사십 년간 꿈에도 생각해 본 적이 없는 네 소리. 무슨 인연으로 사십 년 전 옛 추억―. 가 버린 소년 시절, 고향 풍경을 이 오밤중에 불러일으켜 놓고 어디로 자취를 감춘 것이냐. 잠결에 몽롱하던 두 눈은 이제 씻은 듯 깨끗하다.

나는 문득 일어나 불을 피워 차를 달이며 고요히 책상머리에 앉는다. ⑱

작 품 이 해

　참새의 조잘대는 소리에 잠을 깬 필자는 '어린 소녀들의 조잘거림'을 떠올린다. 그리고 왜 참새를 참새라고 했을까 하는 의문에서 시작한 탐구는, 흔해 빠진 참새야말로 '이 나라의 새'라는 깨달음으로 이어진다. 이어서 '새를 쫓는다'가 아니라 '새를 본다'는 의미와 연결하여, 새를 보던 목단이를 떠올린다. 덧붙여 참새가 많이 깃든 곳은 부촌이었으며, 조롱에 가두지 않을 만큼 친숙한 새였다고 말한다. 그런데 참새에 대한 이 생각은 모두 과거의 것이다. 오늘에는 '보호 대책'을 입에 올릴 만큼 흔치 않기 때문이다.

　필자는 참새조차 떠나보낸 '메마르고 삭막하고 윤기 없는 세상'을 안타까워하며, 진정한 '인간의 행복'이란 무엇인가 자문하는 것으로 끝맺는다.

　이 수필은 참새라는 흔한 소재를 통해, 오늘날 현대인들의 삶이 얼마나 각박해졌는가를 찬찬히 밝혀 보인다. 때로는 일상적인 언어의 용법을 생각해 보기도 하고, 때로는 어린 시절의 추억을 회상하기도 한다. 이처럼 작품은 참새와 연관된 것들을 일정한 틀 없이 자유롭게 이어 붙이고 있다. 짧고 간명한 문장과 풍부한 식견이 잘 드러난 작품이다. 이는 곧 윤오영 수필의 특성이기도 하다. 일상적인 소재와 경험으로부터 현대인의 삶에 드리운 어두운 그늘을 차근차근 풀어헤쳐 보인다. 그만큼 그의 수필은 회고적이며 고전적이다. 옛것과 새것 사이에서 언제나 옛것에 후한 점수를 주며, 옛것 가운데에서도 단정한 선비의 지혜가 담긴 것들을 선호하는 것이다.

활 동

1. 글쓴이는 우리 조상들이 '참새'를 어떻게 생각했으리라 추측하는가?
2. 현대 사회에 대한 비판적인 관점이 잘 드러난 부분을 찾고 이로부터 작가의 가치관을 추론해 보자.
3. 이 글의 소재, 문체, 관점을 살펴 글쓴이의 개성을 분석해 보자.

두 번째 이야기

삶과
인간

　수필은 경험에 자신만의 성찰을 덧붙여 쓴 개성적인 글이다. 이 경험은
자연에서 혹은 일상적인 생활에서 이끌어 낸 경험일 수도 있지만, 일상 속
에서 마주친 사람에 관한 글일 수도 있다. 두 번째 이야기에서는 수필 가운
데 사람을 탐구의 대상으로 삼은 글을 가려 뽑았다.

　사람은 언제나 문학의 주제다. 그 사람은 때로는 생활 속에서 마주친 이
이기도 하며, 때로는 잘 알고 있는 이일 수도 있다. 어쩌면 「조침문」과 같이
오랫동안 함께 지내온 '바늘'을 의인화하여 삶 속으로 끌어들일 수도 있겠
다. 박수근, 박경리, 권정생 등 작가나 화가가 글의 대상이 되기도 한다. 결
국 문학은 인간에 대한 탐구이기 때문이다. 그 가운데 수필이 탐구하는 인
간은 살아 있는, 혹은 곁에서 지켜본 인간이다.

　특히 이 장에서는 식사문, 곧 일정한 의식(儀式)에서 인물을 기리는 글을
포함했다. 식사문은 일정한 격식에 맞춰 쓴 글이기에 형식을 갖추어야 하
며, 또한 개인의 곡진한 느낌이 잘 표현되어야 한다. 비길 바는 아니지만 바
늘을 잃은 마음을 담은 「조침문」과 함께 가까이에서 지켜보고 모신 박경리,
권정생 선생에 대한 추도의 글이 여기에 속한다.

　또한 특기할 만한 것으로 「세계 인권 선언문」을 함께 실었다. 인권의 문
제는 인간의 삶에서 가장 근본적으로 비켜설 수 없는 원칙이다. 그리고 그

저 책 속의 원칙이 아니라, 삶에서 끊임없이 조회해야 할 원칙이다. 자신도 모르는 사이에 상대방의 인권을 침해하거나 자신의 권리를 침해당해서는 안 될 것이다.

이 다양한 사람들이 빚어내는 삶의 향기를 경험함으로써 한층 깊게 인간을 이해하고, 나아가 어떻게 살아야 할 것인가를 거듭 되묻는 기회가 되길 바란다.

세계 인권 선언문

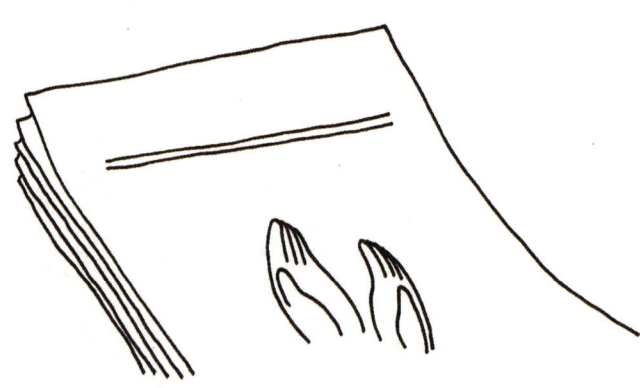

읽 기 전 에

1. 인권이란 무엇인가?

2. 나의 인권을 침해받은 적이 있는가? 있다면 어떤 경험이었는가?

【전문】

우리는 인류 가족 모두가 원래부터 존엄하고 평등하며 남에게 **빼앗길 수 없는** 권리를 타고났다는 사실을 인정해야 한다. 이것은 자유롭고 정의로우며 평화로운 세상의 밑바탕이다. 인권을 무시하고 경멸하는 만행이 어떤 결과를 초래했던가를 기억해 보라. 인류의 양심을 분노하게 했던 야만적인 일들이 일어나지 않았던가?

보통 사람들의 간절한 바람은 모든 인간이 언론과 신념의 자유를 얻고, 공포와 결핍에서 벗어나는 것이다.

사람들이 폭정과 억압에 대항하는 마지막 수단으로서 저항에 호소하지 않게 하려면, 반드시 법치를 통해 인권을 보호해야 한다. 또한 여러 나라 사이에 친선을 맺고 관계를 발전시키는 일도 필수적이다.

국제 연합의 여러 국민은 이미 '유엔 헌장'을 통해 기본적 인권, 인간의 존엄과 가치, 남녀의 동등한 권리에 대한 신념을 확인했고, 좀 더 폭넓은 자유 속에서 사회적 진보를 촉진하고 생활수준을 향상시키자고 다짐했었다.

이러한 서약을 제대로 실천하려면 인권이 무엇이고 자유가 무엇인지를 모든 사람이 이해해야 하지 않겠는가? 그것이 이 서약의 이행을 위해 가장 중요할 것이다. 따라서 국제 연합 총회는 모든 개인과 조직이 이 서약을 항상 마음에 깊이 간직하고, 국내적·국제적 조치로 회원국 국민의 보편적 자유와 권리를 키우는 데 지속적인 노력을 기울이자고 제안한다. 이에 모든 인류가 '다 함께 달성해야 할 하나의 공통 기준'으로서 '세계 인권 선언'을 선포한다.

제1조

모든 사람은 태어날 때부터 자유롭고, 존엄하며, 평등하다. 모든 사람은 이성과 양심이 있으니 형제의 마음으로 서로를 대해야 한다.

제2조

어느 누구도 자신의 인종, 피부색, 성, 언어, 종교, 정치적 또는 기타의 의견 등 어떤 이유로도 차별받지 않고, 이 선언에 나와 있는 모든 권리와 자유를 누릴 자격이 있다. 더 나아가, 어떤 사람이 속한 나라 또는 영토가 독립국이든, 신탁 통치 지역이든, 비자치 지역이든, 또는 어떤 주권상의 제약을 받고 있는 지역이든 상관없이, 그곳의 정치적 지위나 사법 관할권상의 지위나 국제적 지위를 근거로, 어느 곳에 사는 주민은 지위가 높고, 다른 곳에 사는 주민은 지위가 낮다는 식으로 구분해서는 절대로 안 된다.

제3조

모든 사람은 자기 생명을 지킬 권리, 자유를 누릴 권리, 그리고 자신의 안전을 지킬 권리가 있다.

제4조

어느 누구도 노예가 되거나 타인에게 예속된 상태에 놓여서는 안 된다. 노예 제도와 노예 매매는 어떤 형태이든 금지한다.

제5조

어느 누구도 고문 또는 잔인하고 비인도적이거나 모욕적인 대우, 형벌을 받지 않는다.

제6조

모든 사람은 어디에 있든지 법 앞에서 '한 사람의 인간'으로 인정받을 권리가 있다.

제7조

모든 사람은 법 앞에서 평등하며, 차별 없이 법의 보호를 받을 자격이 있다. 이 선언에 위배되는 그 어떤 차별에 대해서도, 그러한 차별을 선동하는 그 어떤 행위에 대해서도 모든 사람은 평등하게 보호받을 권리가 있다.

제8조

모든 사람은 헌법 또는 법률이 보장하는 기본권을 침해당했을 때, 해당 국가의 법원에서 유효한 구제를 받을 권리가 있다.

제9조

어느 누구도 정당한 근거 없이 함부로 체포되거나, 감옥에 갇히거나, 해외로 추방당하지 않는다.

제10조

모든 사람은 자신의 권리와 의무가 무엇인지에 대한 판별을 받을 때, 그리고 자신의 행위가 범죄인지 아닌지를 판결받을 때, 독립적이고 편견 없는 법정에서 공정하고 공개적인 심문을 받을 권리가 있다.

제11조

(1) 범죄의 소추를 받은 사람은 자신을 변호하는 데 필요한 모든 것을 보장받아야 하고, 공개 재판을 통해 유죄가 입증될 때까지 누구라도 무죄로 추정될 권리가 있다.

(2) 어느 누구도 어떤 행동을 하거나 하지 않았을 때 국내법 또는 국제법상으로 아무 문제가 없고 범죄가 아니었던 것을 나중에 와서 유죄로 판결받지 않는다. 또한 범죄가 행해진 때의 형벌보다 더 무거운 형벌을 받지 않는다.

제12조

어느 누구도 자신의 사생활, 가정, 주거 또는 통신에 대하여 간섭을 받지 않으며, 자신의 명예와 평판에 대해 공격받지 않는다. 모든 사람은 그러한 간섭이나 공격에 대하여 법의 보호를 받을 권리가 있다.

제13조

(1) 모든 사람은 자기 나라 영토 안에서 어디든 갈 수 있고, 어디서든 살 수 있다.

(2) 모든 사람은 자기 나라를 포함한 그 어떤 나라로부터도 떠날 권리가

예속(隸屬) 남의 지배나 지휘 아래 매임.
위배(違背) 법률, 명령, 약속 따위를 지키지 않고 어김.
심문(審問) 법원이 당사자나 그 밖에 이해관계가 있는 사람에게 서면이나 구두로 개별적으로 진술할 기회를 주는 일.
소추(訴追) 형사 사건에 대하여 법원에 심판을 신청하여 이를 수행하는 일.

있고, 또한 자기 나라로 돌아갈 권리가 있다.

제14조

(1) 모든 사람은 박해를 피해, 다른 나라에 피난처를 구하고 그곳에 망명할 권리가 있다.

(2) 이 권리는 비정치적인 범죄 또는 국제 연합의 목적과 원칙에 반하는 행위 때문에 제기된 소추의 경우에는 해당되지 않는다.

제15조

(1) 모든 사람은 국적을 가질 권리가 있다.

(2) 어느 누구도 정당한 근거 없이 국적을 빼앗기지 않으며, 또한 모든 사람은 자기 국적을 바꾸거나 다른 나라의 국적을 취득할 권리가 있다.

제16조

(1) 성년이 된 남녀는 인종, 국적, 종교의 제한을 받지 않고 결혼할 수 있으며, 가정을 이룰 권리가 있다. 결혼해서 사는 동안 그리고 이혼하게 될 경우에, 결혼에 관한 모든 문제에서 남녀는 똑같은 권리를 갖는다.

(2) 결혼은 양 당사자의 자유롭고도 완전한 합의로만 성립된다.

(3) 가정은 사회의 자연적이고 기초적인 구성단위로서, 사회와 국가의 보호를 받을 권리가 있다.

제17조

(1) 모든 사람은 혼자서 또는 다른 사람과 공동으로 재산을 소유할 권리가 있다.

(2) 어느 누구도 자기 재산을 정당한 이유 없이 남에게 빼앗기지 않는다.

제18조

모든 사람은 사상, 양심, 종교의 자유를 누릴 권리가 있다. 이 권리는 자신의 종교 또는 신념을 바꿀 자유와 가르침, 실천, 예배, 의식에서 혼자 또는 다른 사람과 함께, 공개적으로 또는 사적으로 자기의 종교나 신념을 밝히는 자유를 포함한다.

제19조

모든 사람은 의사 표현의 자유를 누릴 권리가 있다. 이 권리는 남의 간섭을 받지 않고 자신의 의견을 가질 수 있는 자유와 모든 매체를 통해 국경에 구애됨이 없이 정보와 사상을 구하고 전할 자유를 포함한다.

제20조

(1) 모든 사람은 평화적인 집회 및 결사의 자유를 누릴 권리가 있다.

(2) 어느 누구도 결사에 소속될 것을 강요받지 않는다.

제21조

(1) 모든 사람은 자기가 직접 참여하든 자유롭게 선출된 대표자를 통해 참여하든 자기 나라의 정치에 참여할 권리가 있다.

(2) 모든 사람에게는 자기 나라의 공직을 맡을 권리가 똑같이 주어져 있다.

(3) 국민의 의사는 정부 권위의 기초이다. 이 의사는 정기적으로 실시하는 진정한 선거를 통해서만 표출된다. 이러한 선거는 보통 선거와 평등 선거로 이루어지고, 비밀 투표 또는 비밀 투표에 해당하는 자유로운 투표 절차에 따라 실시해야 한다.

제22조

모든 사람은 사회의 일원으로서 사회 보장을 받을 권리가 있다. 모든 사람은 국가의 자체적인 노력과 국제적인 협력, 그리고 각 나라의 제도와 자원의 형편에 따라 자신의 존엄성과 인격의 자유로운 발전을 위해 반드시 필요한 경제적 권리, 사회적 권리, 문화적 권리의 실현을 요구할 권리가 있다.

제23조

(1) 모든 사람은 일할 권리, 자유롭게 직업을 선택할 권리, 공정하고 유리한 조건으로 일할 권리, 실업 상태에 놓였을 때 보호받을 권리가 있다.

망명(亡命) 정치적인 이유로 자기 나라에서 박해를 받고 있거나 박해를 받을 위험이 있는 사람이 이를 피하기 위하여 외국으로 몸을 옮김.

결사(結社) 여러 사람이 공동의 목적을 이루기 위하여 단체를 조직함. 또는 그렇게 조직된 단체.

(2) 모든 사람은 동일한 노동에 대해 동일한 보수를 차별 없이 받을 권리가 있다.

(3) 모든 노동자는 자신과 그 가족이 인간적으로 품위를 지키고 살아갈 수 있게 하는 정당하고 유리한 보수를 받을 권리를 가진다. 이러한 보수가 부족할 경우, 필요하다면 다른 사회 보호 수단으로 보충받을 권리가 있다.

(4) 모든 사람은 자신의 이익을 보호하기 위하여 노동조합을 결성하고 가입할 권리가 있다.

제24조

모든 사람은 노동 시간을 합리적으로 제한받고 정기적 유급 휴가를 받으며, 휴식과 여가를 즐길 권리가 있다.

제25조

(1) 모든 사람은 먹을거리, 입을 옷, 주택, 의료, 사회 서비스 등을 포함해 가족의 건강과 행복에 적합한 생활수준을 누릴 권리가 있다. 또한 직업을 잃었거나, 질병에 걸렸거나, 장애를 당했거나, 배우자와 사별했거나, 나이가 많이 들었거나, 그 밖에 자신의 힘으로 구제할 수 없는 상황에 처하여 살길이 막막해진 모든 사람은 사회나 국가로부터 생계를 보장받을 권리를 가진다.

(2) 어린이와 그 어머니는 특별한 보살핌과 도움을 받을 자격이 있다. 모든 어린이는 부모의 혼인 여부에 관계없이 동등한 사회적 보호를 받는다.

제26조

(1) 모든 사람은 교육받을 권리가 있다. 초등 교육과 기초 교육은 무상이어야 하며, 특히 초등 교육은 의무적으로 실시해야 한다. 기술 교육과 직업 교육은 일반적으로 받을 수 있어야 하며, 고등 교육은 다른 차별 없이 능력에 따라 모든 사람에게 똑같이 주어져야 한다.

(2) 교육은 인격을 온전하게 발달시키고, 인권과 기본적 자유를 더욱 존중할 수 있는 방향으로 가야 한다. 교육은 모든 국가, 인종 집단 또는 종교 집단들이 서로 이해하고 서로 너그러운 마음으로 포용하며 친선을 도모할

수 있도록 해야 하고, 평화 유지를 위한 국제 연합의 활동을 촉진해야 한다.

(3) 부모는 자기 자녀가 받을 교육을 우선적으로 선택할 권리가 있다.

제27조

(1) 모든 사람은 자기가 속한 사회의 문화생활에 자유롭게 참여하고, 예술을 즐기며, 학문적 진보와 혜택을 공유할 권리가 있다.

(2) 모든 사람은 자신이 만들어 낸 모든 과학적, 문화적, 예술적 창작물에서 생기는 정신적, 물질적 이익을 보호받을 권리가 있다.

제28조

모든 사람은 이 선언의 권리와 자유가 온전히 실현될 수 있는 사회 체제 및 국제 체제에서 살아갈 자격이 있다.

제29조

(1) 모든 사람은 자신이 속한 공동체에 한 인간으로서 의무를 진다. 누구나 공동체 안에서 비로소 자신의 인격을 자유롭고 온전히 발전시킬 수 있다.

(2) 모든 사람은 자신의 권리와 자유를 온전하게 행사할 수 있지만, 예외적으로 그러한 권리와 자유가 제한될 수 있다. 즉 다른 사람에게도 나와 같은 권리와 자유가 있다는 사실을 존중하기 위해 제정된 법률에 의해서, 또는 민주 사회에서 도덕심과 공공질서 그리고 사회 전체의 복리 실현을 위해 제정된 법률에 의해서 제한을 받을 수 있다.

(3) 이러한 권리와 자유는 어떤 경우에도 국제 연합의 목적과 원칙에 반하여 행사할 수 없다.

제30조

이 선언의 그 어떤 내용도 다음과 같이 악의적으로 해석해서는 안 된다. 즉, 어떤 국가, 또는 개인이 이 선언에 나와 있는 권리와 자유를 파괴하기 위한 활동을 할 수 있는 권리가 자기들에게 있다거나, 그런 활동에 가담할 수 있는 권리가 자기들에게 있다는 식으로 이 선언을 해석해서는 절대로 안 된다. ⑯

작 품 이 해

　제2차 세계 대전으로 인류는 참혹함을 경험하였다. 국제 연합은 이 같은 일이 다시는 생기지 않도록 인간의 존엄과 권리를 천명할 필요를 느낀다. 이에 비록 강제성이 없는 선언문의 형태이기는 하나, 전문과 30개 조항으로 이뤄진 '세계 인권 선언문'을 1948년 파리 총회에서 채택한다.

　인권이란 인간의 존엄과 가치에 바탕을 둔다. 따라서 모든 사람은 자신이 선택한 것이 아닌 것으로 인해 불이익을 받거나 권리를 침해당해서는 안 된다. 여자이기 때문에, 유색 인종이기 때문에, 어떤 나라에서 태어났기 때문에, 어리기 때문에, 혹은 늙었기 때문에 차별을 받아서는 안 되는 것이다. 무엇보다 모든 사람은 태어날 때부터 자유롭고 존엄하며 평등하다는 첫 번째 조항에 견주어 보아도 이는 당연히 지켜져야 한다. 두 번째 조항은 인종, 피부색, 성별, 종교, 정치적 견해 차이 등으로 말미암아 불평등한 대우를 받아서는 안 된다고 밝힌다. 이어서 생명, 자유, 안전을 지킬 권리 등과 법률적 평등을 덧붙인다. 그리고 거주 이전의 자유, 사생활의 보호, 망명할 권리, 혼인의 권리, 재산권, 사상과 양심의 자유, 표현의 자유, 집회 결사의 자유, 선거권과 피선거권, 사회 보장권, 노동할 권리, 생존권, 교육받을 권리, 문화적 삶을 누릴 권리, 이 권리들을 보장하기 위한 의무도 명시한다.

　인권은 인간의 존엄한 삶을 위한 바탕이다. 이 바탕이 흔들리면 사람들의 삶은 뿌리째 흔들린다. 자신의 인권과 타인의 인권에 대한 자각과 인식을 청소년 시기에 단단히 내면화하기 바란다.

활 동

1. '세계 인권 선언문'이 만들어진 배경은 무엇인가?
2. 선언문이 가진 특성은 무엇인가?
3. 선언문의 특성이 이 글 속에 잘 드러나 있는가 평가해 보자.

10년 뒤에 내가 무엇이 되어 있을까를 지금 항상 생각하라

정호승

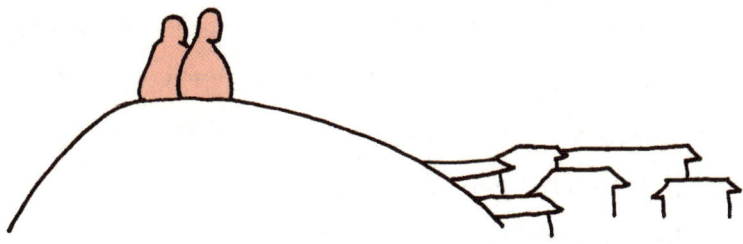

읽 기 전 에

1. 10년 뒤에 나는 무엇이 되어 있을까?

2. 가족이나 주변 사람들이 들려준 말 가운데 잊을 수 없는 말이 있는가?

1960년대 후반, 제가 고등학생 때의 일입니다. 지금은 주택가가 되어 버린 동대구역 인근의 야산에 올라 형과 대구 시내를 내려다보고 있었습니다. 아마 할아버지 할머니 묘지가 있던 산이라 성묘를 하고 내려오는 길이었을 겁니다. 당시 대구는 인구가 60만 정도 되는 대도시로 산 아래로 내려다보이는 시내가 무척 크고 넓게 느껴졌습니다.

형은 멀리 대구 시내를 한참 내려다보다가 불쑥 우스갯소리를 꺼냈습니다.

"호승아, 저 대구 시내 한복판에 앞으로 내가 만나 살 여자가 살고 있을 거야. 그렇지? 그런데 어디 있는지 알 수가 있어야지."

형은 농담 삼아 그런 이야기를 하면서 픽 웃었습니다.

"아마 호승이 네 여자도 지금 저기 있을 거다."

형은 그 말이 유쾌한지 킥킥 웃음을 터뜨렸습니다. 그러더니 느닷없이 이런 말을 했습니다.

"호승아, 앞으로 10년 뒤에 네가 무엇이 되어 있을까를 항상 생각하면서 살아라."

저는 형이 갑자기 무슨 소리를 하나 하고 퍽 의아한 표정을 지었습니다.

"난 10년 뒤에 정신과 의사가 되어 있을 거다."

저는 그때야 형의 말뜻을 알아차리고, 10년 뒤에 내가 무엇이 되어 있을까를 생각해 보았습니다. 그러나 아무리 생각해도 막막하기만 할 뿐 구체적으로 떠오르는 것이 아무것도 없었습니다.

"1년이 지나면 또 1년이 지난 그 시점에서, 5년이 지나면 또 5년이 지난 그 시점에서 10년 뒤의 나를 생각하는 거야."

형은 얼굴에 웃음기를 거두고 어느새 진지한 표정을 짓고 있었습니다.

"그래, 형은 의과 대학생이니까 틀림없이 정신과 의사가 되어 있을 거야."

나는 형에게 그렇게 말하고는 더 이상 아무 말도 못 했습니다. 그러면서 속으로는 '10년 뒤에 내가 무엇이 되어 있을까? 아마 대학을 졸업하고 군대도 갔다 오고 어디 직장을 다니겠지.' 하는 생각을 막연히 하다가 자리에서 일어났습니다.

그 후, 형과 나는 더 이상 그런 대화를 나눈 일은 없었습니다. 그러나 형은 의과 대학을 졸업하고 베트남전에 참전한 뒤 곧바로 미국으로 유학 가 정신과 의사가 되었습니다. 저는 형의 그 말에 힘입어 '아, 나는 10년 뒤에 시인이 되어 있을 거야.' 하고 생각하다가 시인이 되었습니다.

저는 지금까지 형의 그 말을 잊어 본 적이 없습니다. 항상 10년 뒤의 나를 그려 보면서 살아왔습니다. 어떤 때는 제가 그린 대로 되는 경우도 있었지만, 어떤 때는 그리지도 않은 그림이 그려져 힘들고 고달픈 삶을 살 때가 많았습니다.

그렇지만 저는 지금도 제 자신에게뿐만 아니라 가까운 이들에게 곧잘 그런 말을 합니다. 어쩌다가 고등학교에 문학 강연이라도 가면 학생들에게 꼭 그 말을 강조합니다.

"10년 뒤에 내가 무엇이 되어 있을까를 오늘, 지금 생각하라. 그리고 1년이 지나면 또 그 시점에서, 2년이 지나면 또 그 시점에서 10년 뒤에 내가 무엇이 되어 있을까를 생각하라. 그러면 생각한 그 모습 그대로 내 삶이 이루어질 수 있을 것이다."

이런 말을 형을 대신해 제가 합니다.

나의 미래는 지금 내가 무엇을 생각하고 무엇을 하고 있느냐에 따라 달라집니다. 나의 미래는 나의 미래가 결정짓는 게 아니라 나의 오늘이 결정짓습니다.

저는 지금 10년 뒤의 내 모습이 어떤 모습일까 생각해 봅니다. 만일 건강이 허락되어 그때까지 살아 있다면, 저는 60대 후반에 이른 '시를 쓰는 노인'이 되어 있을 것입니다. 저는 그것만으로도 감사하고 기쁠 것입니다. ㉙

정호승은 시인이다. 「슬픔이 기쁨에게」를 비롯하여 많은 시를 썼으며, 다정다감한 어조로 쉽게 읽히는 시를 써 좋아하는 이들이 적지 않다. 「10년 뒤에 내가 무엇이 되어 있을까를 지금 항상 생각하라」는 그런 그가 쓴 수필이다. 이 수필 역시 어린 학생들을 대상으로 하고 싶은 말을, 경험을 바탕으로 들려준다.

"앞으로 10년 뒤에 네가 무엇이 되어 있을까를 항상 생각하면서 살아라."는 고등학생 때 대학을 다니던 형이 던진 말이다. 이 말은 그에게 귀감이 되어 "나는 10년 뒤에 시인이 되어 있을 거야." 하고 생각하다가 시인이 되었다는 것이다. 그리고 덧붙인다, "나의 미래는 나의 오늘이 결정한다."고. 정호승은 또한 앞으로 10년 뒤의 자신을 그려 본다, '시를 쓰는 노인'을.

정호승 시인은 이 말을 마침 고등학생인 여러분들에게도 던지고 싶다고 말한다. 이 글을 쓰는 필자 또한 같은 마음이다. 만일 이 질문을 거듭 던질 수 있다면, 우리네 삶은 한층 방향을 뚜렷하게 잡아 나갈 것이다.

그대들보다 오래 산 나는 생이 바둑을 두는 것과 다를 바 없다고 생각한다. 바둑을 두다 보면 알게 된다. 아무 데나 바둑돌을 놓을 수가 없다는 사실을. 앞서 둔 돌들로 인해 지금 놓을 수 있는 자리는 이미 많은 부분 정해져 있다. 걸어온 길이 지금의 나아갈 방향까지 붙잡고 있는 꼴이다.

그렇다고 바둑판을 엎을 수도 없다. 인생이란 게임처럼 다시 시작할 수 있는 것이 결코 아니기 때문이다. 생이 지속되어야 한다면, 무엇보다 지금껏 두었던 바둑돌들을 가만히 들여다볼 필요가 있다. 그리고 새로운 돌 하나를 바둑판 위에 얹어야 한다.

지금이라도 최선을 다해 잘 둔다면, 다음에 놓을 바둑돌의 자리는 그만

큼 자유로워지고 또 넓어진다. 지금, 이 순간 여기에서 최선을 다하는 것이
가장 중요한 법이다.

 **활 동**

1. 글쓴이가 청소년들에게 건네고 싶은 말은 무엇인가?
2. '나의 미래는 나의 오늘이 결정한다'는 말의 의미는 무엇인가?
3. 이 수필의 마지막 단락에서 드러나는 글쓴이의 개성은 어떠한가?

곡성역에서 만난 할아버지
공선옥

읽 기 전 에

1. 옛날이 지금보다 좋은 점이 있다면 그것은 무엇일까?

2. 기억에 오래도록 남는 사람이 있는가? 어떤 사람이었는가?

이따금 차를 몰고 도시로 나갈 때가 있다. 시골의 국도나 고속도로를 달릴 때는 그런대로 안심하고 차를 몰 수 있다. 그런데 도시의 입구에 딱 들어설 때부터 내 가슴은 콩닥콩닥 뛰기 시작한다. 도대체 내 차를 어디로 집어넣어야 할지, 어떻게 내 차의 앞머리를 들이밀어야 할지. 나는 내가 가야 할 목적지도 까맣게 잊어버리고 오직 달리는 저 차들 속으로 어떻게든 내 차를 끼워 넣어야 한다는 오직 그 한 가지 일념으로 두 눈을 잔뜩 부릅뜨고 입술을 앙다물고 한다. 나는 언제나 출발이 늦고 속력이 낮은데 조금만 꾸물대어도 뒤에서 요란한 경적 소리가 나고 그 소리는 나를 겁나게 하는 것이다. 도시에서 차를 운전한다는 것은 나같이 어쭙잖은 촌뜨기 기질을 가진 사람하고는 도대체 맞지도 않고 할 수도 없다. 모두 모두 날래고 사납고 기민하고 힘 가진 사람들이다, 도시의 운전자들은. 되도록 도시 나들이를 하지 않고 살려고 한다. 혹 도시 나갈 일이 있어도 내 차를 그토록 살인적인(그렇다, 그것은 분명 살의로 번뜩이는 거리다), 그런 살의로 번뜩이는 거리로 내 차를 몰고 나가고 싶지도 않고 그럴 재주도 없다.

12월 중순 무렵 서울에서 공부하는 남편이 방학을 맞아 시골집으로 온다기에 기차 시간에 맞춰 역으로 나갔다. 밤기차였으므로 큰아이들은 재워 놓고 막내만 차에 태워서 나갔다. 막내아들 녀석은 오밤중에 자다가도 내가 없으면 난리를 치며 울기 때문이다. 곡성 역사는 지은 지 한 오십 년은 족히 넘었을 낡디낡은 건물이다. 지금은 거개가 알루미늄 새시라는 것으로 창문과 출입문을 해 달았지만 곡성 역사의 문들은 모조리 나무틀 문으로 되어 있다. 우리가 영화 같은 데서 가끔 보게 되는 사각형의 나무틀 안에 또 나무로 가로세로 십자 모양으로 가로질러 사등분된 유리창이 그렇게 정다울 수가 없다. 게다가 IMF 시대라 그런지 예전에 쓰던 장작 난로를 가져다 대합실 한가운데에 설치해 놓았다. 난로 안에서 타닥타닥 소리를 내며 장작이 벌겋게 타오르고 있었다. 난로 주위에 낡은 나무 의자들이 빙 둘러서 놓여 있었고 거기 할아버지 한 분이 고즈넉이 앉아 불을 쪼이고 있었다. 남편이 탄 기차가 오려면 한 이십 분가량 더 기다려야 했으므로 나는 울 아기와 함께 할아버지 맞은편에 앉았다. 역사 안에는 할아버지와 우리 모자 외에는 아무도 없었다. 표 파는 역무원이 매표소 안에서 꾸벅꾸벅 졸고 있을 뿐.

할아버지는 입가에 낯익은 미소를 띠며 우리 아기를 건너다보고 있었다.

"할아버지 어디 가세요?"

할아버지는 기다렸다는 듯 대답했다.

"서울 아들네."

"어디 사세요?"

"목사동 대곡."

대곡이라면 내가 사는 곳에서 멀지 않은 보성강 건너의 마을이다.

"거기서 여기까지 오시기가 여기서 서울 가는 길보다 더 힘드셨을 텐데요."

시골의 교통편이라는 게 말할 수 없이 옹색하다는 것을 잘 아는 나는 할아버지가 대곡에서 여기 읍내 기차역까지 오신 그 여정이 만만치 않았을 것에 이상하게 가슴이 아렸다. 더군다나 할아버지는 시골 노인네들 특유의 짐들을 바리바리 싸 짊어지지 않았는가. 나에게는 일면식도 없었던 할아버지지만, 그렇지만 할아버지는 나에게 하나도 낯설지 않았다. 그것은 바로 그 할아버지가 시골의 우리 부모님들하고 똑같은 모습을 하고 계셨기 때문이다. 다 열거해서 무엇하랴. 그 흙빛 같은 살빛이며 나뭇등걸 같은 손, 그냥 자연 그대로의 모습을. 나는 그래서 가슴이 아렸다. 내 부모님 같아서, 그 영감님이 그냥 내 부모하고 하나도 다르지 않게 느껴져서. 그런 내 마음과는 아랑곳없이 할아버지는 예의 그 화롯불같이 따스한 미소를 입가에 묻히신 채로,

"괜찮어." 했다.

'괜찮어. 자식 보러 가는 길인데 뭐가 힘들어? 하나도 안 힘들어.'

하지 않은 뒷말은 아마 틀림없이 그런 말들이었을 것이다.

"대곡에서 어떻게 오셨는데요?"

"대곡에서 석곡 가는 차가 다섯 시. 네 시 반에 저녁 먹고 다섯 시 차 타고 석곡 왔지."

"그래서요?"

나는 침을 꼴딱 삼켰다.

"석곡서 읍내 가는 버스가 일곱 시에 있어서 기다렸다가 타고 왔지."

할아버지는 천진하게 말했다. 천진무구하게.

"하나도 어려울 것 없어. 차 시간에 맞춰 타고 왔지 뭐."

"서울 가는 건 몇 시 기차예요?"

물으면서도 나는 자꾸만 왜 이렇게 니 아부지 탄 기차가 안 온다냐고 말할 줄도 모르는 아들 녀석에게 푸념처럼 말을 건넸다. 자꾸 역사 벽에 걸린 시계를 쳐다보는 것도 잊지 않았다. 그러면서도 또 할아버지와의 대화에 슬슬 재미가 일고 있었다.

"열한 시 사십 분."

세상에나! 일곱 시 삼십 분에 역에 도착하여 그때부터 아홉 시 사십 분인 지금까지 줄창 이 자리에 이대로 앉아 계셨단 말인가. 그러고도 또 앞으로도 두 시간을 더 기다려야 할아버지가 타고 갈 기차가 온다. 나는 그만 억장이 무너져 내릴 것만 같았다. 아니다. 눈물이 다 나올 것만 같았다. 오후 네 시 반에 저녁을 잡숫고 출발하여 대곡에서 석곡까지 버스를 타고 와서 석곡에서 곡성 읍내까지 또 버스를 타고 와서 읍내 터미널에서 역전까지 또 짐을 짊어지고 걸어와서 그때부터 지금까지 장작 난로 앞에서 기차를 기다리시는 할아버지. 가슴이 턱 막히는 어떤 느낌, 그것을 뭐라고 말해야 할까. 아, 바로 그것이었다. 우리가 잃어버린 그 여유, 그 너그러움, 그 인내, 그 푸근함, 그 고요. 내가 도시 나가기를 무서워하는 이유가 바로 도시에는 그런 것, 그런 느낌, 그런 것을 가진 사람을 만나 볼 수 없다는 절망감 때문이리라. ⑭

작 품 이 해

　공선옥은 소설가다. 지금도 한창 좋은 작품을 쓰고 있는 소설가. 그런데 이 소설가들도 소설로는 쓸 수 없는 이야기들을 경험하고, 지니고 산다. 사실 이 이야기들에 상상력을 덧붙이면 소설이 못 될 바는 아니지만 말이다. 애초 수필이나 소설이나, 어떤 하나의 경험을 이렇게도 저렇게도 쓸 수 있는 것이 아니다. 대부분 경험 그 자체에 이미 글의 갈래가 정해져 있는 법이다. 수필에 상상력을 더하여 소설로 만들거나, 소설에서 일부를 덜어 내어 짧은 이야기가 있는 수필로 만들 수는 없다. 내용이란 모름지기 그 내용에 맞는 형식이 있기 때문이다.

　이 이야기는 제목처럼 시골의 역 대합실에서 만난 한 할아버지에 관한 이야기다. 먼저 '도시에서 차를 몰고 나갈 때의 느낌'을 쓰고, 이어서 '곡성 역에서 남편을 기다림', '그곳에서 만난 할아버지', '할아버지를 아버지처럼 느낌', '할아버지의 먼 여로', '여유를 상실한 도시에서의 삶' 등의 차례로 글을 이어 간다. 그런데 글 전체로 보아 자못 결론은 비약이 있는 듯이 보인다. 앞서 언급된 '할아버지'는 결코 여유나 너그러움이라기보다 '따스한 미소'로 상징되는 자식을 향한 마음에 초점을 두기 때문이다. 그럼에도 이 작품처럼 기다림을 고스란히 자신의 삶의 일부로 받아들인 할아버지로부터 '우리가 잃어버린 것'을 떠올린다는 것도 있을 법하다.

　일상에서 마주친 경험을 통해 성찰을 이끌어 내고, 이를 글로 옮겨 표현한다는 것은 수필의 가장 기초적인 창작 방법이기 때문이다.

활 동

1. 글쓴이는 '할아버지'의 어떤 면을 높이 평가하는가?
2. '할아버지와의 만남'을 통해 글쓴이가 이끌어 내는 주제는 무엇인가?
3. 친구나 이웃 사람을 소재로 수필을 한 편 써 보자.

트럭 아저씨
박완서

읽 기 전 에

1. 이웃 사람 중 기억할 만한 사람이 있는가?

2. 사람이 꽃보다 아름답다고 느낄 때는 언제이며, 누구에게서인가?

매일 아침 하던, 등산이라기보다는 산길 걷기 정도의 가벼운 산행을 첫 눈이 온 후부터는 그만두었다. 산에 온 눈은 오래간다. 내가 다시 산에 갈 수 있기까지는 두 달도 더 기다려야 할 것 같다. 걷기는 내가 잘할 수 있는 유일한 운동이지만 눈길에선 엉금엉금 긴다. 어머니가 눈길에서 미끄러져 크게 다치신 후 7, 8년간이나 바깥출입을 못 하시다 돌아가신 뒤 생긴 눈 공포증이다. 부족한 다리 운동은 볼일 보러 다닐 때 웬만한 거리는 걷거나 지하철 타느라 오르락내리락하면서도 벌충할 수 있지만 흙을 밟는 쾌감을 느낄 수 있는 맨땅은 이 산골 마을에도 남아 있지 않다. 대문 밖 골목길까지 포장되어 있다. 그래서 아침마다 안마당을 몇 바퀴 돌면서 해 뜨기를 기다린다. 아차산에는 서울 사람들이 새해맞이 일출을 보러 오는 명당자리가 정해져 있을 정도니까 그 품에 안긴 아치울도 동쪽을 향해 부챗살 모양으로 열려 있다. 겨울 마당은 황량하고 땅은 딱딱하게 얼어붙었다. 그러나 걸어 보면 그 안에서 꼼지락거리는 씨와 뿌리들의 소요가 분명하게 느껴질 정도의 탄력을 지녔다. 오늘 아침에는 우리 마당에서 느긋하게 겨울 휴식을 취하고 있는 나무들과 화초가 몇 가지나 되나 세어 보면서 걸어 다녔다. 놀랍게도 백 가지가 넘었다. 백 평도 안 되는 마당의 한가운데를 차지하고 있는 잔디밭을 빼면 나무나 화초가 차지할 수 있는 땅은 넉넉잡아도 40평 미만일 것이다. 그 안에서 백 가지 이상의 식물이 자라고 있다니. 물론 헤아려 보는 사이에 부풀리고 싶은 욕심까지 생겨 제비꽃이나 할미꽃, 구절초처럼 심은 바 없이 절로 번식하는 들꽃까지도 계산에 넣긴 했지만 그 다양한 종류가 생각할수록 신기했다. 그것들은 하나같이 내 가슴을 울렁거리게 한 것들이다. 이 나이에도 가슴이 울렁거릴 만한 놀랍고 아름다운 것들이 내 앞에 줄 서 있다는 건 얼마나 큰 복인가.

마당이 있는 집에 산다고 하면 다들 채소를 심어 먹을 수 있어서 좋겠다고 부러워한다. 나도 첫해에는 열무하고 고추를 심었다. 그러나 매일 하루 두 번씩 오는 채소 장수 아저씨가 단골이 되면서 채소 농사가 시들해졌고 작년부터는 아예 안 하게 되었다. 트럭에다 각종 야채와 과일을 싣고 다니는 순박하고 건강한 아저씨는 싱싱한 야채를 아주 싸게 판다. 멀리서 그 아저씨가 트럭에 싣고 온 온갖 채소 이름을 외치는 소리가 들리면 뭐라도 좀 팔아 줘야 할 것 같아서 마음보다 먼저 엉덩이가 들썩들썩한다. 그를 기다렸다가 뭐라도 팔아 주고 싶어 하는 내 마음을 아는지 아저씨도 손이 크다. 너무 많이 줘서, 왜 이렇게 싸요? 소리가 절로 나올 때도 있다. 그러면 아저씨는 물건을 사면서 싸다고 하는 사람은 처음 봤다고 웃는다. 내가 싸다는 건 딴 물가에 비해 그렇다는 소리지 얼마가 적당한 값인지 알고 하는 소리는 물론 아니다. 트럭 아저씨는 다듬지 않은 야채를 넉넉하게 주기 때문에 그걸 손질하는 것도 한 일이다. 많이 주는 것 같아도 다듬어 놓고 나면 그게 그걸 거라고, 우리 식구들은 내 수고를 별로 달가워하지 않는 것 같다. 뒤란으로 난 툇마루에 퍼더버리고 앉아 흙 묻은 야채를 다듬거나 콩이나 마늘을 까는 건 내가 좋아서 하는 일이지 누가 시켜서 하는 건 아니다. 뿌리째 뽑혀 흙까지 싱싱한 야채를 보면 야채가 아니라 푸성귀라고 불러 주고 싶어진다. 손에 흙을 묻혀 가며 푸성귀를 손질하노라면 같은 흙을 묻혔다는 걸로 그걸 씨 뿌리고 가꾼 사람들과 연대감을 느끼게 될 뿐 아니라 흙에서 나아 자란 그 옛날의 시골 계집애와 현재의 나와의 지속성까지를 확인하게 된다. 그것은 아주 기분 좋고 으쓱한 느낌이다. 어쩌다 슈퍼에서 깨끗이 손질해서 스티로폼 용기에 담고 랩을 씌운 야채를 보면 컨베이어 벨트를 타고 나온 공산품 같지 푸성귀 같지가 않다.

다들 조금씩은 마당이 딸린 땅 집 동네라 화초와 야채를 같이 가꾸는 집이 많다. 경제적인 이점은 미미하지만 농약을 안 친 청정 야채를 먹는 재미가 쏠쏠하다고 한다. 그것도 약간은 부럽지만 모든 야채를 자급자족할 수 있는 것도 아니고 외식을 아주 안 하고 살 수도 없는 세상이니 안전해야 얼마나 안전하겠는가. 하긴 주식에서부터 야채, 과일 일체를 유기 농법으로만 짓기로 계약 재배해서 먹는 집도 있다는 소리를 들었지만 아직은 특별한 계층 사람들 이야기고, 나에게는 대다수 보통 사람들이 먹고 사는 대로 먹고 사는 게 제일 속 편하고 합당한 삶일 듯싶다. 무엇보다도 내 단골 트럭 아저씨에게는 불경기가 없었으면 좋겠다. 일요일은 꼬박꼬박 쉬지만 평일에는 하루도 장사를 거른 적이 없는 아저씨가 지난여름엔 일주일 넘어 안 나타난 적이 있는데 소문에 의하면 해외여행을 갔다는 것이었다. 그것도 여비가 많이 드는 남미 어디라나. 그런 말을 퍼뜨린 이는 조금은 아니꼽다는 투로 말했지만 어중이떠중이가 다 해외여행을 떠나는 이 풍요한 나라의 휴가철, 그 아저씨야말로 마땅히 휴가를 즐길 자격이 있는 어중이떠중이 아닌 적격자가 아니었을까.

트럭 아저씨는 나를 쭉 할머니라 불렀는데 어느 날 새삼스럽게 존경스러운 눈으로 바라보면서 선생님이라고 부르기 시작했다. 내가 작가라는 걸 알아보는 사람을 만나면 무조건 피하고 싶은 못난 버릇이 있는데 그에게 직업이 탄로 난 건 싫지가 않았다. 순박한 표정에 곧이곧대로 나타난 존경과 애정을 뉘라서 거부할 수 있겠는가. 내 책을 읽은 게 아니라 TV에 나온 걸 보았다고 했다. 책을 읽을 새가 있느냐고 했더니, 웬걸요, 신문 읽을 새도 없다고 하면서 수줍은 듯 미안한 듯, 어려서 「저 하늘에도 슬픔이」를 읽고 외로움을 달래고 살아가면서 많은 힘을 얻은 얘기를 했다. 그러니까 그의 글 쓰는 사람에 대한 존경은 「저 하늘에도 슬픔이」에서 비롯된 것이었다. 나는 그 책을 읽지는 못했지만 아주 오래전에 영화화된 것을 비디오로 본 적이 있어서 그럭저럭 맞장구를 칠 수가 있었다. 아저씨는 마지막으로 선생님도 「저 하늘에도 슬픔이」 같은 걸작을 쓰시길 바란다는 당부 겸 덕담까지 했다. 어렸을 적에 읽은 그 한 권의 책으로 힘하고 고단한 일로 일관해 온 중년 사내의 얼굴이 그렇게 부드럽고 늠름하게 빛날 수 있는 거라면 그 책은 걸작임에 틀림이 없으리라. 그의 덕담을 고맙게 간직하기로 했다. ⑥

박완서는 소설가다. 필자가 중학교 교과서를 만들면서 학생들에게 꼭 작품을 읽게 하고 싶었던 작가 중의 한 사람이다. 정교한 소설적 장치에 기대지 않고 그저 이야기를 들려주듯 풀어 놓는데도, 그 이야기 속에 삶의 풍성함과 그 삶을 살아가는 인심의 올곧음이 잘 표현된 작품들이 많기 때문이다. 결국 교과서에는 「엄마의 말뚝」 중 일부를 골라서 실었다.

선생은 즐겨 수필을 쓰기도 한다. 아주 예전 「꼴찌에게 보내는 갈채」로 독자들의 많은 사랑을 받았으며, 최근의 「못 가본 길이 더 아름답다」에 이르기까지 생활 속에서 겪은 일들과 느낀 점들을 자분자분 늘어놓아 공감과 감동을 불러일으킨다.

그의 수필에는 기교가 없다. 원래 소설에서도 가능한 한 기교를 지우고자 애썼던 선생이니 당연한 것이기도 하다. 더욱이 그의 수필에서는 꽉 짜인 엄격함이 없다. 그저 마음속 생각들이 글로 옮겨져 풀려 나올 뿐이다. 이 수필에서도 먼저 눈길의 산행이 어렵다는 이야기부터 시작된다. 그리고 산행 대신 안마당을 걷는 것으로 발걸음을 옮겨 둔다. 그리고 그 발걸음이 닿는 마당의 꽃 이야기에서 채소를 심었던 이야기, 트럭 아저씨가 가져다주는 채소로인해 채소를 심지 않게 된 이야기, 그 순박하고 건강한 트럭 아저씨의 넉넉한 품성과 성실함, 휴가를 다녀온 이야기, 어느 날부터인가 할머니에서 선생님으로 호칭이 바뀐 이야기, 「저 하늘에도 슬픔이」가 자신에게는 삶의 희망이었다는 트럭 아저씨의 이야기를 편안하게 늘어놓는다.

그럼에도 우리는 그 속에서 작가 박완서가 무엇을 사랑하고, 어떠한 삶의 태도를 칭송하며, 인간에게 무엇이 소중하고 귀하다고 생각하는지를 모두 알게 된다. 긴 장편 소설뿐만 아니라, 이 짧은 한 편의 수필만으로도 우리는 그이를 모두 알게 된 듯싶다. 그만큼 수필은 개성이 뚜렷한 글이다.

이 책을 준비하는 동안 선생의 부음을 들었다. 그 직전에 이 글에서 나는 "이제 선생은 여든이 가까운 할머니가 되었다. 나는 그이가 오래오래 건강하시기를 빈다. 그리고 오래오래 편안한 작품으로 우리 모두를 되돌아보게 만들어 주시기를 바란다."라고 썼다. 문장이 채 마르기도 전에 선생은 우리 곁을 떠났다. 문상을 오는 가난한 문인들에게 부의금을 받지 말라는 알뜰한 당부도 잊지 않으셨다. 어쩌면 그 당부는 한국 문학을 바라보는 선생의 온화한 눈길인지도 모른다. 우리는 또 우리 시대를 건사해 온 정신적 좌표 하나를 잃었다. 애연한 마음 가득이다.

활 동

1. 이 글에서 묘사된 드럭 아지씨의 모습은 어떠한가?
2. 트럭 아저씨가 문학을 바라보는 관점은 어디에서 잘 드러나는가?
3. 이 글에 나타난 개성적인 특성은 무엇이라고 할 수 있는가?

●다음은 이 수필에서 언급된 '마당의 꽃'에 관한 작가의 또 다른 수필이다. 이 수필 속에 표현된 삶을 바라보는 작가의 관점은 어떠한가?

꽃 출석부 1
박완서

작년 가을에 이웃집에서 복수초를 나누어 받았다. 뿌리는 구근이 아니라 흑갈색 잔뿌리와 검은 흙이 한데 엉겨 있고, 키는 땅에 닿을 듯이 작은데 잎도 새의 깃털처럼 잘게 갈라져 있어서 전체적으로 볼륨이 느껴지지 않아 하찮은 잡초처럼 보였다. 그전에 나는 복수초라는 화초를 사진으로 본 적은 있지만 실물을 본 적은 없기 때문에 그게 과연 눈 속에서 핀다는 그 복수초인지 잘 믿기지 않았다. 생각해서 나누어 준 분 앞이라 당장 양지바른 곳에 심긴 했지만 곧 가을이 깊어지니 워낙 시원치 않아 보이던 이파리들은 자취도 없어지고 나 역시 그게 있던 자리조차 기억 못 하게 되었다.

아마 3월이 되자마자였을 것이다. 샛노란 꽃이 두 송이 땅에 닿게 피어 있었다. 하도 키가 작아서 하마터면 밟을 뻔했다. 그러나 빛깔은 진한 황금색이어서 아직 아무것도 싹트지 않은 황량한 마당에 몹시 생뚱스러워 보였다. 그리고 곧 큰 눈이 왔다. 아무리 눈 속에도 피는 꽃이라고 알려져 있어도 그 작은 키로 견디기엔 너무 많은 눈이었다. 나는 눈으로는 눈의 무게를 이기지 못해 꺾인 듯이 축 처진 소나무 가지를 바라보면서 마음으로는 그 샛노란 꽃의 속절없음을 생각하고 있었다. 대문 밖의 눈은 쳐 주었지만 마당의 눈은 그대로 방치해 두었기 때문에 녹아 없어지는 데 며칠 걸렸다. 놀랍게도 제일 먼저 녹은 데가 복수초 언저리였다. 고 작은 풀꽃의 머리칼 같은 뿌리가 땅속 어드메서 따뜻한 지열을 길어 올렸기에 그 두터운 눈을 녹이고 더욱 샛노랗게 더욱 싱싱하게 해를 보고 있었다. 온종일 그렇게 피어 있다가 해 질 무렵에는 타원형으로 오므라든다. 그러다가 아주 시들어 버릴 줄 알았는데 다음 날 해만 뜨면 다시 활짝 핀다. 그러나 마냥 그럴 수는 없는 일이다. 곧 안 깨어나고 져 버리는 날이 있겠기에 그게 피어 있는 동안만이라도 누구에겐가 보여 주고 자랑하고 싶어서 나는 집에 손님만 오면 그걸 구경시킨다. 그러나 내가 기대하는 것만치 신기해해 주는 이가 별로 없다. 어떤 친구는 마당에 피는 꽃이 백 가지도 넘는다고 해서 부러워했는데 이런 것까지 쳐서 백 가지냐고 기막힌 듯이 물었다. 듣고 보니 내가 그런 자랑을 한 적이 있는 것 같았다. 그러나 거짓말을 한 건 아니다. 그 친구는 아마 기화요초가 어우러진 광경을 상상했었나 보다. 내가 백 가지도 넘는다고 한 것은 복수초 다음으로 피어날 민들레나 제비꽃, 할미꽃까지 다 합친 수효다. 올해는 복수초가 1번이 되었지만 작년까지만 해도 산수유가 1번이었다. 곧 4월이 되면 목련, 매화, 살구, 자두, 앵두, 조팝나무 등이 다투어 꽃을 피우겠지만 그래도 조금씩 날짜를 달리해 순서대로 피면서 그 그늘에 제비꽃이나 민들레, 은방울꽃을 거느린다. 꽃이 제일 먼저 핀 것은 복수초지만 잎이 제일 먼저 흙을 뚫고 모습을 드러낸 것은 상사초고 그다음이 수선화다. 수선화는 벚꽃이 필 무렵에나 필 것 같고 상사초는 잎이 시들어 지상에서 사라지고 나서도 한참이나 더 있다가 꽃대를 밀어 올릴 것이다. 이렇게 그것들을 기다리고 마중하다 보니 내 머릿속에 출석부가 생기게 되고, 출석부란 원래 이름과 함께 번호를 먹이게 되어 있는지라 100번이 넘는다는 걸 알게 되었다. 이름을 모르면 100번이라는 숫자도 나오지 않았을 것이다. 그것들이 순서를 지키지 않고 멋대로 피고 지면 이름이 궁금하지 않았을지도 모른다.

내가 출석을 부르지 않아도 그것들은 올 것이다. 그래도 나는 그것들이 올해도 하나도 결석하지 않고 전원 출석하기를 바라기 때문에 그것들이 뿌리로, 씨로 잠든 땅을 함부로 밟지 못한다. 그것들이 왕성하게 자랄 여름에는 그것들이 목마를까 봐 마음 놓고 어디 여행도 못 할 것이다. 그것들은 출석할 때마다 내 가슴을 기쁨으로 뛰놀게 했다. 100식구는 대식구다. 나에게 그것들을 부양할 마당이 있다는 걸 생각만 해도 뿌듯한 행복감을 느낀다. 내가 이렇게 사치를 해도 되는 것일까. 괜히 송구스러울 때도 있다.

그것들은 내가 기다리지 않아도 올 것이다. 그래도 나는 기다린다. 기다리는 기쁨 때문에 기다린다.

조침문
유씨 부인

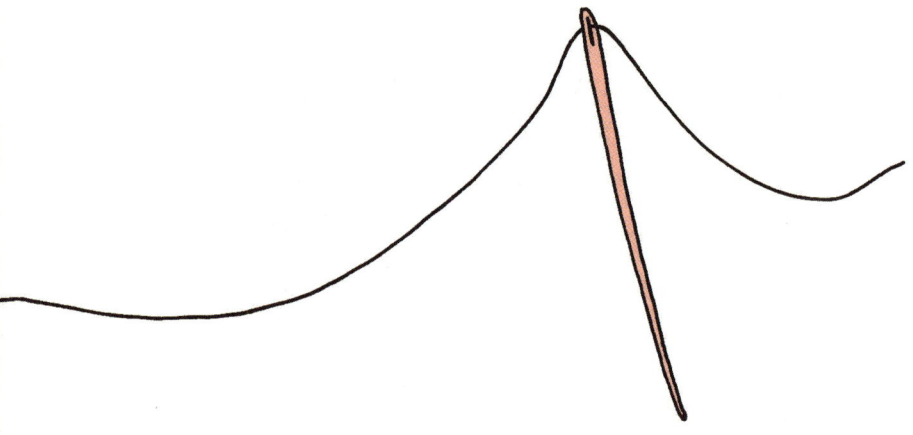

1. 소중한 것을 잃은 경험이 있는가?
2. 그 소중한 것은 어떤 특성을 지니고 있었는가?

유세차 모년(某年) 모월(某月) 모일(某日)에 미망인 모씨(某氏)는 두어 자 글로써 침자에게 고(告)하노니, 인간 부녀(婦女)의 손 가운데 종요로운 것이 바늘이로대 세상 사람이 귀히 아니 여기는 것은 도처에 흔한 바이로다. 이 바늘은 한낱 작은 물건이나, 이렇듯이 슬퍼함은 나의 정회(情懷)가 남과 다름이라. 오호통재(嗚呼痛哉)라, 아깝고 불쌍하다. 너를 얻어 손 가운데 지닌 지 우금(于今) 이십칠 년이라. 어이 인정이 그렇지 아니하리오. 슬프다. 눈물을 잠깐 거두고 심신을 겨우 진정하여, 너의 행장과 나의 회포(懷抱)를 총총히 적어 영결(永訣)하노라.

연전(年前)에 우리 시삼촌께옵서 동지상사 낙점을 무르와 북경(北京)을 다녀오신 후에, 바늘 여러 쌈을 주시거늘, 친정(親庭)과 원근(遠近) 일가에게 보내고, 비복(婢僕)들도 쌈쌈이 낱낱이 나눠 주고, 그중에 너를 택하여 손에 익히고 익히어 지금까지 해포 되었더니, 슬프다, 연분(緣分)이 비상(非常)하여 너희를 무수히 잃고 부러뜨렸으되, 오직 너 하나를 연구(年久)히 보전하니, 비록 무심한 물건이나 어찌 사랑스럽고 미혹(迷惑)지 아니하리오. 아깝고 불쌍하며, 또한 섭섭하도다.

나의 신세 박명(薄命)하여 슬하(膝下)에 한 자녀 없고, 인명(人命)이 흉완(凶頑)하여 일찍 죽지 못하고, 가산(家産)이 빈궁하여 침선(針線)에 마음을 붙여, 널로 하여 시름을 잊고 생애(生涯)를 도움이 적지 아니하더니, 오늘날 너를 영결하니, 오호통재라, 이는 귀신(鬼神)이 시기하고 하늘이 미워하심이로다.

유세차(維歲次) '이해의 차례는' 이라는 뜻으로, 제문(祭文)의 첫머리에 관용적으로 쓰는 말.
침자(針子) 바늘.
우금(于今) 지금에 이르기까지. '지금까지' 로 순화.
행장(行狀) 죽은 사람이 평생 살아온 일을 적은 글.
동지상사(冬至上使) 조선 시대에, 중국으로 보내던 동지사의 우두머리.
낙점(落點) 조선 시대에, 이품 이상의 벼슬아치를 뽑을 때 임금이 이조에서 추천된 세 후보자 가운데 마땅한 사람의 이름 위에 점을 찍던 일.
비복(婢僕) 계집종과 사내종을 아울러 이르는 말.
침선(針線) 바느질.

아깝다 바늘이여, 어여쁘다 바늘이여. 너는 미묘한 품질과 특별한 재치를 가졌으니 물중의 명물이요, 철중(鐵中)의 쟁쟁(錚錚)이라. 민첩(敏捷)하고 날래기는 백대(百代)의 협객(俠客)이요, 굳세고 곧기는 만고(萬古)의 충절(忠節)이라. 추호(秋毫) 같은 부리는 말하는 듯하고, 두렷한 귀는 소리를 듣는 듯하는지라. 능라와 비단(緋緞)에 난봉(鸞鳳)과 공작(孔雀)을 수놓을 제, 그 민첩하고 신기(神奇)함은 귀신이 돕는 듯하니, 어찌 인력(人力)의 미칠 바리오.

오호통재라, 자식이 귀(貴)하나 손에서 놓일 때도 있고, 비복이 순(順)하나 명(命)을 거스를 때 있나니, 너의 미묘한 재질(才質)이 나의 전후에 수응(酬應)함을 생각하면, 자식에게 지나고 비복에게 지나는지라, 천은으로 집을 하고 오색(五色)으로 파란을 놓아 겉고름에 채웠으니, 부녀의 노리개라. 밥 먹을 적 만져 보고 잠잘 적 만져 보아, 널로 더불어 벗이 되어, 여름 낮에 주렴(珠簾)이며, 겨울밤에 등잔을 상대하여, 누비며, 호며, 감치며, 박으며, 공그를 때에, 겹실을 꿰었으니 봉미(鳳尾)를 두르는 듯, 땀땀이 떠 갈 적에 수미(首尾)가 상응(相應)하고, 솔솔이 붙여 내매 조화(造化)가 무궁(無窮)하다.

이생에 백년동거(百年同居)하렸더니, 오호애재(哀哉)라, 바늘이여. 금년 시월 초십일 술시에, 희미한 등잔 아래서 관대 깃을 달다가, 무심중간(無心中間)에 자끈동 부러지니 깜짝 놀라워라. 아야 아야 바늘이여, 두 동강이 났구나. 정신이 아득하고 혼백(魂魄)이 산란(散亂)하여 마음을 빻아 내는 듯, 두골(頭骨)을 깨쳐 내는 듯, 이윽도록 기색혼절(氣塞昏絕)하였다가 겨우 정신을 차려, 만져 보고 이어 본들 속절없고 하릴없다. 편작의 신술(神術)로도 장생불사(長生不死) 못 하였네. 동네 장인(匠人)에게 때이련들 어찌 능히 때일손가? 한 팔을 베어 낸 듯 한 다리를 베어 낸 듯, 아깝다 바늘이여, 옷섶을 만져 보니 꽂혔던 자리 없네.

오호통재라, 내 삼가지 못한 탓이로다. 무죄(無罪)한 너를 마치니 백인이 유아이사라. 누를 한(恨)하며 누를 원(怨)하리오? 능란한 성품과 공교(工巧)한 재질을 나의 힘으로 어찌 다시 바라리오? 절묘한 의형(儀形)은 눈 속에

삼삼하고, 특별한 품재(稟才)는 심회가 삭막하다. 네 비록 물건이나 무심치 아니하면, 후세(後世)에 다시 만나 평생 동거지정(同居之情)을 다시 이어, 백년고락(百年苦樂)과 일시생사(一時生死)를 한가지로 하기 바라노라. 오호애재라, 바늘이여. (完)

쟁쟁(錚錚) '쟁쟁하다' 의 어근. 여러 사람 가운데서 매우 뛰어남.
수응(酬應) 요구에 응함.
봉미(鳳尾) 봉황의 꼬리.
술시(戌時) 십이시(十二時)의 열한째 시. 오후 일곱 시부터 아홉 시까지이다.
편작(扁鵲) 중국 전국 시대의 의사. 성은 진(秦). 이름은 월인(越人). 임상 경험을 바탕으로 치료하였다. 장
        상군(長桑君)으로부터 의술을 배워 환자의 오장을 투시하는 경지에까지 이르렀다고 전한다.
백인이 유아이사(由我而死) '백인이 나로 말미암아 죽었다' 는 뜻으로 중국 백인과 왕도의 고사에서 비롯
        된 말.
의형(儀形) 몸을 가지는 태도. 또는 차린 모습.
품재(稟才) 타고난 재주.

작 품 이 해

「조침문」은 이름은 알지 못하고 성만 알려진, 조선 선조 때 부녀자의 글이다. 마음속 생각을 단정하게 풀어낸 글솜씨로 감정을 지나치게 과장하지도 그렇다고 건조하게 일의 전후를 밝히지도 않으며, 자신의 마음속 느낌을 아주 절절하게 써 내려간다. 오늘날의 뛰어난 수필에 견주어도 뒤처지지 않는 아름다움을 지니고 있어, 고전 수필의 백미라고 불러도 아깝지 않다.

글의 내용은 전체적으로 부러진 바늘을 의인화하여 애도하는 글이다. '유세차 모년 모월 모일에'로 시작하여 '영결하노라'로 단락을 맺는 전형적인 제문의 형식에 기대고 있다. 먼저 도입에서 글을 쓴 취지를 간곡하게 제시한다. 흔한 바늘이나 오랜 세월을 함께 보낸 특별한 바늘이 부러진 것을 안타까워하며, 그 행장과 회포를 쓰고자 한다는 것이다. 본문에서는 먼저 바늘을 얻은 내력을 밝힌다. 그리고 부러진 바늘과 자신의 처지를 동일한 선상에 두고 이야기를 풀어 가며, 바늘의 재주와 바늘과 맺은 인연, 부러진 바늘을 보는 심정, 끝으로 애도의 심정과 훗날에 대한 기약을 적고 있다.

더욱이 묘사를 통해 바느질에 대한 우리말 어휘의 공교로움을 풍부하게 드러내는 한편, 한문이 기승을 부리던 시대에 부녀자들이 한글로 만들어 내는 글의 아름다움은 '등잔을 상대하여, 누비며, 호며, 감치며, 박으며, 공그를 때에' 등의 표현에서 잘 드러난다. 고작 바늘 하나에 불과함에도 함께 맺은 인연을 생각하며 제문을 쓰는 마음이 우리네 삶을 한층 넉넉하게 만드는 것이다.

활 동

1. 이 글의 종류는 무엇이며, 이를 알 수 있게 해 주는 부분은 어디인가?
2. 이 글의 짜임을 정리해 보자.
3. 이 글로 미루어 볼 때 글쓴이는 어떤 사람인가?

의원 조광일전
홍양호

읽 기 전 에

1. '전(傳)'이란 어떤 형식의 글인가?
2. 전(傳)의 인물이 되기에 적합한 사람은 어떠한 사람인가?

의원(醫員)은 세상에 쓰이는 아홉 가지 부류의 기술 가운데 하나를 가진 자인데, 대체로 잡류(雜流)에 속한다.

나는 '뛰어난 의원은 나라를 다스리고 그다음이 병을 다스린다.'라는 말을 들은 바 있다. 이 말은 무엇을 일컫는가?

나라를 다스리는 것과 병을 다스리는 것은 이치가 같다. 다스리는 것은 오로지 의원이 해야 할 도리다. 그러나 선비는 반드시 세상에 드러나고 알려져 높은 지위에 있어야만 나라에 병든 것을 다스릴 수 있다. 간혹 나라를 위해 자신의 능력을 쓸 수 없으면, 몸을 숨겨 의원이 되어 의술을 베푼다. 이는 의술을 널리 베풀어 백성을 구제한 공이 나라를 다스리는 공에 버금감을 의미한다. 그러므로 옛날부터 어진 선비이면서 세상에 뜻을 얻지 못한 사람은 종종 의원이라는 직분에 은거하였던 것이다.

내 일찍이 그런 어진 사람을 몰래 구하였으나 찾을 수 없었다. 근자에 나는 타향인 충청도에 잠시 거처하게 되었다. 그곳의 풍토를 잘 알지 못하여 지역 주민에게 의원에 대해 물었는데 한결같이,

"훌륭한 의원은 없어요."

라고 하였다. 억지로 다시 물으니,

"조 의원이 있기는 하지요."

라고 대답했다.

조 의원의 이름은 광일(光一)이고 선조는 태안의 번창한 집안이었으나, 얼마 뒤 집안이 가난해져 나그네로 유랑하다가 충청도 합덕의 서쪽에 있는 저수지 근처에 정착하였다. 그는 특별한 능력은 없으나 침으로 명성을 얻어 스스로 호를 침은(鍼隱)이라고 하였다. 조 의원은 일찍부터 권세 있고 지체 높은 집이나 벼슬이 높은 양반에게는 진료를 가지 않았다.

얼마 전 동이 틀 녘에 내가 조 의원의 집을 지나가게 되었는데, 어떤 노파가 남루한 옷차림으로 엉금엉금 기어서 그 문을 두드리며 말했다.

"나는 아무 마을에 사는 백성으로 아무개의 어미입니다. 내 자식이 어떤

병에 걸려 죽어 가오니 제발 살려 주십시오."

조 의원이 즉시 말했다.

"알았소. 먼저 가면 내 뒤따라가리다."

그러고는 일어나 뒤따라 걸으면서도 난처한 기색은 하나도 없었다.

또 한 번은 길에서 조 의원을 만났다. 마침 비가 내려 흙탕길이 되었는데, 조 의원이 나막신을 신고 바삐 걸어가고 있었다. 내가 물었다.

"어디를 그리 바삐 가시오?"

그러자 조 의원이 말했다.

"아, 예. 아무 마을 백성의 아무개 아비가 병이 들었지요. 지난번에 침을 한 번 놓아 주었는데 효과가 없어, 지금 다시 침을 놓아 주려고 가는 길이지요."

괴이한 생각이 들어 물었다.

"그대에게 무슨 이익이 된다고 이렇게 몸소 고생을 하는 것이오?"

조 의원은 빙그레 웃을 뿐 대답하지 않고 가 버렸다. 그의 사람됨이 대략 이와 같았다. 내 마음에 그의 행동이 범상치 않다는 생각이 들어, 그가 왕래하는 것을 가만히 살펴보았다. 그리고 마침내 그와 친분을 쌓고 교유(交遊)하게 되었다. 조 의원은 소탈하고 너그러우며, 편안하고 곧은 품성을 지녔다. 또한 세속 사람과 잘 화합하지 않았으며, 오직 자신이 의원이 된 것만을 기뻐하였다.

그는 예전부터 내려오는 처방을 따라 약을 달여 치료하지 않고, 항상 자그마한 가죽 주머니 하나를 들고 다니며 치료를 하였다. 주머니 속에는 동철(銅鐵)로 만든 십여 개의 길고 짧고 둥글고 모난 특이한 모양의 침들이 들어 있었다. 그는 이 침으로 종기를 터뜨리고 부스럼을 다스리고, 뭉쳐 있는 혈(穴)과 막힌 곳을 뚫어 주고 풍기(風氣)를 통하게 하며, 쓰러지고 위독한 사람을 다스려 일으켰는데, 즉시 큰 효과가 있었다. 대체로 조 의원은 침술

교유(交遊) 서로 사귀어 놀거나 왕래함.

에 정밀하여 그 해법을 얻은 사람 같았다.

내가 일전에 그에게 조용히 물었다.

"무릇 의술은 천한 재주며, 사람이 살아가는 방식 중 미천한 경우에 해당됩니다. 하지만 그대의 능력은 탁월합니다. 어찌 지체 높고 높은 벼슬을 하는 사람들과 교유하여 명성을 얻으려 하지 않고, 여항의 백성이나 쫓아다닙니까?"

조 의원이 웃으면서 대답했다.

"대장부는 정승이 되지 못하면 차라리 의원이 되는 것이 낫지요. 정승은 도(道)로써 백성을 구제하지만 의원은 의술로 사람을 살리지요. 어떤 사람이 궁핍하게 되는가, 높은 지위로 이름을 드러내게 되는가는 그 공에 달려 있을 뿐입니다. 하지만 정승은 때를 얻어 자신이 추구하는 도를 행하더라도 행운과 불행이 따를 수 있지 않겠소? 정승은 남의 봉급을 받고 책임을 맡아 한 번이라도 잘못하게 되면 비난과 벌이 뒤따르지만, 의원은 그렇지 않지요. 의술로 자신의 뜻을 행하면 대개 뜻을 얻을 수 있답니다. 자신이 다스릴 수 없는 병은 내버려 두고 환자를 돌려보내더라도 나를 탓하지 않지요. 그래서 나는 의원으로 있는 것이 좋습니다. 더욱이 내가 의술에 힘쓰는 것은 이익을 구하려는 것이 아니라 내 뜻을 행하려는 것일 뿐이므로 환자의 귀천을 가리지 않지요."

또 말을 이었다.

"나는 세상의 의원들이 자신의 의술을 믿고 남들을 교만하게 대하며, 문밖으로 나갈 때는 정승 같은 권세가들의 집에서 보낸 말을 타고, 술과 고기를 차린 음식상을 대접받으며, 대개 서너 번 청탁을 받은 뒤에야 마지못해 왕진 가는 것을 미워합니다. 하지만 세상의 의원들은 대부분 귀하고 권세 있는 집안이나 부유한 집안으로 왕진을 가지요. 만약 병자가 가난하고 권세가 없으면 아프다는 핑계를 대면서 거절하기도 하고, 어떤 경우는 집에 없다고 속이고 가지 않기도 한답니다. 심지어 가난한 환자들이 백 번을 청하더라도 한 번도 왕진을 나가지 않는 경우도 있으니, 어찌 어진 사람의 마음으로서 할 수 있는 일이겠소? 그러므로 나는 다른 의원들에게 본보기를 보이려는 것입니다. 그러니 저 존귀하고 세상에 알려진 높은 자들이 어찌 나를 비난할 수 있겠소? 그런데 내가 슬프고 가엽게 여기는 것은 오직 여항의 곤궁한 백성일 뿐이라오. 내 이미 침을 잡고 사람들 사이에서 침술을 행한 것이 십여 년인데, 어떤 날에는 몇 사람을 살리고 어떤 달에는 열 몇 사람을 살렸으니, 아마도 침술로 온전하게 살린 사람이 수천 수백 명은 될 것이오. 내 나이 이제 사십이니, 다시 수십 년 동안에 만 명을 살릴 수 있을 것입니다. 살린 사람이 만 명쯤 되면 아마 내 일을 마칠 수 있을 것 같소."

나는 처음 조 의원의 말을 듣고 놀라서 바라보았다. 이윽고 탄식하며 마음속으로 생각하였다.

'지금 사람들은 한 가지 재주라도 있으면 세상에 자신의 재주를 팔려고 하고, 다른 사람들에게 조그마한 은혜를 베풀면 그 대가를 받아 내려고 한다. 또 권세와 이익의 사이에서 이리저리 훑어보다가, 자신이 취할 게 없으면 침을 뱉고 돌아보지도 않는다. 하지만 조 의원은 의술이 높은데도 명예를 구하지 않고, 은혜를 널리 베풀면서도 그 대가를 바라지 않는다. 병자들 중 급한 사람에게 달려가되, 반드시 곤궁하고 권세 없는 사람들을 먼저 치료하니, 그 어짊이 보통 사람보다 뛰어나다. 천 명의 목숨을 살리면 반드시 남몰래 보답을 받는다고 하니, 조 의원에게는 반드시 훌륭한 후손이 있을 것이다.'

이에 내가 직접 보고 들은 것을 서술하여, 조 의원을 위해 전기(傳記)를 지음으로써, 역사를 서술하는 사람의 요구에 스스로 답하고자 한다. ⑯

여항(閭巷) 백성의 살림집이 많이 모여 있는 곳.

작품 이해

　이 글은 의원 조광일에 대한 '전(傳)'이다. '전'은 인물의 행적을 기록하고 필자의 평을 덧붙이는 형식의 글이다. 이 글을 쓴 홍양호는 조선 후기의 문신 겸 학자였다. 학문과 문장에 뛰어나 『영조실록』의 편찬에 참여하기도 하였으며, 사신으로 청나라에 다녀온 이래 고증학의 발전에 크게 기여하였다고 한다.

　이 글은 먼저 의원이란 어떤 사람인가 규정하면서 시작된다. 대체로 조선 시대의 의원은 중인 계층에서 나왔다. 기술자를 천시한 결과일 것이다. 그럼에도 다른 기술과 달리 의술은 '나라를 다스리는 것'과 이치가 같다고 하며, 의술을 베풀어 백성을 구제하는 일이 나라를 다스리는 일과 다를 바 없다고 홍양호는 주장한다.

　조광일은 무엇보다 권세 있고 지체 높은 집이나 벼슬이 높은 양반에게는 진료를 가지 않았다. 그럼에도 남루한 옷차림을 하고 있는 사람의 부탁은 망설임 없이 받아들이고 궂은 날에도 환자를 돌보기 위해 달려갔다. 다시 말해서 겉모습에 연연해하지 않고 의술을 필요로 하는 곳이면 어디나 기꺼이 나서는 인물인 것이다.

　왜 그렇게 힘겨운 백성들을 보살피느냐는 필자의 질문에 의술이란 뜻을 행하면 뜻을 얻을 수 있는 일이며, 의술에 힘쓰는 것 역시 뜻을 행하려는 것이지 이익을 구함이 아니라고 단언한다. 그리고 다른 의원들에게 본보기를 보이기 위해 곤궁한 백성을 기꺼이 돌본다고 말한다. 이에 필자는 '전'의 형식이 행적과 평이란 짜임에 맞게 "의술이 높은데도 명예를 구하지 않고, 은혜를 널리 베풀면서도 그 대가를 바라지 않는다. (중략) 어짊이 보통 사람보다 뛰어나다. 천 명의 목숨을 살리면 반드시 남몰래 보답을 받는다고 하니, 조 의원에게는 반드시 훌륭한 후손이 있을 것이다."라고 평가를 내린다.

어느 시대에나 자신의 이익을 구하지 않고 뜻을 행하려는 사람은 드물다. 의원 조광일 같은 예외가 있을 뿐이다. 이에 기꺼이 그를 평가하고, 그의 행적이 지닌 아름다움을 칭송함으로써 그를 기리고자 하는 것이 이 글의 참뜻이다.

 활 동

1. 이 글을 도입과 본문, 정리로 나누어 보자.
2. '나라를 다스리는 것'과 '병을 다스리는 것'이 같은 이치인 까닭은 무엇인가?
3. "천 명의 목숨을 살리면 반드시 남몰래 보답을 받는다고 하니, 조 의원에게는 반드시 훌륭한 후손이 있을 것이다."라는 말에 나타난 글쓴이의 관점을 찾아 써 보자.

더불어 사는
공생인으로 거듭나기
최재천

1. 공생인이란 무엇인가?
2. '적자생존'의 뜻은 무엇인가?

오늘날 우리는 환경의 중요성이 굉장히 강조되는 시대에 살고 있습니다. 얼마 전까지만 해도 환경은 그냥 골칫거리 중 하나였죠. '내가 환경까지 신경을 써야 돼?' 하는 생각을 하던 시절이 있었지만, 이제는 우리가 무슨 일을 하든 환경을 제일 먼저 고려하지 않으면 안 되는 그런 시대에 살고 있습니다.

그래서 저는 21세기를 살아가는 우리가 어떤 마음가짐으로 살아가야 우리의 집이라고도 할 수 있는 환경을 보호하면서 질 높은 삶을 계속 유지할 수 있는가에 대하여 이야기하려고 합니다.

남태평양 이스터 섬은 거대한 석상으로도 유명하지요. 그러나 환경 운동가들에게 이 섬은 환경 재앙의 본보기로 더 유명합니다. 한때는 찬란한 문명을 가졌던 민족이 환경을 파괴하는 바람에 지금은 그야말로 황폐한 환경과 문명의 흔적만이 남아 있기 때문이지요. 우리가 환경을 지키고 보호해 주지 않으면 우리의 미래 또한 그렇게 될 수 있다는 것을 이스터 섬의 거석들은 묵묵히 알려 주고 있습니다.

세계적인 석학인 캘리포니아 주립 대학의 제레드 다이아몬드(Jared Diamond) 교수는 『문명의 붕괴』라는 저서를 통해 인간의 문명이 망하는 이유 중의 하나로 환경 파괴를 꼽았습니다. 그는 "환경 파괴는 문명이 파괴되는 가장 중요한 원인은 아닐지도 모른다. 그러나 망한 문명에 공통적으로 반드시 들어가는 이유가 바로 환경 파괴다."라고 하더군요.

매년 각국의 지도자들이 스위스의 작은 마을 다보스에 모여서 빠지지 않고 논의하는 것도 바로 오늘날 지구의 변화에 대한 문제, 지구 온난화에 대한 이야기입니다. 우리는 지금 환경 파괴로 비롯된 엄청난 기후 변화의 시대에 살고 있습니다. 지구 온난화의 주범이 각종 개발에 따른 자연 파괴와 산업 시설에서 나오는 유해 가스 등으로 인한 환경 오염이라는 점은 우리에게 더 이상 푸른 지구가 보장될 수 없다는 불길한 예감을 갖게 합니다.

우리나라를 방문한 어느 우주 물리학자에게 한 학생이 '지구 환경이 날이 갈수록 파괴되고 있는 문제에 대해 어떻게 생각하느냐'는 질문을 했다고 합니다. 그랬더니 그분은 "우리 우주 물리학자들이 우주를 개발하고 있으니 그리로 이사 가면 되지 않느냐. 그런 시시한 문제를 가지고 걱정하지 말라."라고 답하더랍니다. 과연 그럴까요?

우리에게 이제 더 이상 이사 갈 곳은 없습니다. 옮겨 갈 곳만 없는 것이 아니라 모든 자원들이 다 고갈되어 갑니다. 저는 21세기에 가장 부족해질 자원이 식량(food), 에너지(energy), 물(water)이라고 생각합니다. 참 묘하게도 이들의 영문 첫 글자를 따오면 '거의 없는(few)'이란 뜻이 되죠. 과장이 아니라 멀지 않은 미래에 이 지구상의 자원들이 정말 거의 없어지는 그런 상황이 올 것입니다.

현실이 이러한데 언제 개발될지도 모르는 우주의 또 다른 행성을 기대하면서 우리가 살고 있는 터전을 계속 망가뜨려도 되는 것일까요? 저는 절대 그렇지 않다고 봅니다. 지구라는 작은 행성에서 함께 사는 지혜를 나눠 실천하지 않으면 이 문제는 결코 해결되지 않을 일인 것입니다.

인간은 스스로를 만물의 영장이라고 하면서 개미와 같이 작은 동물들을 미물이라고 하죠. 그런데 그 한낱 미물인 개미가 뭉치면 엄청나게 큰일을 합니다. 저는 감히 개미와 인간을 지구의 양대 지배자라고 표현합니다만, 자연 생태계의 주인인 곤충 중 가장 성공한 것이 바로 개미입니다.

세상에 개미가 얼마나 있을까를 연구한 학자가 있습니다. 전 세계의 모든 개미를 일일이 세어 본 절대적 수치는 아니지만 여기저기서 표본 조사를 하고 수없이 곱하고 더하고 빼서 나온 숫자가 10의 16승이라고 합니다. 10에 0이 무려 열여섯 개가 붙어서 제대로 읽을 수조차 없는 숫자가 되고 맙니다. 전 세계 인구가 65억이라고 하는데, 만약 아주 거대한 시소가 있어서 한쪽에 65억의 인간이, 다른 한쪽에 10의 16승이나 되는 개미가 모두 올라탄다고 상상해 보십시오. 개미와 우리 인간은 함께 시소를 즐길 수 있습니다.

이처럼 엄청난 존재가 개미입니다. 도대체 어떻게 개미가 이토록 생존에 성공할 수 있었을까요? 그건 바로 개미가 인간처럼 협동할 수 있는 존재라서 그렇습니다. 협동만큼 막강한 힘을 보여 줄 수 있는 것은 없습니다.

하나만 예를 들겠습니다. 열대에 가면 수많은 나무들이 조금이라도 더 햇볕을 받으려고 서로 얽히고설켜 빽빽하게 서 있습니다. 이 나무들 중에 개미가 집을 짓고 사는 아카시아 나무가 있는데 자그마치 6천만 년 동안이나 개미와 공생을 해 왔습니다. 아카시아 나무는 개미에게 필요한 집은 물론 동물성 단백질까지 제공하는 대신, 개미는 반경 5미터 내에 있는 다른 식물들을 모두 제거해 줍니다. 대단히 놀라운 일이죠. 이처럼 개미는 많은 동식물과 서로 밀접한 공생 관계를 맺으며 오랜 세월을 살아온 것입니다.

자연계에는 이렇게 서로 도우며 사는 개체들이 굉장히 많습니다. 만약 지구상의 모든 개미가 멸종한다면 그 장례식장에는 개미의 혜택을 받으며 살아온 많은 동식물이 애통해하면서 구름같이 몰려들 겁니다. 반대로 우리 인간은 어떨까요? 통곡은커녕 그것들 잘 죽었다고 노래를 할지도 모릅니다.

진화 생물학은 자연계에 적자생존의 원칙이 존재한다고 말합니다. 하지만 적자생존이란 어떤 형태로든 잘 살 수 있는, 적응을 잘하는 존재가 살아남는다는 것이지 꼭 남을 꺾어야만 한다는 뜻은 아닙니다. 그동안 우리는 자연계의 삶을 경쟁 일변도로만 보아 온 것 같습니다. 자연을 연구하는 생태학자들도 십여 년 전까지는 이것이 자연의 법칙인 줄 알았습니다. 그런데 이 세상을 둘러보니 살아남은 존재들은 무조건 전면전을 벌이면서 상대를 꺾는 데만 주력한 생물이 아니라 자기 짝이 있는, 서로 공생하면서 사는 종(種)이라는 사실을 발견한 것입니다.

우리 인간은 자연계에서 뚝 떨어져 혼자 나와 있는 것처럼 생활합니다만, 어느 학자가 조사해 본 결과에 의하면 우리 식탁에 올라오는 종이 약 5천 가지나 되더랍니다. 그런데 또 우리를 먹고 사는 종은 한 1천 가지가 있답니다. 호랑이가 잡아먹을 수도 있지만, 모기, 빈대, 진드기 그런 것들을 다 따져서 그렇다는 것이죠. 이렇게 보면 우리 인간이라는 종을 가운데 놓고 어떤 형태로든 6천 종이 서로 공생 관계를 맺고 있는 것이니 놀라운 일 아닙니까.

인류는 오랜 진화 과정을 거치면서 마침내 생각하는 사람, 현명한 인간이라는 뜻의 호모 사피엔스(Homo sapiens)라는 학명이 붙었습니다. 저는 이게 지나친 자만이라고 생각합니다. 우리가 정말 현명한 인간이라면 우리의 집인 자연환경을 망가뜨리면서 살아오진 말았어야죠. 결국 돌이키기 힘들 정도로 환경을 훼손시켜 놓고 현명하다고 자화자찬하고 있는 것이 21세기를 사는 우리의 자화상인 것입니다.

물론 인간은 똑똑합니다. 굉장히 머리가 좋죠. 그런데 이대로 가면 제 꾀에 제가 넘어가는 헛똑똑이가 되고 말 것입니다. 우리가 정말 지구에서 오래도록 살아남으려면 현명한 인간이라는 오만함을 버리고 다른 동물, 다른 식물과 함께 사는 길을 모색하면서 이를 적극적으로 실천에 옮겨야 할 것입니다. 우리 모두가 현명한 인간이라는 자만에서 벗어나 더불어 사는 '공생인(Homo symbious)'으로 거듭남으로써 환경의 위기를 극복하는 삶을 실천할 수 있으면 좋겠습니다.

감사합니다. ⑯

작 품 이 해

천성산의 도롱뇽으로 잘 알려진 지율 스님이 '생명에는 대안이 없다.' 고 말했다. 천성산에 터널을 뚫지 않을 대안을 말해 보라는 주문에 스님이 한 답이다. 대안이란 곧 이 생명은 안 되고 다른 생명은 죽여도 된다는 것이기에, 안 된다고 말할 수밖에 없다는 것이다. 생명과 환경은 이처럼 대안 없는 원칙이 마련되어야 한다. 이를 공생으로 풀어 쓴 것이 이 글이다.

이 글은 이화여자대학교에서 생물학을 가르치는 최재천 교수의 글이다. 과학적 지식과 관점을 대중적으로 알기 쉽게 전달하는 데에 힘쓰는 분이다. 강연의 형식으로 짜여 있으나, 글의 명료함이나 대중적인 풍부한 예시와 설득력을 생각할 때, 중수필인 에세이로도 손색이 없다. 물론 이 글에서는 아주 명료하게 생물종의 공생이 갖는 중요성을 피력하고 있다.

먼저 문제 제기로서 환경이 중요한 시대라고 규정하고, 환경을 보호하면서 삶의 질을 높이는 데 필요한 마음가짐을 이야기하겠다고 화제를 제시한다.

다음은 예시 단락으로 거대한 석상으로 유명한 이스터 섬이 환경 재앙의 본보기임을 보여 준다. 그리고 제레드 다이아몬드 교수의 말을 인용하며, 붕괴된 문명에는 공통적으로 환경 파괴가 반드시 들어 있다고 덧붙인다.

이어서 환경 파괴의 실상이 위험 수준임을 지적하고, 대안으로서의 우주 개발이 너무 먼 미래이며, 머지않아 지구상의 자원이 고갈될 상황을 우려한다. 이로부터 필자는 '작은 행성에서 함께 사는 지혜'가 답임을 제시한다. 이를 구체적으로 보여 주기 위해 다시금 개미의 예를 들며, 개미야말로 인간과 함께 '지구의 양대 지배자'이며, 그 까닭은 개미가 협동하는 존재이기 때문이라고 말한다. 공생의 관계야말로 개미를 통해 알 수 있는 삶의 지혜라는 것이다. '적자생존의 법칙' 또한 경쟁의 법칙이 아닌 공생의 법칙임을 알려 준다. 인간 역시 그 공생 관계 속에서 생명을 이어 가고 있음을 분명히 밝힌다.

결론적으로 호모 사피엔스에서 '공생인', 곧 호모 심비어스(Homo symbious)로 거듭남으로써 환경의 위기를 극복하자는 것이 그의 주장이다.

 활 동

1. "통곡은거녕 그것들 잘 죽었다고 노래를 할지도 모릅니다."에 나타난 필자의 관점은 어떠한가?
2. 현명한 인간에서 공생하는 인간으로 관점을 바꾸어야 하는 까닭은 무엇인가?

착한 그림,
선한 화가 박수근
공주형

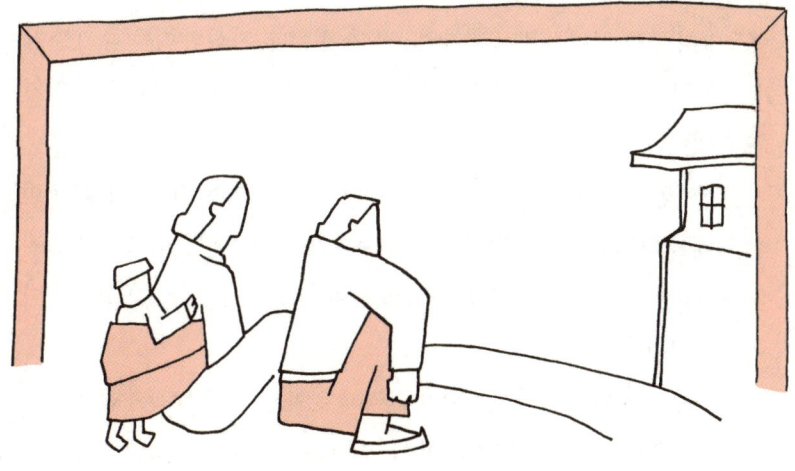

읽 기 전 에

1. 전기문의 특성은 무엇인가?
2. 내 자서전의 제목을 정해 보자.

남은 시간이 많지 않았다. 청량리 위생 병원 창 너머로 마지막 세상의 풍경이 흐릿하게 들어왔다. 그해는 육십 년 만의 큰 가뭄으로 세상이 목말라 있던 때였다. 논물을 대지 못한 농부들의 마음은 쩍쩍 갈라졌고, 수돗물이 부족한 도시민들의 입은 바싹바싹 탔다. 가뭄이 시작될 무렵인 4월에 병원에 입원한 화가의 피폐(疲弊)해진 몸도 해갈(解渴)의 기미를 찾지 못하고 있었다. 화가는 얼마 남지 않은 생의 끝자락에서 무슨 생각을 했을까. 무명 화가로 마감해야 하는 자신의 한평생이 육십 년 만에 찾아온 가뭄과 많이 닮았다고 생각하지는 않았을까.

"천국이 가까운 줄 알았는데 멀어, 멀어……."

1965년 5월 6일 새벽 1시, 태양은 대책 없이 뜨거웠고 물기는 턱없이 부족했던 그날, 병원에서 퇴원해 집으로 온 화가는 마지막 한마디를 남기고 마침내 숨을 거뒀다. 화가의 죽음은 조간신문 5면에 실렸다. 기사는 '어느 예술가의 죽음'이라는 말로 화가의 소식을 전했다. 자신의 이름 석 자를 세상에 각인(刻印)시키는 데에 실패했던 '어느 예술가'는 반세기 후 국민 화가가 된 박수근이었다.

"나는 인간의 선함과 진실함을 그려야 한다는 예술에 대한 대단히 평범한 견해를 가지고 있다. 따라서 내가 그리는 인간상은 단순하고, 다채롭지 않다. 나는 그들의 가정에 있는 평범한 할아버지나 할머니, 그리고 어린아이들의 이미지를 즐겨 그린다."

수근은 인간의 선함과 진실함을 그리고 싶어 한 화가였다. 수근에게 그것은 진리였다. 거창하다면 한없이 거창하고 소박하다면 한없이 소박할 수 있는 것이 진리다. 수근의 진리는 후자 쪽이었다. 신산(辛酸)한 삶을 불안으로 뒤덮었던 질곡(桎梏)의 역사 속에서 지냈던 화가의 눈에 모든 것은 불명료했으나 단 하나 명료하게 보였던 것이 있었다. 그의 옆에서 겨우겨우 숨을 쉬며 아슬아슬한 생을 묵묵히 이어 가는 선한 인간들이었다. 더벅머리 소년과 단발머리 소녀, 하얀 저고리에 검정 치마를 입은 아낙네, 할 일 없이 거리를 떠돌던 남정네, 더 이상 잃을 것 없는 노인네 등은 수근에게 이 세상에 선함과 진실함이 엄존(儼存)한다는 사실을 알리는 가장 확실한 증표였고, 가난과 역경 속에서도 수근이 끝끝내 포기할 수 없었던 최후의 보루(堡壘)였다. 적정 온도 36.5도를 머금은 인간애, 수근이 남긴 예술의 위대함은 여기서 시작된 것이다.

인간에 대한 깊은 애정을 지닌 화가, 수근은 1914년 2월 21일 강원도 양구군 양구면 정림리에서 삼대독자로 태어났다. 어렸을 때 수근은 유복했으나, 그것은 그리 오래가지 못했다. 수근이 일곱 살 되던 해 아버지는 광산 사업에 실패했고, 전답마저 홍수에 떠내려갔다. 수근을 그림자처럼 쫓아다니던 가난이 시작된 것이다. 상급 학교 진학이 좌절된 것도 가난 때문이었다. 이러한 가난에도 불구하고 수근은 화가를 꿈꾸었다. 수근이 화가를 꿈꾸게 된 것은 양구 보통학교 졸업을 한 해 앞둔 1926년, 원색 도판으로 접한 밀레의 〈만종〉 때문이었다.

해 질 녘 하루 일을 마친 부부가 기도를 올린다. 경건한 조화로움이 느껴지는 풍경이다. 훗날 수근의 그림에서 아낙과 나목(裸木)이 조용히 합일하는 데 밑거름이 된 것이 〈만종〉 속 인간과 자연이 엮어 가는 경건한 조화로움이 아니었을까?

밀레와 같은 화가가 되고 싶었던 수근에게 그 꿈에 다가가는 길은 쉽지 않았다. 다른 화가 지망생들은 정규 미술 교육을 받기 위해 상급 학교에 진학하고 해외 유학길에 올랐지만, 수근은 다른 방법을 찾아야 했다. 수근이 미술에 대해 배운 것은 양구 보통학교 시절 미술 시간이 전부였다. 그런 그에게 끊임없는 연습은 화가가 되기 위한 유일한 통로였다. 종이가 귀하던 시절, 창호지라도 몇 장 얻는 날이면 뛸 듯이 기뻤지만 이마저도 가뭄에 콩 나듯 있는 일이었기에 어린 수근은 주로 나무에 기름을 먹인 분판(粉板)에 먹으

신산(辛酸)하다 세상살이가 힘들고 고생스럽다.
나목(裸木) 잎이 지고 가지만 앙상히 남은 나무.

로 그림을 그리고 지우고를 반복하며 시간 가는 줄 모르게 하루를 보냈다.

수근이 그토록 갈구하던 화가가 된 것은 열여덟이었던 1932년, 〈봄이 오다〉가 조선 미술 전람회(이하 '조선 미전')에 입선하면서이다. 〈봄이 오다〉는 고향 마을의 농가, 혹은 수근의 집이라고도 전해지는 시골의 풍경을 수채화로 그린 그림이다. 이후 수근은 1943년 제22회에 이르기까지 조선 미전에 그림을 출품했고, 모두 아홉 번에 걸쳐 입선을 하였다. 조선 미전은 수근이 화가로 활동하는 유일한 길이었다.

수근은 화가가 되었지만 그를 따라다녔던 가난은 좀처럼 떨어지지 않았다. 광복과 한국 전쟁을 거쳐야 했던 시기는 무명 화가였던 수근에게 생계와 예술 사이에서의 외로운 사투를 요구했다. 피난길, 178cm의 키에 건장한 체구의 수근은 부두에서 노동자로 하역 작업을 해서 가족의 생계를 책임졌다. 한국 전쟁이 끝나던 해에는 혜화동에서 화방을 운영하던 이상우의 주선으로 미군 범죄 수사대에서 그림 그리는 일을 시작했다. 그곳에서의 일은 부두에서 노동자로 하역 작업을 하던 것에 비해 한결 나은 것처럼 보였다. 하지만 꼭 그런 것만도 아니었다. 그림을 그리는 일이라고는 했지만 매일 출근해서 하는 일은 극장 간판과 별 차이 없는 환경 정리 그림을 벽에 그리는 것이었다. 대우도 좋을 리 없었다. 수근은 페인트칠하는 노무자의 대우를 받으며 그림을 그렸다. 생계를 위해 그림이 수단이 된 것이다.

이후 수근은 미군 부대 피엑스로 자리를 옮겼다. 수근은 이곳에서 스카프, 손수건, 사륙 배판 크기의 노방(천의 일종) 위에 미군들을 상대로 초상화를 그렸다. 수근은 갖은 수모를 다 겪으며 이 일을 묵묵히 참아 냈다. 그리고 결국 그때 모은 돈으로 창신동에 어렵사리 집을 마련했다. ㄷ자형 한옥은 마루를 중심으로 오른쪽에는 안방과 부엌이, 왼쪽에는 건넌방이 있었다. 건넌방은 세를 주고 수근 가족은 안방에 모여 살았다. 외풍이 심해 밤에는 이불을 코끝까지 뒤집어쓰고 자야 했지만, 이곳은 수근 가족에게 자랑스러웠던 보금자리였다. 수근은 안방과 마루를 작업실 삼아 그림을 그렸

창신동 자택을 배경으로 ©GALLERY HYUNDAI

다. 창신동 마루는 수근 그림에 등장하는 '기름 장수'와 같은 행상들이 길을 지나다 잠시 쉬던 쉼터였고, 한국에 머물던 몇몇 외국인들이 종종 찾던, 폐허가 된 나라 무명 화가의 작업실이었다.

1957년 수근은 대작을 그려 세상에 내놓기로 한다. 각오도, 의미도 남달랐다. 소품을 주로 그리던 수근에게 1백 호 대작은 일종의 도전이었다. 지금은 유실되어 확인할 수 없는, 수근의 야심작 〈세 여인〉이 마침내 완성되었다. 수근은 떨리는 마음으로 완성된 그림을 대한민국 미술 전람회(이하 '국전')에 출품했다.

미술 단체가 생기기 이전 국전은 조선 미전처럼 수근이 공식적인 미술가로 인정받을 수 있는 유일한 길이었다. 창신동에 집을 마련하고 전업 작가의 길로 나선 수근에게 국전은 절실한 활동 무대였다. 하루하루 심사 결과

피엑스(PX, Post Exchange) 일상용품이나 음식물 따위를 면세 가격으로 파는, 군부대 기지 내의 매점.

가 궁금했던 나날들이었다. 내심 자신이 있었던 것도 사실이었다. 그러나 결과는 낙선이었다.

"왜 낙선이 되었는지 모르겠어. 정말 알 수가 없어."

수근은 술을 먹고 울면서 들어와 아내에게 말했다. 이때 국전의 심사 위원들은 대부분 수근과 엇비슷한 연배의 인사들이었다. 차이가 있다면 수근과 달리 일본에서 유학한 이들이라는 점이었다.

국전 낙선을 계기로 시작된 음주로 수근의 건강은 악화의 일로를 걸었다. 신장과 간에 먼저 이상이 왔다. 건강의 적신호는 눈에도 켜졌다. 수근은 왼쪽 눈이 뿌옇게 잘 보이지 않자 안과에 다녔다. 시력은 나아지지 않고 결국 백내장이 되었다. 수술이 시급했지만 수술비 마련이 막막했다. 수술이 늦어 결국 수근은 왼쪽 눈을 잃고 말았다.

왼쪽 눈을 잃은 수근에게는 남은 오른쪽 눈이 있었고, 창작은 계속되었다. 그해 수근은 〈앉아 있는 여인〉을 그렸다. 수근은 1950년대에 같은 제목의 그림을 그렸었다. 앞선 시대의 그림 속 '앉아 있는 여인'은 왼쪽 손으로 턱을 괴고 있어 두 손을 마주 잡고 있는 1963년 그림 속의 여인과 손동작은 다르나, 마치 한 명의 모델을 반복해서 그린 듯 눈을 내리깐 모양새며 입을 굳게 다문 표정까지 흡사하다. 수근은 왜 이렇게 반복한 것일까?

반복은 세상과 타협할 줄 모르는 수근이 세상의 이해를 구하기 위한 가장 떳떳한 수단이었고, 수근이 그리고자 했던 인간의 선함과 진실함에 다가가기 위한 가장 수근다운 방법이었다. 수근은 자신에게 당당할 때까지 그리고 또 그렸다. 수근 그림에서 부단한 반복은 보다 적절한 형태와 안정적인 구도, 그리고 궁극적으로 보다 효과적인 표현을 얻기 위한 나름의 여정이었다. 이 과정을 통해 수근은 그리고자 하는 소재의 구조를 파악하고, 화면에 질서를 만들고, 특유의 호흡이 긴 예술을 완성한 것이다.

순식간에 눈을 현혹시키지도 않고 삽시간에 감각을 마비시키지 않지만, 더딘 듯 와서 자연스럽게 스미는 예술을 수근은 꿈꾸었다. 수근은 그러한 예술의 꿈을 선하고 진실한 착한 이웃들의 모습으로 도달하고자 했다. 남의 이목이 아닌 자신의 신념의 더딘 박자에 맞추어 한 발 두 발 나아갔다. 그렇기에 수근의 그림에서 우리가 눈여겨봐야 할 것은 한국의 토벽과도 같고 메밀 깍지처럼 도돌도돌하며, 거친 창호지와 같은 결과물로서의 마티에르만이 아니다. 이런 결과를 가능하게 했던 기다림이 켜켜이 쌓인 지난한 과정들이고 인간의 선함과 진실함을 믿었던 수근의 깊은 인간애이다. (秀)

작품 이해

화가 박수근에 관한 전기문이다. 어린 시절부터 죽음에 이르기까지를 쫓아가는 여타의 전기문과 달리 선택적으로 삶의 한 단면을 골라 쓴, 필자의 개성이 잘 드러나는 전기문이다.

박수근의 삶을 죽음의 시점에서부터 시작하여, 작품 창작의 정점에 이르기까지, 작품과 관련된 부분만을 선택적으로 조명하였다. 감정을 최대한 이입함으로써 독자의 공감을 이끌어 내고자 하였고, 정확한 표현을 위해 어휘를 섬세하게 가려 썼다. 통사적인 측면에서도 대구와 대조적인 표현을 주로 사용하여 선명하게 의미를 전달하고자 노력하였다.

글은 먼저 죽음의 순간부터 시작한다. '큰 가뭄' 과 '피폐해진 몸' 을 대응시키며, 박수근의 한평생을 '가뭄' 과 연결한다. 화가의 마지막 한마디와 함께 조간신문의 짧은 부고, 그리고 '어느 예술가' 가 '국민 화가' 가 되었음을 말하며 글의 도입으로 삼는다.

그리고 박수근의 발언을 직접 인용하며, 박수근 그림의 특성과 작가 정신을 정리한다. 이는 곧 '인간의 선함과 진실함' 을 화폭에 담아내고자 했으며, 그 대상으로 '겨우겨우 숨을 쉬며 아슬아슬한 생을 묵묵히 이어 가는 선한 인간들' 을 선택하였다. 이는 곧 박수근 예술의 위대함으로 요약된다.

그다음 박수근의 출생과 가정 환경, 밀레의 〈만종〉이 끼친 영향, 박수근의 수업 과정, 화가로서의 성장 과정, 전쟁 이후의 가난과 예술 활동, 국전에서의 낙선과 건강 악화, 박수근 화풍으로서의 반복이 갖는 의미 등을 이어서 탐구한다.

끝으로 박수근 화풍의 특성과 주제, 형식적 특성 등을 정리하며, 지난한 예술 창작의 과정과 인간의 선함과 진실함을 믿었던 박수근의 깊은 인간애를 언급하면서 마무리 짓는다.

이 글을 통해 박수근의 삶을 가까이에서 들여다보면서, 왜 예술가들은 뻔히 알면서도 먹고살기 힘든 일에 매달리는 걸까 하는 생각이 든다. 아마도 그것은 세상에 먹고사는 일보다 더 중요한 일이 있기 때문이리라. 일보다 진실을 오래도록 붙잡아 두는 일에 매달렸기 때문이리라. 도대체 세상은 어떻게 살아야 하는 걸까?

 활 동

1. 글쓴이는 박수근 예술의 본질을 무엇이라고 말하는가?
2. 박수근이 즐겨 그렸던 대상은 무엇이며, 왜 그러한 대상들을 그렸는가?
3. 박수근이 그린 한 폭의 그림을 보고 느낀 점을 적어 보자.

큰 나무 스러짐에 천지가 아득

−박경리 선생님 영전(靈前)에

오정희

읽 기 전 에

1. 내가 존경하는 분이 있는가?

2. 존경하는 분의 길 자취가 뚝 끊어져 버린다면 나는 어떤 느낌일까?

선생님께서 떠나셨다는 소식에 그만 천지가 어둑하고 아득해집니다.

언제라도 찾아뵈면 밭에서 일하시다가 흙 묻은 손을 바삐 닦으시며 "어서 와라." 그 높고 카랑카랑한 음성으로 다정히 맞아 주시고, 선생님 표현하신 대로라면 '악' 소리가 나게 맛있는 된장을 퍼 주시고, 손수 농사지으신 알 굵은 감자도 싸 주시고, 언제까지라도 그러실 줄 알았습니다.

10대의 문학소녀 시절부터 제게 선생님은 그리운 분이셨습니다. 꿈속에서 선생님을 찾아간 적도 여러 번이었습니다. 흠모나 그리움은 그런 것인가 봅니다. 선생님의, 등을 곧추세우고 긴장된 표정의 옆모습 사진을 서랍 안에 붙여 놓고 바라보면서 저 또한 등을 곧추세우며 젊음의 시간들을 보냈습니다.

선생님의 생애에서 가장 힘들고 외롭고 처절했던 시간들이셨을 1974년 가을, 처음 선생님을 정릉 골짜기 자택으로 찾아가 뵈면서 저는 그때 선생님께서 겪으시는 고초에 얼마나 많은 문학인들, 독자들, 국민들이 함께 아파하고 분노하고 있는가 하는 말씀으로 작은 위안이나마 드리고 싶었습니다. 그러나 교자상에 놓인, 붉은 줄이 쳐진 원고지와 만년필, 소박한 밥상, "소설 쓰기란 장부가 일생을 걸고 할 만한 일이다."라고 말씀하시던 그 뜨거운 열정에 외려 제가 큰 용기와 위안을 받게 되었지요. 이곳이 선생님께서 글 쓰고 사시는 곳이구나, 작가란 이런 사람이구나, 작가의 생활은 이런 것이구나 하는 평생의 마음을 새기게 되었지요. 닮고 싶은 분, 그 자취를 따라가고 싶은 분이기에 제게는 어느 것 하나 예사로이 보이지 않았습니다. 사는 일, 쓰는 일이 그저 아득하고 두렵고 종잡을 수 없었던 20대 후반의 나이, 문청(文靑) 기질만 가득한 햇내기 작가였던 제게 고통과 고독을 숙명처럼 끌어안으며 오로지 글쓰기에 전념하시던 모습과 그 낡고 소박한 자택이 품고 있던 정신적 품격은 어떤 위대한 성취를 이룬 사람, 어떠한 연설보다도 강렬하고 직접적인 학습 효과를 주었던 것입니다.

꿈길로라도 찾아가던, 선생님에 대한 간절한 마음은 저만의 것은 아니었던 듯싶습니다. '토지 문화관' 창작실에서 지내던 소설가 후배는, 글이 안 풀릴 때나 나태(懶怠)해질 때면 방을 나와 선생님 사시는 자택을 바라본 다고, 불빛이 있으면 있는 대로, 없으면 없는 대로 한동안 선생님이 계시는 곳을 바라보고 힘을 얻어 다시 책상 앞에 앉는다고 하였습니다. 얼마나 많은 문청, 작가들, 문학을 사랑하고 선생님을 흠모하는 사람들이 주변에서 서성이면서 감히 다가가지 못하고 먼발치에서 선생님을 뵙고 다시금 살아갈 힘, 글을 쓸 힘과 용기를 얻었을는지요.

천지간에 생명만큼 존귀하고 아프고 슬픈 것이 있겠는가 하고 애타게 호소하시며 우리들의 굳은 마음과 잠든 영혼을 일깨우시던 선생님, 늘 닮고 싶은 큰 나무이고 쉬고 싶은 넉넉한 그늘이셨던 선생님. 어둑해지는 저녁 선생님 혼자 계시는 댁을 나올 때면 선생님의 그 시린 고독과 쓸쓸함에 마음이 아파서 혼자 중얼거리곤 했지요. '선생님께서는 잘 지내실 거야, 작가시니까.'라고. 창작이란 어떻게 말해도 결국은 고통과 고독의 산물이고 선생님께서는 그렇게 서릿발 같은 결기와 존엄성과 아픈 사랑의 힘으로 위대한 문학, 장하고 아름다운 생애를 완성하셨습니다.

모진 세월 가고
아아 편안하게 늙어서 이리 편안한 것을
버리고 갈 것만 남아서 참 홀가분하다.

최근에 발표하신 시의 마지막 연을 가슴으로 읽으면서도 이것이 먼 길 떠나시는 작별의 말씀이라는 것은 생각지 못했습니다. 사랑하는 사람은 천년만년 가까운 곳에 그대로 계실 줄로만 생각하는, 나중 된 자의 영원한 미욱함 탓입니다.

선생님, 바람 불고 꽃 지는 봄날입니다. 회자정리(會者定離), 생자필멸(生者必滅)이라는 말을 당연히, 예사로이 해 대면서도 선생님께서 떠나신 그 아

름다운 봄날의 세상이 저는 낯설고 이상하고 외롭습니다.

　사랑하고 존경하는 선생님, 그 누구도 채울 수 없는 선생님의 크나큰 빈자리에의 그리움과 슬픔은 남은 자들의 몫일 터인즉 이제 어떤 생명도 아프지 않은 '평화와 선'의 나라에서 영원한 삶을 누리소서. ㊦

생자필멸(生者必滅) 생명이 있는 것은 반드시 죽음. 존재의 무상(無常)을 이르는 말이다.

작 품 이 해

　이 수필은 조사다. 돌아가신 분의 영전에 바치는 글이다. 일종의 의식에서 쓰이는 식사문이나 큰 형식적 틀 안에서는 수필에 포함되는 글이기도 하다. 수필은 문학이 원래 '좋은 글'을 모두 포괄한다고 할 때, 좋은 글을 일컫는 일반적인 명칭이기도 하기 때문이다.

　이 수필은 소설가 오정희가 돌아가신 박경리 선생을 그리워하며 쓴 글이다. 따라서 박경리 선생의 일상적인 삶의 모습과 나란히 두 소설가가 주고받은 사랑과 존경이 드러날 것이다. 또한 가신 임에 대한 필자의 애틋한 마음 역시 나타나야 할 것이다.

　이 글은 먼저 전체적인 감회와 함께 생전 박경리 선생과의 일상적인 마주침을 제시한다. 이를 통해 살아생전의 모습과 더는 볼 수 없는 부재를 대비시킨다. 이어서 애초 뵙기 전부터 꿈과 서랍 속 사진으로 흠모해 온 분이었음을 보여 준다. 그리고 첫 번째 만남에서 고초를 겪는 선생을 위로하기보다 오히려 선생의 뜨거운 열정에 용기와 위안을 받았다는 것이다. 그것은 곧 '숙명처럼 글쓰기에 전념' 하시던 모습과 소박한 작업 환경이 품고 있던 '정신적 품격'으로부터 비롯된 것이었음을 밝힌다.

　그리고 선생께서 마지막까지 계시던 '토지 문화관'에서 선생님의 자택을 바라보는 것만으로, 필자가 그러했듯 모든 작가들에게 '살아갈 힘, 글을 쓸 힘과 용기'를 주셨으리라 생각해 본다. 이어서 생명에 대한 선생의 관점, 위대한 문학으로 생애를 완성한 것에 대한 평가를 제시하고, 선생이 직접 남긴 시를 통해 이별을 준비하셨음을 뒤늦게 깨닫는다. 끝으로는 선생에 대한 그리움과 간절한 바람을 담는 것으로 글을 맺는다.

　전체적으로 선생을 향한 그리움을 담고 있으며, 살아생전 필자에게 건네준 삶의 지표가 되었던 모습들을 구체적으로 제시함으로써 공감을 불러일으킨다. 이러한 느낌은 유독 소설가 오정희의 느낌만은 아닐 것이다. 박경리 선생의 부재는 우리 문단 전체의 큰 손실이며, 커다란 어른 한 분의 쟁쟁한 음성을 더는 들을 수 없음을 뜻한다.

지금도 많은 문인들이, 문인이 되고자 하는 사람들이 원주의 '토지 문화관'을 찾는다. 그만큼 선생은 그저 돌아가신 과거의 선생이 아니라, 현재에도 여전히 우리 문학의 빛, 작가들의 빛으로 빛나고 있는 것임에랴.

 **활 동**

1. 이 수필의 바탕을 이루는 정서는 무엇인가?
2. 인용된 시에 나타난, 박경리 선생이 돌아가시기 직전의 삶의 태도는 어떠한가?
3. 글쓴이에게 박경리 선생은 어떤 분으로 정리되는가?

권정생 선생님 영전에
염무웅

ⓒ권정생어린이문화재단

읽 기 전 에

1. 권정생 선생의 작품 제목을 아는 대로 써 보자.

2. 권정생 선생이 남긴 유서를 인터넷으로 찾아 읽어 보자.

오늘 우리는 우리 시대의 가장 고결한 영혼과 작별하기 위하여 이 자리에 모였습니다. 그는 한평생 가난하게 살았고, 비천한 것들 틈에서 지냈습니다. 그러나 그의 남루해 보이는 삶은 아무런 가감 없이 그 자체로서 이 시대의 불의와 타락에 대한 무언의 질타였고, 우리들 마음 한편에 남아 있는 양심에의 살아 있는 호소였습니다. 그는 젊은 시절부터 중병에 시달렸고 소변보는 일조차 자연스럽게 할 수 없는 일상적 불편 속에서 살았습니다. 그러나 그는 그 모든 어려움을 끌어안고 한결같은 걸음으로 진실을 향해 나아갔습니다.

그는 생전에 동화와 소설, 시와 수필 등 적지 않은 분량의 글을 써서 발표하였습니다. 지금까지 그를 존경해 왔고 앞으로 그를 그리워하게 될 많은 사람들에게 그의 이러한 문필 업적들은 오래도록 위로와 용기를, 또 가르침과 깨달음을 줄 것입니다. 그러나 그의 글은, 어느 것이나 소박한 감동과 절실한 울림을 뿜어내고 있음에도 불구하고, 그의 저 비할 바 없는 삶, 거의 성자(聖者)의 후광에 둘러싸인 듯한 그의 흉내 낼 수 없는 삶에 비하면 빙산의 드러난 부분에 불과한 것처럼 느껴집니다.

이제 그가 이 세속의 삶을 마감하였고, 오늘 우리는 그를 보내기 위하여 여기 모였습니다. 그의 이름 권정생, 이제 그 이름은 가난하고 외로운 사람들에게, 슬픔과 두려움을 간직한 사람들에게, 지상의 평화와 통일을 간구하는 사람들에게, 강자들의 폭력과 억압에 고통받는 사람들에게, 아니 사람들뿐 아니라 벌레와 새와 쥐와 개구리, 세상의 모든 약자들에게 진실한 친구이자 이웃이었던 존재를 가리키는 영원한 기호(記號)로 되었습니다.

나는 권정생 선생의 팍팍했던 삶의 역정을 여기서 굳이 회상하지 않겠습니다. 『강아지 똥』, 『몽실 언니』, 『한티재 하늘』, 『우리들의 하느님』, 기타 여러 저서들의 문학적 감동과 예언자적 지혜 또한 나의 비평적 언급 이전에 수많은 독자들 가슴의 실감이 증명하는 바입니다. 다만 나는 그의 생애의 출발 지점으로 잠깐 돌아가 보려고 합니다.

알다시피 권정생 선생은 1937년 일본 도쿄의 빈민가에서 태어났다고 합니다. 뒷날 그는 그곳을 이렇게 회고한 적이 있습니다. "아무렇게나 흘러 들어와 모여 사는 빈민가 사람들의 가족 구성도 정상적이지 않았다. 골목 길 끄트머리 노리코네 아버지는 조선 사람, 어머니는 일본 여자, 노리코는 고아원에서 데려온 딸이었다. 건너편 집의 미치코는 주워다 키운 아이고 동생 기미코는 조선인 아버지와 일본인 어머니 사이에서 태어난 혼혈아였 고 우리 앞집 일본인 부부도 양딸을 데리고 살았다. 한 집 건너 경순이는 관 동 지진 때 부모를 잃고 거기서 식모살이처럼 얹혀살고 있었다." 이런 환경 에서 권정생 자신은 헌 옷 장수 집 뒷방에서 태어났는데, 당시 그의 어머니 가 삯바느질로 생계를 꾸려 갔던 것 같습니다.

그런데 놀라운 것은 그가 이런 암담한 상황을 "이때 나는 따뜻한 사람들 을 많이 만났다.", "그 따뜻한 촉감은 평생을 잊을 수 없다."라는 말로 기억 할 수 있다는 사실입니다. 대도시의 빈민가, 그 소외된 삶의 터전을 생명의 온기가 넘치는 낙원으로 승화시키는 마음이야말로 바로 「강아지 똥」의 메 시지이고 그의 문학의 뿌리이며 권정생 선생의 칠십 년 인생이 우리에게 주 는 값진 선물일 것입니다.

권정생 선생님, 당신의 일생은 더 보탤 것도 뺄 것도 없는, 가장 소박하 고 가장 고귀한 정신의 완성입니다. 당신의 떠나는 영혼 앞에 모인 우리들 은 당신과 한하늘 아래서 숨 쉬었다는 기쁨을 간직하고 이제 흩어지렵니 다. 그리고 당신의 삶의 모습을 세상에 전하겠습니다. 이제 모든 짐을 내려 놓고 부디 안식에 드소서.

2007년 5월 20일
염무웅 삼가 올림 ㊞

작 품 이 해

　권정생 선생은 1937년 일본 도쿄의 빈민가에서 태어나 2007년 안동의 작은 집에서 돌아가셨다. 선생의 삶은 작품에 비해 그리 잘 알려지지는 않았다. 선생은 어린 시절 가난과 질병으로 가족을 떠나 걸식을 하며 지내다, 1967년부터 경북 안동시 조탑동에 있는 한 교회의 종지기가 되었다. 1969년 「강아지 똥」으로 제1회 기독교교육 아동문학상을 받으며 동화 작가가 되었다. 「몽실 언니」를 비롯하여, 「사과나무 밭 달님」, 「랑랑별 때때롱」에 이르기까지 수십 편의 작품을 발표하였다. 돌아가시기 직전 남긴 유서에서는 당신을 위한 어떤 기념비도 남기지 말고, 재산과 앞으로 나올 모든 인세 수입을 어린이를 위해 써 달라는 유언을 남겼다.

　염무웅이 쓴 이 글은 조문이다. 박경리 선생의 영전에 바치는 오정희의 글과 다를 바 없는 형식이다. 평소 존경하던 고인에 대한 추억을 그리는 한편, 선생이 남긴 삶에 대한 의미를 되짚어 생각해 보고자 하는 글이다.

　염무웅은 권정생 선생을 '가장 고결한 영혼' 이라고 일컬으며 시작한다. 무엇보다 그는 가장 가난하게, 낮은 숨을 쉬는 사람들과 생명들 곁에서 몸을 낮추어 살았다. 그의 질병과 남루는 부와 권력과 비인간적인 것이 판을 치는 세상에 대한 질타였고 호소였다고 말한다. 그는 가장 낮은 곳에서 살았다. 그저 목숨을 이어 간 것이 아니라, 진실을 향해 언제나 또박또박 쉼 없이 나아갔다.

　도입에 이어 가르침과 깨달음을 주는 선생의 문필 활동과 그보다 더욱 빛나는 '비할 바 없는 삶' 을 내세우며, 그의 삶이야말로, 권정생이란 이름이야말로 모든 억압받는 생명의 친구이자 이웃을 대변하는 존재라고 말한다. 그리고 이는 작품을 읽은 모든 이들이 익히 아는 바와 같기에 염무웅은 그의 가장 어려웠던 시절 중 하나인 일본에서의 생활을 이야기한다. 그는 가장 궁핍했던 이 시기조차 '생명의 온기가 넘치는 낙원'으로 인식한다는 점이야말로 권정생 문학의 핵심이라고 주장한다. 그리고 마지막으로 그리움과 함께 남은 이들에 대한 당부로 글을 끝맺는다.

　권정생 선생은 참으로 동시대를 함께 살았다는 것만으로도 옷깃을 여미게 하는 분이다. 그에 대한 숙연한 존경심이 그저 고인에 대한 예의가 아님은 그의 삶 한 귀퉁이만 엿보아도 알 수 있을 것이다. 그의 삶이 왜곡이나 과장 없이 온전히 이 시대를 사는 모든 이들의 영혼 속으로 조금씩 옮겨지기를 바란다.

 활 동

1. 이 글이 조문임을 알게 해 주는 단락은 어디인가?
2. 이 글이 초점을 두고 있는 것은 권정생의 어떠한 면모인가?
3. 글쓴이가 고인의 일생 중 일본에서의 경험을 중시한 까닭은 무엇인가?

•다음 글을 읽고, 권정생 선생과 작품 세계를 더욱 깊이 이해해 보자.

우리 안의 권정생
김상욱

1. 부음을 듣다

권정생, 가만히 그의 이름을 입속에서 되뇌어 본다. 동화 작가 권정생.

권정생은 1937년 일본에서 태어나 올해 5월 운명하였다. 꼬박 일흔 해
의 거칠고 고단한, 그러나 정결하고 뜨거웠던 삶이었다. 마지막으로 숨을
모으면서 그가 읊조렸던 말 또한 그다웠다. 그것은 늘 마음속 밑바닥에 고
여 있던 소박한, 그러나 간절한 그리움의 대상인 '어매!' 였다. 비로소 그는
'어머니 사시는 그 나라'로 훌쩍 떠난 것이다. 부음을 듣고 나는 오히려 평
화로웠다. 가장 소박하고 고귀한 한 시대의 정신이 비로소 완결되었음을
알았기 때문이다. 그가 평생을 지고 다녔던 병고 또한 이제야 내려놓게 되
었음을 알았기 때문이다.

그가 떠난 뒤에 세상은 잠깐, 아주 잠깐 그로 인해 떠들썩했다. 우리 시
대의 동화 작가가 안동 일직면 조탑리의 흙벽으로 지은 다섯 평 단칸방에서
홀로 병고를 견디며 살았기 때문이다. 그가 유산으로 남긴 막대한 인세를
굶주리는 이라크의 어린이들, 북녘의 어린이들, 그리고 여전히 힘겨운 나
날을 보내고 있을 이 땅의 가난한 어린이들을 위해 모두 써 달라고 했기 때
문이다. 그가 번듯한 자신의 기념관을 세우기보다 집과 유품들을 모두 불
태워, 처음 그대로의 풀밭으로 되돌려 놓으라고 했기 때문이다. 세상의 관

권정생 선생님 생가 ⓒ맹보명

심은 그의 작품 속의 인물들도, 그 인물들의 삶도 아니었으며, 그가 견결한 정신으로 버티어 왔던 올곧은 삶도 아니었다. 근본주의적인 시야로 질타했던 전쟁과 폭력과 불의로 가득 찬 현실도 아니었으며, 그토록 갈망해 마지않았던 평화도 물론 아니었다. 그가 남긴 가난과 그에게 귀속된 재산의 추이만이 관심사였을 뿐이었다.

그러나 정작 그가 남긴 것은 허물어져 가는 집의 용처와 유언장이란 문서 한 장이 아니라 그의 삶이었으며, 정신이었으며, 삶과 정신을 빼곡하게 움켜쥔 동화와 시와 산문들이었다. 오히려 그가 남긴 것은 그의 삶, 정신, 문학을 통해 거울처럼 환하게 떠오를 우리들 자신의 비루하고 속악한 삶 그 자체였다. 자본에 속절없이 투항한 채 부잡스럽게 삶이 흔들릴 때마다 기댈 수 있는 언덕이었으며, 올려다볼 수 있는 먼 곳의 등불이었으며, 귀 기울일 수 있는 우리 안의 나지막한 진실의 목소리였다. 그가 남긴 것은 훨씬 더 깊고 웅혼한 것이었다.

2. 동화를 읽다

권정생은 1969년 「강아지 똥」으로, 이어 1971년 「아기양의 그림자 딸랑이」가 신춘문예에 당선되어 작품 활동을 시작하였다. 이후 그는 「몽실 언니」, 「사과나무 밭 달님」, 「밥데기 죽데기」 등 쉼 없이 동화를 창작하였다. 그에게 동화는 사람들이 흔히 생각하던 동화가 아니었다. 사람들에게 동화는 현실과 대립되는 비현실적인 꿈의 세계이며, 구체적인 삶이 아닌 추상적이고 보편적인 관념의 세계였다. 그러나 권정생에게 동화는 달랐다. 그에게 동화는 가장 치열하고 느꺼운 현실이었으며, 가장 생생하고 구체적인 지금, 여기에서의 삶이었다. 동화를 누구도 귀히 여기지 않았던 시절부터, 우후죽순 동화가 쏟아져 나오는 지금까지 그는 한 번도 동화로부터 등을 돌린 적이 없었으며, 한 번도 처음의 마음을 저버린 적이 없었다. 그에게 동화는 전부였으며, 그가 쓴 동화는 모두 처음과 다를 바 없는 똑같은 작품이었다. 한결같은 한목소리의 작품들이었다.

동화 속에서 그는 한사코 버림받은 존재들을 쓰다듬었다. 업신여김을 당하는 존재들, 핍박받으며 신음하는 존재들. 「강아지 똥」이 그러하며, 「몽실 언니」가, 「사과나무 밭 달님」에 등장하는 모든 인물들이 그러하다. 이들은 현실 속에서 가장 낮은 곳에서 흐느끼는 인물들이었다. 예술가, 작가의 본원적 역할이 인간의 마음을 신에게 전하는 것이었다면, 오늘날의 작가는 말 못 하는 상처 입은 존재들의 고통을 대신 전하는 이들일 것이다. 그렇다면 권정생은 작가로서의 소임을 온전히 다해 온 셈이다. 그의 입을 빌려 하찮고 쓸모없는 똥이, 고랑 진 세월을 버텨 낸 절름발이 계집아이 몽실이, 일곱 남매 모두를 앞질러 전쟁터로 내보내야만 했던 무명 저고리 엄마, 남편과 아이들을 사냥꾼들의 총에 잃은 늑대 할머니에 이르기까지 그의 모든 작품들 속의 인물들은 거친 역사와 현실의 희생양들이었다.

그러나 권정생 작품 속의 인물들은 비현실적으로 우뚝 솟아올라 꿈을 이루고, 마침내 오래오래 행복하게 살지는 못한다. 그것은 그들의 동화일 뿐 권정생의 동화 속 삶이 아니기 때문이다. 그렇지만 권정생의 인물들은 결코 현실 속에 투항하거나 주저앉지 않는다. 일어서서 앞을 향해 나아간다. 권정생의 동화 안에서 이들 희생양들은 그저 분복인 양 현실을 받아들이며 현실 속을 허청허청 걸어간다. 이들은 현실의 고통에 무심한 것이 아니다. 현실이 아무리 기만적일지라도 실낱같은 희망 한 자락을 기꺼이 끌어안고 살아가며, 삶에서 중요한 것이 내면의 희망과 사람을 향한 그리움과 사랑임을 알고 있다. 하여 강아지 똥은 마침내 노오란 민들레꽃 한 송이를 피워 올리고, 몽실 언니는 이복동생 난남이까지 거두어 길러 낸다. 인물들은 굳이 이것을 희생이라고 생각지 않는다. 다만 그렇게 하는 것이 삶이라고 받아들일 뿐이다. 그의 동화 속 인물은 희생양을 넘어, 우리의 죄를 대신하는 속죄양인 것이다.

삶이란 그런 것이다. 가장 낮은 곳에서 가장 힘겨운 일을 떠안고, 묵묵히 살아 내는 것. 그 속에서 권정생은 인간의 희망을 본다. 모든 것을 집어삼키려 드는 드센 자본의 눈으로는 도무지 종잡을 수 없는 삶이 아닐 수 없다. 그럼에도 그것이 권정생의 문학이며, 권정생의 삶이었다. 권정생 자신이 속죄양이었던 셈이다.

3. 삶을 엿보다

누군가 권정생의 영전에 "그는 매우 위험하고 불온한 사상가였고, 반역자였으며, 혁명이 사라진 시대의 혁명가였다."고 말한 바 있다. 그렇다, 그는 근본주의자였다. 치열한 혁명가였다. 다만 그가 성공한 혁명가였는지 아닌지는 조금 더 두고 볼 일이다.

무엇보다 그는 치열하게 자본주의와 싸워 왔다. 그는 평생을 흙집에서 살았다. 그조차 동네 청년들이 지어 준 집이었다. 그곳에서 그는 보는 이가 안타까울 정도로 가난하게 살았다. 무욕과 절제와 가난을 무기로 자본에 정면으로 맞서 살았다. 특히 그는 상품과 마주치는 일을 극구 피했다. '없으면 없는 대로, 불편하면 불편한 대로' 사는 것조차 성큼 넘어서고 있었다. 그것이 자본주의와 맞설 수 있는 유일한 싸움의 방편이라고 생각했다.

당연히 권정생은 자신의 작품을 상품화하는 일 또한 마땅히 거절하였다. 한번은 방송국 프로그램에서 책을 선정하고, 전 국민을 향한 독서 운동을 펼칠 때였다. 제작자들은 권정생의 책을 선정하였고, 당연히 작가가 동의하리라 생각하고 프로그램 제작을 앞질러 진행하였다. 그러나 권정생은 단호하게 거부하였다. 한번 선정이 되고, 방송을 타기만 하면 10만 권, 50만 권이 팔려 나가고, 인세 수입 몇억이 문제가 아니었는데도, 세상의 명성과 함께 돈을 짚신짝처럼 내던졌다. 아니, 그에게 대지를 딛고 선 발과 맞닿은, 손수 사람의 손으로 만든 짚신짝은 그 어떤 것보다 귀한 것이었을 게다. 그는 돈을 돈처럼 내던졌다는 말이 옳으리라. 아이들에게서 번 돈을 아이들에게로 되돌리고자 하는, 그의 유언장은 그의 삶 전반에 비추어 본다면 너무도 당연한 귀결이었을 뿐이다.

그는 끝까지 자본에 투항하지 않았을 뿐 아니라, 근본적인 평화주의자이기도 했다. 그는 전쟁을 끔찍하게도 싫어했다. 한국 전쟁도, 베트남 전쟁도, 이라크 전쟁도 단호하게 거부했다. 평화를 거스르는 모든 인간의 악행에 대해 날선 비판을 수미일관 견지했다. 권정생 동화의 주인공들인 어린이와 민중들이야말로 전쟁의 희생자였기 때문이다. 그는 국익이란 어설픈 민족적 이데올로기로부터도 단호하게 결별하고, 모든 전쟁을 있는 힘껏 혐오했다. 또 그는 철저한 환경론자이기도 했다. 간혹 승용차를 타고 자신을 찾는 사람을 눈에 띄게 못마땅해했다. 말로만 환경 운동을 거론하지 말라고 따끔한 죽비를 내리치고는 했다.

그렇다고 권정생이 냉혹한 혁명가는 물론 아니었다. 그는 누구보다 여렸으며, 섬세했고, 너그러웠다. 겨우내 추위를 못 이기고 흙집으로 들어온 생쥐와 함께 한 이부자리에서 지내기도 했고, 길을 잘못 찾아든 개구리와 밤새 이야기를 나누다 잠들기도 했다. 그의 근본적인 비판 정신은 목적을 이루기 위함이 아니라, 삶의 제자리를 찾기 위한 쉼 없는 몸짓이었을 뿐이다. 그는 나누는 삶을 사랑했으며, 서로 다르다는 사실조차 기꺼이 받아들였다. 마치 다음 동시처럼.

꽃밭

나팔꽃 집보다 / 분꽃 집이 더 작다
해바라기꽃 집보다 / 나팔꽃 집이 더 작다 / "해바라기꽃 집은 식구가 많거든요" / 제일 작은 채송화꽃이 말했다.

꽃밭에 바람이 살랑살랑 불었다.

그런데도 삶은 그에게 그리 복되지 못하였다. 아주 일찍부터 그는 폐병으로 죽을 고비를 넘겼으며, 그 후유증으로 평생을 오줌통을 옆에 끼고 살았다. 엄혹한 삶이었다. 그는 그 삶 속에서 힘겹게 나날을 고군분투하며 보냈다. 심지어 그는 사람들이 찾아오는 것조차 꺼려했다. 아픈 모습으로 동정을 사고 싶지 않았으며, 언제고 자신의 존엄을 지키고 싶어 했던 한 인간이었다. 그는 생전에 이렇게 말하곤 했다.

"사람한테는 자유라는 거가 제일로 중요한 거거든. 그건 사람만 그런 게 아니고 짐승이고 뭐고 다 그런 거야. 아무리 누가 나한테 뭘 해 준다고 해도 내 자유스러운 마음이 다치면 그것보다 힘든 게 없지. ……짐승이 아프면 아무도 없는 데로 찾아가 홀로 앓다가 죽는 것도 다 그런 거야. 아플 때만큼은 더 자유롭고 싶으니까. 그럴 때 누가 오면은 더 힘든 거, 그건 나중에 아파 보면 알 거야. 아파 보질 않은 사람들은 몰라."

그는 섣불리 다 아는 척하는 것을 극구 말려 왔다. 경험해 보지 않고서는 알 수 없다는 것이다. 그런데 다행스럽게도 그는 모든 간난과 신고를 겪어 왔다. 따라서 그의 동화를 빌려, 그와 다를 바 없는 고통을 지고 사는 이들이 숨을 쉬고 말을 할 수 있게 되었다. 참으로 다행이 아닐 수 없다.

권정생은 자신의 삶을 고통스러워했으나 누구도 원망하지는 않았다. 오히려 최선을 다해 살고자 했다. 이는 그의 작품 속에 고스란히 드러난다. 권정생은 작품을 쓸 때마다, 그 작품이 마지막이라고 생각했다. 언제 죽을지 알 수 없는 생이었다. 하여 그의 작품은 편편마다 뜨겁고 간절하다. 그리고 아름답다. 그의 전부가 작품 속에 온전히 녹아들어 있기 때문이다.

4. 삶을 되돌아보다

더러 동시대를 함께 살았다는 것만으로 기쁨이 되고 위안이 되는 이들이 있다. 권정생이 그러하다. 그는 참으로 치열하게 살았다. 그러나 그는 그리 특별하달 것도 없다. 우리와 아주 동떨어진 하늘의 별과도 같은 존재가 아니다. 우리보다 더 배우지 못했으며, 더 가난했으며, 더 병고에 시달리며 고통스러워했다. 그럼에도 그는 사람살이의 참뜻을 꼭 쥐고 놓지 않았다. 하여 지금도 권정생은 우리 모두의 내면에 깃들어 있다. 그가 해낼 수 있었다면, 우리 또한 해낼 수 있는 가능성의 씨앗들이 우리 안에 있음이 분명하다. 우리 안에도 마치 꽃의 유전자처럼, 나무의 유전자처럼 참뜻을 꼭 그러쥐고 싶은 마음이 깃들어 있음이 분명하다.

물론 나는 권정생처럼 살 수가 없다. 그처럼 다섯 평 흙집에서 평생을 보낼 수도 없고, 그처럼 철저하게 자본이 유혹하는 상품과의 마주침을 거부할 수도 없다. 부끄럽게도 이 땅에서 얻은 것을 모두 내어놓고 이승을 떠날 수도 없으리라는 것까지 알고 있다. 그래도 나는 그가 있어, 그의 작품들이 있어 행복하다. 그는 내 안에서, 우리 안에서 끊임없이 그의 목소리를, 우리들 본연의 목소리를 들려줄 것이기 때문이다. 비록 처음은 낯설고 불편하겠지만, 머지않아 그렇게 사는 것이, 살아야 하는 것이 본디 우리의 모습임을 희미하게나마 깨닫게 될 것이다. 물론 그 깨달음 이후에도 우리네 삶이 달라지리라는 것을 장담하기는 어렵다. 그러나 참된 변화란 한꺼번에 확 바뀌는 것이라기보다, 마치 나무가 자라듯 조금씩 쉼 없이 변화하는 것이라는 것 또한 알고 있다. 이미 우리는 변화해 가고 있는 것이리라. 그의 작품, 그의 삶에 기대어.

이 가을과 겨울의 틈새에서, 새삼 그가 우리 곁에 없음을 아프게 깨닫는다.

언어와
문학

문학은 언어로 이루어져 있다. 문학은 언어에 힘입지 않고서는 이루어질 수 없는 예술이다. 그런데 언어에는 이미 세계를 바라보는 관점이 깃들어 있다. 동일한 사건도 어떤 언어를 쓰는가에 따라 달라진다. 같은 대상을 흑백 사진으로 찍었을 때와 컬러 사진으로 찍었을 때 달라지는 것과 같다. 또한 어떤 언어를 사용하는가뿐만 아니라, 무엇을 표현하는가 혹은 표현하지 않는가에 따라 달라지기도 한다. 누구의 눈이 빠져 있는지도 중요한 문제가 아닐 수 없다. 그만큼 언어가 담아내는 문학예술의 세계는 섬세하고 미묘하다.

수필 또한 문학예술인 한, 문학의 언어와 문학을 바라보는 관점이 작품의 이해에 도움을 준다. 어떤 관점으로 문학을 바라보는가, 문학하는 행위를 어떻게 생각하느냐는 문학관의 문제는 작품을 읽는 열쇠에 해당한다. 어떤 안경을 쓰고 문학을 바라보는가에 따라 그 작품이 좋은 작품이 되기도 하고, 그렇지 않은 작품이 되기도 하는 것이다.

이 장에서는 주로 언어를 바라보는 관점, 언어로 이루어진 책과 문학을 바라보는 관점 등에 관련된 작품들을 함께 모았다. 먼저 옛이야기를 오늘의 아이들 눈높이로 바꾸어 내어 건네는 서정오에게 이야기는 민중의 세계관을 드러내는 그릇이다. 소박한 민중의 언어로 이루어 내는 문학이야말로 진정한 문학이라는 것이다. 이어지는 독서에 관한 논의 역시 세계를 보는 새로운 창을 얻는, 독서의 유용성을 경험 속에서 말해 준다. 또한 이덕무의 독서론도 흥미롭게 읽을 만하다.

덧붙여 김우창, 김현, 도정일 등 우리 시대의 비평가들이 어떻게 문학을 바라보는가 하는 관점 역시 함께 수록하였다. 이 걸출한 이들의 문학관을 이해함으로써 문학의 효용이 무엇인가를 되짚어 보게 될 것이다.

소통하는 말, 억압하는 말
서정오

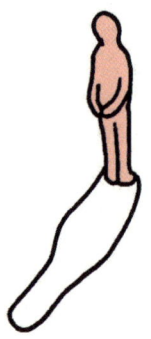

읽 기 전 에

1. 어려운 말을 골라 쓰는 사람들을 보면 어떤 생각이 드는가?
2. 말 속에 영어를 섞어 쓰는 사람을 보면 어떤 느낌이 드는가?

옛이야기 한 자리.

옛날에 어떤 농사꾼이 길을 가다가 날이 저물어서 어느 큰 기와집에 들어가 하룻밤 재워 달랬것다. 집주인은 글깨나 읽은 벼슬아치인데, 재워 달라는 사람 재우는 안 주고 종이에 글자 석 자를 쓱쓱 써서 눈앞에 들이미는구나.

"자, 읽어 보게나. 이게 다 무슨 잔가?"

들여다보나 마나 뭐 흰 것은 종이요 검은 것은 글자지. 평생 땅만 파먹고 산 농사꾼이 한자를 알 턱이 있나. 입맛만 쩍쩍 다시고 있으니 벼슬아치 하는 말이, "이건 하늘 '천' 자고, 이건 임금 '군' 자고, 이건 아비 '부' 잔데, 사람이 하늘, 임금, 아비도 몰라봐서야 어찌 사람이라 하겠나. 우리 집에는 사람만 재우지, 사람도 아닌 것은 못 재우네." 이러거든.

농사꾼이 그 말을 듣고 벼슬아치한테 되물었것다.

"그럼 내가 한번 물어보겠소이다. 빨갛고 예쁘고 말랑말랑한 자는 무슨 자요? 해와 함께 나왔다가 구름과 함께 들어가는 자는 무슨 자요? 비 오는 날 도롱이 쓰고 논에 들어가는 자는 무슨 자요?"

"엥?"

벼슬아치가 그만 말문이 꽉 닫혀서 입만 실룩실룩하고 있으니 농사꾼이 심드렁하게 하는 말이, "그래, 그걸 모른단 말이오? 빨갛고 예쁘고 말랑말랑한 자는 오미자요, 해와 함께 나왔다가 구름과 함께 들어가는 자는 그림자요, 비 오는 날 도롱이 쓰고 논에 들어가는 자는 논임자요. 사람이 그런 것도 몰라서야 어디 사람이라 하겠소? 나는 사람 집에서나 자지, 사람도 아닌 것 집에서는 안 자오." 하고서는 제 갈 길로 가더라는 이야기.

세상에는 두 가지 말이 있다. 하나는 벼슬아치의 말이요, 하나는 농사꾼의 말이다. 벼슬아치의 말은 일부러 품을 들여 배워야 하는데, 배우기도 어렵고 쓰기도 어렵다. 배운 사람은 알지만 못 배운 사람은 모르는 말이며, 일상의 입말에는 잘 쓰이지 않고 격식을 갖춘 글을 쓸 때나 가끔 쓰인다. 대개는 우리말이 아니라 한자 말이나 서양 말이고, 보통 백성들보다는 남을 다스리는 사람, 남의 윗자리에 있는 사람들이 많이 쓴다. 아는 사람, 배운 사람, 가진 사람, 힘센 사람들이 남을 억압하기 위해 즐겨 쓰는 말이 이것이다.

농사꾼의 말은 일부러 배우지 않아도 삶 속에서 저절로 깨치게 되는 말이다. 배운 사람이건 못 배운 사람이건, 있는 사람이건 없는 사람이건 누구나 알아들을 수 있는 쉬운 말이다. 남의 윗자리에서 호령하는 말이 아니라 같은 자리에서 서로 소통하려고 주고받는 말이다. 누구보다도 아이들이 많이 쓰며, 일하는 사람들이나 우리말을 처음 배우는 사람들, 그리고 할머니, 할아버지들도 즐겨 쓴다.

이야기를 다시 들여다보자. 농사꾼이 한자를 모르는 건 당연한 일이다. 그건 절대로 부끄러운 일이 아니다. 만약에 농사꾼이 벼슬아치 말을 듣고 잔뜩 주눅이 들어 "나는 하늘, 임금, 아비도 모르니 정말 사람도 아닌가 봐." 하고 숨을 곳을 찾았다면, 그 순간 그 마음은 벌써 남의 종이 되어 버렸을 것이다. 떳떳하게 "뭐가 어때서?" 하고 말하면서 농사꾼은 비로소 자유인이 되었다.

벼슬아치는 자기만 아는 글자를 농사꾼이 모른다고 해서 서슴없이 그를 모욕했다. 이 세상 어느 누구도 남이 자신을 닮지 않았다고 모욕할 권리는 없다. 그 야만스러움에 맞서기 위해 농사꾼은 자신의 말을 내놓았다. 하지만 따지고 보면 그 말은 농사꾼의 것만은 아니다. 농사꾼의 '오미자, 그림자, 논임자'는 말하자면 벼슬아치의 횡포에 앙갚음하는 말이라고 할 수 있지만, 그렇다고 해서 이 둘을 '피장파장'이라고 할 수는 없다는 얘기다. 애당초 어려운 한자는 농사꾼이 모르는 것이었다. 돈 없고 지체 낮은 사람에게는 배울 기회조차 없었으므로, 이를 왜 모르느냐고 나무라는 건 온당치 않다. 하지만 오미자와 그림자와 논임자와 같은 말은 누구나 아는 말이다. 벼슬아치 같은 사람이 편견에 갇혀 그런 말을 쓰지 않아서 그렇지, 처음부터 배우지 못해 모르는 말이 아니라는 것이다. 그래서 농사꾼이 낸 수수께 끼는 벼슬아치가 낸 것보다 공정했다.

벼슬아치의 말은 종종 사람들에게 큰 짐이 되기도 한다. 이를테면 아이들은 태어나서 자라는 동안 자연스럽게 삶 속에서 '틀리다'와 '고치다'라는 말을 익혀 쓴다. "틀린 것 고쳐 주세요."와 같이. 그런데 학교에 가서 공부를 하다 보면 똑같은 뜻을 가진 '오류'와 '수정'이라는 낱말을 새로 배우게 된다. "오류를 수정하라."와 같은 이런 말은 일상에서 입말로는 거의 쓰지 않는데 시험을 치르거나 논문을 쓸 때는 필요하게 되므로 버릴 수도 없다. 그리고 만약에 이런 말을 잘 알아듣지 못하면 무식하다고 깔보일 수도 있기 때문에 어쨌든 알아 두어야 하는 것이다. '미루다'를 익히고 나서 '유예'라는 말을 배우고, 또 '모라토리엄'이라는 말을 겹으로 배워야 하는 것도 보기로 들 수 있겠다.

벼슬아치의 말과 농사꾼의 말은 그 노리는 바와 느낌도 아주 달라서 어떤 말을 쓰느냐에 따라 소통과 억압, 타이름과 윽박지름이 뚜렷이 갈린다. "들어가지 마세요."라는 말은 그냥 알리고 타이르는 말 같지만, "출입 엄금"이라는 말은 왠지 눈을 부라리며 윽박지른다는 느낌이 들지 않나? "시끄럽게 굴면 안 돼요." 하는 말을 들으면 웃으며 "알았어요." 하고 대답할 만하지만, "소란 행위 엄단"이라는 말 앞에서는 얼굴이 굳어지고 어깨가 움츠러지는 것이다. 듣는 사람 처지에서는 존중과 복종, 알아들음과 뜬금없음으로 가를 수도 있는데, 예컨대 "함께해요."라는 말 속에는 존중과 권유의 뜻이, "동참하라."라고 하는 말 속에는 복종과 강요의 뜻이 들어 있음 직하다. "생각을 바꿔 봐요." 하면 아무렇지도 않은데 "사고의 패러다임을 전환하라."라고 하면 뜬금없이 멍해지는 것도 같은 이치다.

내가 초등학교에 갓 들어갔을 때 어떤 덩치 큰 남자 선생님은 조무래기들 앞에서 우렁찬 목소리로 "주목!" 하고 말했다. 그런 말을 들어 봤을 리 없는 우리는 화들짝 놀라서 두 주먹을 꼭 쥐었다. 선생님은 그런 우리를 보고 쓴웃음을 지었지만 그 뒤로도 그 아리송한 구령을 "자, 여길 보렴."으로 고치지는 않았다. 교장 선생님은 조회 때마다 우리를 보고 엄숙한 목소리로 "제군들!"이라고 말했다. 물론 우리는 그게 무슨 뜻인지 알지 못했다. 그 선생님들은 그렇게 해야 학생들이 자신을 더 잘 따를 것이라 믿었던 것일까.

말을 억압의 도구로 쓰는 사람들은 상대방이 자신이 하는 말을 알아듣는지 마는지는 별로 관심이 없다. 그보다는 자신의 말이 얼마나 권위 있고, 그래서 듣는 사람을 얼마나 기죽일 수 있느냐를 중요하게 여긴다. 그래서 될 수 있는 대로 어려운 말, 딱딱한 말, 엄격한 말을 즐겨 쓴다.

굳게 믿거니와, 벼슬아치의 말이 농사꾼의 말을 잠시 잠깐 깔볼 수는 있어도 그것을 아주 금 밖으로 내몰지는 못할 것이다. 농사꾼 스스로 종 되기를 거부하고 자유인으로 남고자 하는 한은. ⑩

작 품 이 해

　서정오는 옛이야기를 가려 뽑고 또 읽기 쉽게 만들어 건네주는 아동 문학 작가다. 그런 만큼 그의 에세이는 경험으로부터 시작되기보다 옛이야기로부터 이끌어 낸다. 옛이야기는 일종의 글자를 바탕에 둔 수수께끼처럼 시작된다. 벼슬아치가 먼저 하늘 천(天), 임금 군(君), 아비 부(父)란 한자를 아느냐고 묻는다. 그리고 알지 못하는 농사꾼을 얕본다. 난데없이 조롱을 당한 농사꾼은 고유어를 바탕으로 '오미자', '그림자', '논임자'란 수수께끼를 낸다. 당연히 벼슬아치는 풀지 못한다.

　이 이야기를 바탕으로 서정오는 세상에 존재하는 '두 가지 말'을 이끌어 낸다. 벼슬아치의 말과 농사꾼의 말이다. 억압하는 말과 소통하는 말이며, 억지로 배운 말과 삶 속에서 스스로 깨친 말이다. 이 이야기는 오늘날이라고 해서 다르지 않다는 것이 필자의 주장이다. 억압하는 벼슬아치의 말은 한자어가 영어로 바뀌었을 뿐, 현재에도 일하는 사람들의 생각을 억누르며, 자연스럽게 우러나온 말을 가로막으며 횡포를 부리고 있다고 주장한다.

　과연 나는, 또 우리는 어떤 말을 쓰고 있는가? 혹시 우리의 말이 남을 억압하는 말은 아닌지, 소통을 거부하고 스스로의 권위를 내세우기 위한 말을 내뱉고 있는 것은 아닌지 거듭 생각하게 된다. 가능하면 쉽고 좋은 우리말을 가려 씀으로써 한층 더 많은 사람들이 이해하고 수용하고 또 자신의 생각을 풀어 놓기를 바란다.

활 동

1. 이 글에 표현된 두 종류의 말은 각각 무엇이며, 그 구체적인 내용은 무엇인가?
2. 글쓴이는 왜 두 사람의 물음과 답이 '피장파장'이 아니라고 했는가?
3. 이 글이 담고 있는 주장 가운데 비판적으로 살펴볼 것은 없는지 생각해 보자.

• 다음 글을 읽고 우리말에 관한 생각을 넓혀 보자.

우리 토박이말의 넋
김수업

나는 나라에서 세운 사범 대학 국어 교육과라는 데를 나와서 한평생 국어 교육에 매달려 살았다. 중학생에게도 국어를 가르치고 고등학생과 전문 대학생에게도 국어를 가르치다가 다시 사범 대학으로 와서 국어 교사가 되려는 사람들과 더불어 서른 해에 가까운 세월을 국어 교육과 씨름하며 보냈다. 그리고 국어 교육을 이야기하면서 언제나 '우리 토박이말을 사랑해야 한다' 고 말해 온 사람이다. 그런데 환갑을 넘긴 이제 와서 눈을 뜨고 보니 토박이말을 제대로 사랑하지 못하고 살기는 나라고 남들과 다를 바가 없었다. 무엇보다도 평생을 두고 국어 교육을 한다면서 여태까지 우리 토박이말에 담긴 속뜻의 세계를 곰곰이 생각해 본 바가 없었던 것이다. 학생들에게 우리 토박이말 속뜻을 제대로 가르치려고 하지도 않았을 뿐만 아니라, 나부터 우리 토박이말이 지닌 속뜻을 올바로 알려고 애를 써 보지도 않았다는 사실을 이제 와서야 겨우 깨달았다. 그러니까 우리 토박이말은 나에게서조차 여태 서러운 따돌림을 받으며 말없이 짓밟히고 있었던 것이다.

뒤늦게나마 이런 뉘우침이 일어나서 요즘 우리네 말살이에 쓰이는 토박이말을 귀담아들어 보았더니 온 나라 사람들이 나날이 쓰는 것인데도 뜻이 헷갈려 뒤죽박죽 마음대로 쓰고 있는 낱말이 적지 않았다. 구름 한 점 없이 맑은 날 뙤약볕이 바짝 마르게 내리쪼이는 한낮에 날씨를 알리는 국영 방송에서 "무더운 날씨가 기승을 부린다."고 하는 소리를 자주 들었다. '무덥다' 는 말은 '물' 과 '덥다' 는 말이 붙어서 이루어진 것인지라 비가 자주 와서 물기가 많아 끈적끈적한 채 몹시 더운 것을 뜻한다. '무지개' 라든지 '무서리' 같은 낱말과 짜임새가 아주 비슷한 것이다. 그리고 "재수가 없으면 자빠져도 코를 깬다"는 속담을 제법 유식하다는 글쟁이가 "재수가 없을라치면 엎어져도 코를 깬다"고 말하는 것을 들은 적도 있다. 자빠지는 것은 뒤로 넘어지는 것이고 엎어지는 것은 앞으로 넘어지는 것이기에 재수가 아무리 있어도 '엎어지면' 코를 깨기 십상이다. 그래서 이런 식으로 잘못 쓰이는 토박이 낱말을 내 귀에 들려오는 대로 적어 보기로 했더니 이제 제법 여러 낱말이 모였다.

이름씨에서는 앞에서 이야기한 '얼' 과 '넋' 을 비롯하여, '속' 과 '안' ('겉' 과 '밖')이며 '싹' 과 '움', '땅' 과 '뭍', '끈' 과 '줄' 과 '금', '샘' 과 '우물', '굴레' 와 '멍에', '시내' 와 '개울', '때문' 과 '까닭' 같은 낱말들이 제멋대로 헷갈려서 쓰이고 있었다. 움직씨에서는 '쉬다' 와 '놀다' 를 비롯하여 '뛰다' 와 '달리다', '싸우다' 와 '다투다' 와 '겨루다', '넘어지다' 와 '엎어지다' 와 '자빠지다', '꺾다' 와 '끊다' 와 '자르다', '그치다' 와 '마치다' 와 '끝내다', '사랑하다' 와 '좋아하다' 같은 낱말들이 뒤죽박죽 뒤섞여 쓰이는 듯했다. 또 그림씨에서는 앞에서 이야기한 '기쁘다' 와 '즐겁다' 를 비롯하여 '틀리다' 와 '다르다', '슬프다' 와 '괴롭다', '무섭다' 와 '두렵다', '작다' 와 '적다', '날래다' 와 '빠르다', '더디다' 와 '느리다', '곱다' 와 '예쁘다' 와 '아름답다', '밉다' 와 '싫다', '파랗다' 와 '푸르다', '맑다' 와 '깨끗하다', '차다' 와 '춥다', '서늘하다' 와 '시원하다', '가엾다' 와 '불쌍하다', '어리석다' 와 '미련하다' 같은 낱말들이 그렇게 쓰인다. 그리고 어찌

이름씨 명사.
움직씨 동사.
그림씨 형용사.
어찌씨 부사.

씨에서는 '매우' 와 '몹시' 와 '아주' 와 '너무' 같은 낱말들이 서로 뒤죽박죽으로 쓰이고 있었다.

국어 교육을 반세기 넘도록 해 오면서도 우리는 토박이 낱말을 아예 따돌려 버리고 돌보지 않은 탓에 이처럼 쓰임이 헝클어져 버렸다. 그러나 한자 말 뜻을 가르치는 일에는 우리 국어 교육이 오늘도 온갖 정성을 다 바친다. 요즘 쓰는 국어 교과서조차 단원마다 한자 말을 따로 뽑아 적어 놓고 올바로 가르치라고 성화를 내고, 여러 시험에서는 으레 한자 말을 제대로 아는지를 물어서 그것으로 국어 능력을 판단하려고 든다. 게다가 한자 말을 제대로 가르치지 못하면 큰일 난다고 떠드는 사람들이 곳곳에서 국어 교육에다 채찍질을 해 대고 있다.

우리가 낳아서 기른 토박이말은 업신여기고 중국(일본)에서 들어온 한자 말은 떠받드는 우리네 마음이라는 것을 정신 차려 곰곰이 생각해 보면 참으로 한심한 노릇이다. 그러나 이런 마음은 하루아침에 생겨난 것이 아니다. 신라가 중국 당나라의 힘을 빌려 고구려와 백제를 쓰러뜨리고 반도를 차지한 뒤로 중국에 빌붙어 살자는 사람들이 정치를 손아귀에 넣은 다음부터 우리 토박이말은 고달픈 신세로 떨어지기 시작했다. 당나라를 본떠 '국학' 이라는 국립대학을 세우고 중국의 구경(중국 정신의 알짜배기를 담은 아홉 가지 책)만을 가르쳐서 벼슬아치를 만들었다. 돈 있는 사람들은 당나라로 유학을 보내서 몸으로 중국 문화를 익히고 돌아와 더욱 높은 벼슬자리에 올라앉게 했다. 그러면서 나라 다스리는 정치와 행정의 제도를 중국 것에서 본뜨고, 거기 쓰이는 말들도 모조리 중국이 쓰는 것에 따라 바꾸었다. 드디어는 온 나라 땅 이름을 중국 땅 이름에 맞추어 바꾸고, 마침내 사람 이름까지 중국 사람 이름과 다르지 않도록 바꾸게 했다. 그때 나라를 다스리던 사람들은 그렇게 하는 것이 요샛말로 선진 조국을 만들고, 세계화를 앞당기고, 문명을 꽃피우는 길이라고 굳게 믿었을 터이다.

이런 흐름은 세월이 지나면서 갈수록 깊어지고 넓어지기만 했다. 나라가 바뀌어 고려가 되고 조선이 되면서 권력과 지식이 있어 나라를 다스리는 자리에 앉는 사람들은 누구나 이런 흐름을 앞장서 부추기는 데에 힘을 쏟았다. 누구라도 권력을 쥐고 지식을 가지려면 중국 글을 배우지 않을 수 없게 하고, 높은 벼슬자리에 오르려면 중국 경전을 훤히 꿰뚫고 있는지를 가리는 과거 시험에 붙어야 했다. 말솜씨가 놀라워도 쓸데없고, 상상력이 뛰어나도 소용없고, 살아가는 모습이 거룩해도 아랑곳없고, 창의력이 용솟음쳐도 쓸모가 없고, 오직 중국 글을 잘 알고 중국 경전을 술술 꿰뚫지 않으면 높은 사람이 될 수 없는 것으로 쳤다.

이런 세월을 천 년도 넘게 살아오는 동안에 사람들의 삶과 얼의 속까지 한문과 한자 말을 떠받드는 풍조가 파고들었고, 토박이말은 백성과 더불어 갈수록 쓸모없는 천덕꾸러기로만 떨어질 수밖에 없었다. 입에서 우리 토박이말이 튀어나오기만 하면 "그런 상말은 쓰지 말아라." "그런 말은 못난 사람들이나 쓰는 말이다." "그건 나쁜 말이다. 다시는 그런 말을 입에 담지 마라." 하는 교육(?)을 시도 때도 없이 받았다. 한편, 힘들여 배운 한자 말을 섞어 쓰면 당장에 "말을 아주 기특하게 잘하는구나!" "말하는 것을 들어 보니 이제 양반이 다 됐네!" "말을 점잖게 잘 배웠네!" 이런 칭찬을 들었다. 천 년 세월에 걸쳐 내려온 이런 식의 교육은 아직도 내로라하는 집안에서 자랑스러운 듯이 끊어지지 않고 살아 있다고 본다.

그러나 우리는 중국 사람이 되지 않았고 배달겨레로 남아서 오늘 같은 세상을 만났다. 높은 사람들이 중국을 그처럼 섬기고 중국 글만을 그렇게 가르치고자 했지만 먹고사는 일에 겨를이 없었던 백성들이 무식하게도 그런 바람에 따라가지 못한 덕택이다. 아, 참으로 고맙고도 자랑스러운 무식이여! 이처럼 고맙고 자랑스러운 무식이 지키며 가꾸어 온 우리 토박이말에는 우리네 얼이 깃들지 않을 수 없다. 우리 겨레의 마음이 깃들어 있고, 느낌이 깃들어 있고, 앎이 깃들어 있고, 삶이 깃들어 있게 마련이다. 높은 자리에 앉은 사람들과 안다는 사람들이 그것을 업신여기고 돌보지 않았지만 무지랭이 백성들과 어우러져 짓밟히며 고달프게 살았으나 토박이말은 우리네 얼의 집 노릇을 끈질기고도 늠름하게 해 온 것이다.

그래서 한자 말에 얼을 빼앗긴 사람들 눈에도 일찍이 우리네 그림씨와 어찌씨의 낱말들이 아름답고 넉넉하게 보일 수 있었던 것이다. 그들은 그림씨와 어찌씨 쪽의 낱말만 유달리 넉넉하다고 하지만, 어찌 그림씨와 어찌씨만 그렇겠는가! 이름씨도 넉넉했고 움직씨도 기막혔던 것이다. 어느 겨레의 말이든지 낱말의 품사에 따라 어떤 품사는 메마르고 어떤 품사는 기름지고 하는 그런 어긋남이란 애초부터 있을 수 없다. 어떤 품사 쪽은 낱말이 넉넉하고 어떤 품사 쪽은 낱말이 모자라고 그런 절름발이 말밭으로는 말이라는 세계가 이루어질 수 없는 것이다. 그러기에 본디 우리말 말밭에는 어찌씨나 그림씨와 마찬가지로 이름씨와 움직씨도 넉넉했다고 볼 수밖에 없다.

그런데 지금 이름씨와 움직씨에는 우리말이 적고 한자 말이 많으니 그것은 어찌 된 노릇인가? 그런 까닭은 쉽게 찾을 수 있다. 한마디로 한자 말에게 잡아먹혀서 그렇다. 한자 말을 떠받드는 정신에 사로잡힌 높은 분들의 힘을 등에 업은 한자 말이 우리 이름씨와 움직씨 낱말을 잡아먹어서 그렇게 되었다. 한자가 뜻글자인지라 한자 말이 뜻 덩이인 이름씨를 쉽게 잡아먹을 수 있었고, 뜻 덩이인 한자에다 '하다'를 붙여서 움직씨를 만들면 그것들이 움직씨를 쉽게 잡아먹을 수 있었다. 천 년에 걸쳐 그렇게 토박이말은 잡아먹히고, 요즘 우리가 쓰는 이름씨와 움직씨에는 한자 말들이 들어와 판을 치고 있는 것이다. 한자 말에 잡아먹힌 이름씨 보기 하나만 들어 보자. 한자 말 '강'이 토박이말 '가람', '내', '시내', '개천', '실개천'을 거의 잡아먹었다. 바다로 들어가는 물은 '가람', 가람으로 들어가는 물은 '내', 내에서 실처럼 가는 물은 '시내', 내로 들어가는 물은 '개천', 개천에서 실처럼 가는 물은 '실개천'이지만 이제 '강'이 이들을 거의 잡아먹은 듯하다.

이름씨가 한자 말에게 수없이 잡아먹힌 것은 틀림없지만, 한자 말을 끌어들이고 떠받들던 지식인들의 손이 닿기 어려웠던 자리, 곧 농사짓고 고기 잡는 일터에서 주고받는 토박이말 이름씨는 요즘까지도 놀라우리만큼 넉넉하게 살아 있다. 쉬운 보기로 길쌈하는 데 쓰이는 연모들, 농사에 쓰이는 연모들, 고기잡이에 쓰이는 연모들만 하더라도 얼마나 빈틈없이 자잘한 모든 대목들에까지 이름을 갖추어 놓았는가? 시내나 바다에 사는 온갖 벌레며 고기며 조개 같은 그것들 하나하나에 이름 없는 것이 어디 있는가? 곡식이나 과일은 말할 나위도 없고, 산과 들에 자라는 풀 한 가지 나무 한 가지마다 이름 없는 것이 어디 있는가?

'쌀'을 보기로 들어 보자. 내년에 씨앗으로 쓰려고 갈무리해 두는 나락은 '씻나락', 씻나락을 모판에 뿌리려고 물에 담가 움을 틔우는 동안은 '볍씨', 볍씨가 모판에서 싹을 틔워 자란 것은 '모', 모를 논에다 옮겨 심고 나면 '벼', 벼가 자라 꽃이 피고 열매를 맺으면 '나락', 나락이 영글면 벼 베기를 하고 타작으로 나락을 떨어낸 볏대는 '짚'이 된다. 나락을 말리려고 덕석에 널면 '우케', 우케를 방아로 찧으면 알맹이는 '쌀'이고 껍질은 '겨'지만 굵은 겨는 '왕겨'고 가는 것은 '등겨', 방아로 찧어도 끝내 껍질을 벗지 못한 놈은 '뉘'다. 쌀을 물에 넣고 삶아서 '밥'을 하는데, 서낭이나 조상 제사에 올리려고 짓는 것은 '메'다. 쌀을 물에다 삶을 적에 여느 밥 짓는 것보다 물을 적게 부어 굳게 찌면 '고두밥'이 되고, 물을 많이 부어 늘게 쑤면 '흰죽'이 되고, 물을 흰죽 쑬 때보다 더 많이 부어 낱알이 허물어지게 저으며 오래 끓이면 '미음'이 된다.

알고 보면 우리 토박이말 움직씨도 아주 조심스럽게 가려 써야 할 만큼 넉넉하고 신비롭다. 바로 앞에서 이야기한 데서도 나온 바와 같이 밥은 '하는데', 메는 '짓고', 고두밥은 '찌고', 흰죽은 '쑤고', 미음은 '끓인다'고 하여 움직씨는 모두 다르게 써야 한다. 쌀에다 물을 붓고 불을 피워 '삶는다'는 점에서 움직임이야 다를 바가 별로 없지만, 그런 결과가 무엇이 되는가에 따라 움직씨의 낱말 쓰임을 맞추어 달리 쓰는 것이다. 알다시피 '씻다' 같은 움직씨도 우리는 갖가지로 가려서 쓴다. 손발은 '씻고', 머리나 멱은 '감고', 옷감이나 걸레는 '빤다'고 해야 한다. 그리고 한결 가볍게 씻는 것이기는 하지만 그릇은 '가시고', 빨래는 '헹군다'고 한다. 물을 써서 더러운 때를 없애는 움직임을 뜻하는 것인데 요즘 세계어로 떨치는 영어라도 '워시(wash)' 아니면 '클린(clean)' 같이 한두 낱말로 싸잡는 것을 우리는 이렇게 대상이 무엇인가에 따라 알맞게 가려 써야 하는 것이다. 사람의 움직임만 그런 것이 아니라 자연의 움직임도 마찬가지다. 해는 '솟고', 달은 '뜨고', 별은 '돋는다'고 한다. 또 움은 '트지만' 싹은 '돋기도' 하고 '나기도' 하는데, 곡식의 싹은 '돋는다'고 하고 푸새의 싹은 '난다'고 하는 것이다.

이렇게 우리네 토박이말에는 애초에 이름씨도 넉넉했고, 움직씨도 놀라우리만큼 기름졌던 것이다. 우리 토박이말의 세상은 참으로 깊고도 넓었던 것이구나 싶다. 내려가도 내려가도 발끝이 닿지 않는 바다와 같고, 헤치고 헤쳐 가도 가장자리가 나서지 않는 수풀 속과 같다는 느낌을 받는다. 우리네 토박이말의 세상이 이렇게 깊고도 넓다는 것은 곧 우리 겨레가 지닌 마음과 얼의 세계가 그처럼 넓고 깊다는 뜻이다. 세상 만물과 어천만사를 깊이 들여다보고 넓게 살펴보면서 살았다는 뜻이다.

그런데도 우리는 이런 세상을 여태까지 제대로 살펴보지 못한 것이다. 물론 우리말을 살피는 학문이 너무 짧아서 그런 탓이 크지만, 국어학이 서양의 틀에서 벗어나지 못하고 국어 교육이 그쪽에 눈을 돌리지 못한 것도 한몫을 거들었다. 그러나 이제부터라도 아주 늦은 것은 아니라고 생각한다. 겨레의 앞날은 끝이 없을 것이기에, 새로운 천 년의 문을 여는 이 어름이야말로 지난 천 년에 걸쳐 짓밟힌 겨레의 얼을 되살리도록 우리말을 살리는 일에 힘을 모아 일어서 볼 때가 아닌가 싶다.

이런 생각을 하다 보면 저절로 지난 천 년 사이에 그렇게 짓밟히다 끝내는 죽어 간 우리네 토박이말들이 머릿속에 떠오른다. 서럽고 억울하게 살다가 불쌍하게 죽어 간 백성들처럼 짓밟히다 사라진 토박이말의 넋들이 구천에서 헤매고 있을지 모른다는 생각이 머릿속을 맴도는 것이다. 그런 말들을 되찾아 살려 내는 길이 없을까? 살려 내는 길을 당장은 찾기 어렵다면, 우선 징 치고 피리 불며 오구굿이라도 한바탕 벌이면 어떨까? 구천을 떠도는 토박이말의 넋이나마 오구 서낭의 힘을 빌려 좋은 세상으로 보내 주면, 그런 넋들이 새남을 입어 우리네 말밭에 새싹으로 가득히 돋아나지 않을까?

어천만사(於千萬事) 모든 일.

즐거운 책 읽기
김인환

읽 기 전 에

1. 가장 감동적으로 읽었던 책은 무엇인가?

2. 내가 책을 쓴다면 어떤 책을 써 보고 싶은가?

우리들의 어릴 적 추억에는 놀지 말고 공부하라고 당부하시던 어머니의 말씀이 들어 있고 만화책이나 소설책을 보다가 들은 어머니의 꾸중도 끼여 있다. 한국인의 상식으로 볼 때, 공부는 곧 책 읽기이다. 어머니는 "책을 읽어야 한다. 그러나 아무 책이나 읽으면 안 된다."라고 말씀하시곤 했다. 어머니에게 책은 알아야 할 지식을 정리하여 저장한 정보의 창고였다.

얻어야 할 지식은 많고 시간은 부족하므로 책은 모름지기 선택해서 암기하면서 읽어야 한다. 이때 어머니는 공부하라고 강요하고, 일하라고 강요하는 사회의 메시지를 전달하는 대리인이다. 그러므로 이때의 책 읽기는 괴로운 책 읽기가 된다.

그러나 '어떤 책을 읽어야 하는가.'라는 질문에 대하여 가장 올바른 대답은 지금 읽고 싶은 책을 읽으라는 것이다. 관심과 흥미가 바뀌는 데 따라 읽고 싶은 책의 목록도 끊임없이 바뀌겠지만 그는 변함없이 언제나 한 권의 책을 읽고 있을 것이다.

예전 사람들은 흔히 한 권의 책을 백 번씩 읽었고 어떤 책을 삼천 번이나 읽은 사람도 있었다. 그렇게는 할 수 없다 하더라도 책을 읽다 보면 한 번 더 읽고 싶은 책이 생기기 마련이다. 거듭 읽은 책이 몇 권이나 되는가 하는 것은 아주 좋은 추억이 될 것이다.

괴로운 책 읽기를 강요하는 것이 우리 사회의 한 면이라면, 책 좋아하는 사람을 백면서생(白面書生)이니 책상물림이니 하고 조롱하는 것도 우리 사회의 한 면이다. 책벌레라는 말은 세계 어느 곳에나 있는 공통된 단어인데, 그다지 좋은 느낌의 말은 아니다.

책 읽기를 경시하는 태도에는 책과 현실의 차이에 대한 인식이 들어 있다. 책의 내용은 유한하지만 그 내용을 있게 한 현실은 무한하기 때문에 책은 현실이 아니고 현실이 될 수 없다. 책은 현실에 대해 진술한 언어이다. 언어는 현실이 아니기 때문에 책은 현실을 남김없이 드러낼 수 없다. 책벌

백면서생(白面書生) 한갓 글만 읽고 세상일에는 전혀 경험이 없는 사람.

레가 되지 말라는 말은 책만 읽지 말고 자연을 관찰하고 사회를 경험해야 한다는 권고이다. 현실은 현실에 대한 어떠한 표현보다도 더 크다.

그러나 경험이 독서보다 반드시 삶에 더 유효하다고 단언할 수 없다는 데에 책 읽기의 신비가 있다. 한 권 한 권의 책을 공들여 천천히 읽는 것이 책 읽기의 유일한 방법이다. 책은 우리가 시간을 들인 만큼 우리에게 무엇인가 알려 준다. 여기서 책 읽기의 즐거움이 생긴다.

우리는 어떤 책의 하인이 되기 위해서가 아니고, 자연과 사회의 주인이 되기 위하여 책을 읽는다. 사람과 세상을 더 잘 알고 싶어서 책을 읽는 사람들은 자기가 지금까지 읽은 책들과 현재 읽고자 하는 책들의 지도를 만들어 봄으로써 책과 현실의 차이를 더 명확하게 인식할 수 있게 된다.

책은 생동감 있게 펼쳐지는 문화의 맥락 속에서 끊임없이 성장하고 변화한다. 채만식과 이문구의 소설을 읽은 사람이 판소리를 들을 때, 그의 의식 안에서 판소리의 의미는 그 전과 달라져 있을 것이다. 책들은 서로 교차하고 병행하고 배제하면서 다양하고 불연속적인 맥락을 형성하고 있다.

책 읽기는 책을 하나씩 읽어 나가면서 맥락을 짐작하는 방향으로 진행할 수도 있고, 먼저 맥락을 짐작하고 그것에 비추어 책을 읽는 방향으로 진행될 수도 있다. 어느 경우이거나 자기가 읽은 여러 책들을 한자리에 모아서 그것들의 관계와 차이를 머릿속으로 그려 보고 그 그림을 더 확대함으로써 문화의 맥락을 어렴풋하게라도 머리에 떠올릴 수 있다면, 책 읽기는 산 경험의 일부가 될 수 있고, 즐거운 작업이 될 것이다. ◉

작 품 이 해

　책은 인류가 쌓아 올린 문화유산이다. 이 문화의 저장고인 책을 통해 우리는 지식을 얻고, 경험을 나누며, 삶에 대해 성찰한다.

　책이 없다면 우리는 선인들이 남긴 지혜와 성찰을 지금에 와서 어떻게 나눌 수 있었을까? 책이 없다면 우리는 지금과 같은 문명 세계조차 만들어 내지 못했을 것이다.

　그럼에도 우리는 점점 책을 읽지 않는다. 입시 제도 때문이기도 하거니와 모든 것을 돈으로 환산하는 세태가 책이란 문화적 자산의 가치를 점차 낮추어 보는 데에도 원인이 있다.

　책을 읽지 않는 사회는 불행하다. 그 사회의 구성원들이 스스로의 힘으로 세계를 바라보는 능력을 상실하게 될 여지가 크기 때문이다. 비판적으로 스스로를 세워 나가기 위해서는 반드시 책을 읽어야 한다. 깊고 넓게 생각을 이어 가기 위해 책 읽기는 언제나 선택이 아닌 삶에서 빠져서는 안 될 필수적인 활동이어야 한다.

　그러나 우리는 책 읽기를 고역으로 여긴다. 학창 시절을 보내며 입시를 목적으로, 공부를 위해 수동적으로 책을 읽어야 했기 때문이다. 책 읽기가 즐거우려면 먼저 읽고 싶은 책을 읽어야 한다. 억지로 공부에 도움이 되는 책을 읽고 달달 외우는 것은 결코 즐거움을 안겨 줄 수 없다.

　필자 역시 읽고 싶은 책을 읽으라고 권한다. 또 읽고 싶으면 두 번 세 번 반복해서 읽는 것도 함께 권한다. 그리고 현실의 경험이 중요하지만, 책을 쉼 없이 맥락 속에서 서로 연결하며 읽는 것도 중요하다고 지적한다.

　현실과 현실의 경험이 우리로 하여금 세상을 보는 시각을 갖게 해 준다는 것은 당연하다. 그러나 우리가 경험하는 현실은 지극히 일부에 불과할 뿐이다.

따라서 책은 현실의 지평을 확장하는 데에 반드시 필요한 또 다른 현실이다. 그 현실을 마음껏 경험하며 청년기를 살찌우자.

 활 동

1. '백면서생'의 뜻은 무엇이며, 여기에 담긴 관점은 무엇인가?
2. 나의 책 읽기를 방해하는 것들은 무엇인가?
3. 가장 감동적으로 읽었던 책은 무엇인가? 그리고 그 감동은 어디에서 오는가?

책만 읽는 바보, 이덕무
안소영

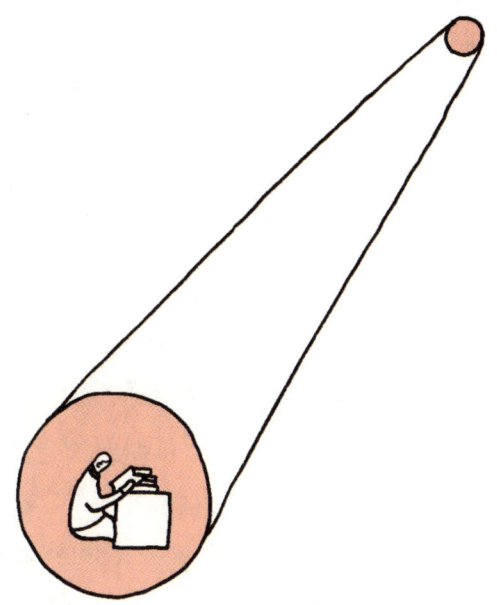

읽 기 전 에

1. 책에 얽힌 생각나는 이야기를 떠올려 보자.
2. 책벌레라는 말에 담긴 책을 보는 태도는 무엇인가?

햇살과 책과 나

'해님은 지금 어디쯤 와 있을까?'

아마 내가 예닐곱 살쯤 되었을 때일 것이다. 나는 마당에서 동무들과 어울려 흙장난을 하다가도, 방 안이 몹시 궁금하였다. 살며시 문고리를 잡고 열어 보았다. 해님이 방 안으로 들어온 지 얼마 되지 않은 것 같다. 아직은 아니다. 좀 더 기다려야만 한다.

문을 도로 닫고 나온 나는 동무들 속에 다시 어울렸다. 그러다가도 조바심이 나서 마당과 방을 몇 번이나 왔다 갔다 했는지 모른다.

'이제는 제자리에 오지 않았을까?'

또다시 방문을 열어 보았다. 아, 해님은 거기, 내가 벽에 그어 놓은 첫 번째 금 위로 마악 들어가고 있었다. 마음이 바빠진 나는 얼른 옷에 묻은 흙을 털고 대충 손을 씻은 다음 방으로 들어갔다. 무어라 나를 부르는 동무들의 볼멘소리가 희미하게 들려왔지만, 책 속에 빠져든 내 귀에는 오래 남지 않았다.

내가 읽은 책 속의 옛 어른들은 날마다 시간을 정해 두고 책 읽기에 힘써야 한다고 하셨다. 그러나 아직 어려 시각을 익히는 일이 서툴렀기에, 나는 어떻게 시간을 정해야 할지 몰랐다. 궁리 끝에 벽에 금을 그어 해가 지나간 자리를 표시해 두기로 했다. 내 나름대로 만들어 본 해시계였던 셈이다.

첫 번째 금에 햇살이 닿으면 방에 들어와, 가장 환한 곳에 책상을 가져다 놓고 책을 읽기 시작했다. 그러면 햇살은 천천히 내 뺨을 지나고 목덜미를 지나 책장을 넘기는 손등까지 부드럽게 어루만져 주었다. 마음에 와 닿는 책 속의 글귀도 따스하고 얼굴에 와 닿는 햇살도 따스했다. 두 번째 금까지 햇살이 옮겨 가는 데는 아마 네 시간쯤 걸렸을 것이다.

햇살은 내 눈을 환하게 해 주고 몸을 덥혀 준 것만이 아니었다. 햇살을 받아 환해진 책장을 가만히 들여다보고 있노라면, 누런 종이 위에 놓인 검은 바둑알 같은 글씨들이 스멀스멀 일어나는 것만 같았다. 그럴 때면 책장의 보풀조차 한 올 한 올 일어서 눈부신 햇살 조각이 되었다.

햇살처럼 환하게 일렁이는 글씨들은, 어느 순간부터 사람의 모습이 되고 낯선 곳의 풍경도 되었다. 때로는 나에게 말을 걸어오기도 했다. 나도 마음속으로, 혹은 소리 내어 함께 이야기를 나누었다.

흐린 날에도, 등잔불이 희미한 저녁에도, 나는 그 햇살을 책 속에서 볼 수 있었다. 새로운 책을 대할 때마다 또 어떠한 햇살이 들어 있어 나에게 말을 건네고 마음을 따스하게 해 줄지, 궁금하기도 하고 설레기도 하였다.

나는 책만 보는 바보

햇살과 함께하는 감미로운 책 읽기는, 어린 시절뿐만 아니라 그 뒤에도 계속되었다. 스무 살 무렵, 내가 살던 집은 몹시 작고 내가 쓰던 방은 더욱 작았다. 그래도 동쪽, 남쪽, 서쪽으로 창이 나 있어 오래도록 넉넉하게 해가 들었다. 어려운 살림에 등잔 기름 걱정을 덜해도 되니 다행스럽기도 했다.

나는 온종일 그 방 안에서 아침, 점심, 저녁으로 상을 옮겨 가며 책을 보았다. 동쪽 창으로 들어온 햇살이 어느새 고개를 돌려 벽을 향하면 펼쳐 놓은 책장에는 설핏 어두운 그림자가 드리워졌다. 그것도 알아채지 못하고 책 속에 빠져 있다가, 갑자기 깨닫게 되면 얼른 남쪽 창가로 책상을 옮겨 놓았다. 그러면 다시 얼굴 가득 햇살을 담은 책이 나를 보고 환하게 웃어 주었다. 날이 저물어 갈 때면, 해님도 아쉬운지 서쪽 창가에서 오래오래 햇살을 길게 비껴 주었다.

햇살이 환한 방 안에 가만히 앉아 책을 들여다보고 있노라면, 신기하기도 했다. 책상 위에 놓인 낡은 책 한 권이 이 세상에서 차지하는 공간은 얼마 되지 않을 것이다. 가로 한 뼘 남짓, 세로 두 뼘가량, 두께는 엄지손가락의 절반쯤이나 될까. 그러나 일단 책을 펼치고 보면, 그 속에 담긴 세상은 끝도 없이 넓고 아득했다. 넘실넘실 바다를 건너고 굽이굽이 산맥을 넘는 기분이었다.

책과 책을 펼쳐 든 내가, 이 세상에서 차지하는 공간은 얼마쯤 될까. 기껏해야 내 앉은키를 넘지 못할 것이다. 그러나 책과 내 마음이 오가고 있는 공간은, 온 우주를 다 담고 있다 할 만큼 드넓고도 신비로웠다. 번쩍번쩍 섬광이 비치고 때로는 우르르 천둥소리가 들리는 듯하였다.

하고한 날 좁은 방 안에 들어박혀 있는 것처럼 보이지만, 이처럼 날마다 책 속을 누비고 다니느라 나는 정신없이 바빴다. 때론 가슴 벅차기도 하고, 때론 숨 가쁘기도 하고, 때론 실제로 돌아다닌 것처럼 다리가 뻐근하기도 했다.

못 보던 책을 처음 보기라도 하면 하루 종일 얼굴에서는 웃음이 떠나지 않았다. "이덕무의 눈을 거치지 않고서야, 어찌 책이 책 구실을 하겠느냐." 며 귀한 책을 구해 자신이 보기 앞서 내게 먼저 보내오는 사람도 있었다. 그럴 때는 밥을 먹지 않아도 배가 부르고 책 표지만 바라보아도 저절로 웃음이 나왔다. 좀처럼 웃을 일이 없는 생활인지라, 처음에는 이상하게 생각하던 집안 식구들도 나중에는 으레 귀한 책을 얻어서 그러려니 생각하였다.

누가 일러 주고 깨우쳐 주는 사람도 없이 혼자 책을 읽었기에, 막히는 구절이 나오면 답답한 마음을 견딜 수 없었다. 얼굴은 먹빛처럼 어두워지고 앓는 사람마냥 끙끙대는 신음 소리가 저절로 나왔다.

그러다 갑자기 뜻을 깨치기라도 하면, 나는 벌떡 일어나 미친 사람처럼 크게 고함질렀다. 방 안을 왔다 갔다 하면서, 깨친 내용을 몇 번이고 웅얼거렸다. 눈앞에 누가 있는 양 큰 소리로 일러 주며 웃기도 했다. 처음에는 놀라던 집안 식구들도 나중에는 어이없어하며 웃었다.

온종일 방에 들어앉아, 혼자 실없이 웃거나 끙끙대고 외마디소리를 지르기도 하며 책만 들여다보는 날도 많았다. 사람들은 이런 나를 보고 '간서치(看書痴)'라고 놀렸다. 어딘가 모자라는, 책만 보는 바보라는 말이다. 나는 그 소리가 싫지 않았다.

가난한 날, 나만의 독서법

하루를 아침, 점심, 저녁으로 나누는 것은 시각을 짐작하게 해 주지만, 밥때를 뜻하기도 한다. 그러나 우리 집에서 세 끼 밥을 꼬박꼬박 챙겨 먹는다는 것은 꿈도 꿀 수 없었다. 흉년이 아니더라도 그랬다. 두 끼는커녕 한 끼만 제대로 먹어도 다행이었다. 그래서인지 어느 정도 형편이 나아진 지금도, 끼니를 거르지 않고 챙겨 먹으면 오히려 속이 더부룩해져 불편하다.

내가 젊은 시절에는 유난히 큰 흉년이 잦았다. 오랜 가뭄으로 고생을 하고 나면 그다음 해에는 큰물이 나 농작물을 휩쓸어 가 버리고, 그 자리에는 어김없이 돌림병이 찾아들었다. 가뭄과 큰물이 번갈아 온 어느 해였다.

멀건 나물죽 한 그릇도 먹지 못한 채, 해가 뉘엿하도록 온 식구가 굶고 있었다.

꼬르륵 꼬륵 꼬르르륵 꼬르르르.

아침나절만 하더라도 배 속 창자의 기세는 맹렬했다. 어딘가 달라붙어 있을지도 모를 한 톨의 곡식까지 찾아내려는 듯 창자는 요동치고 있었다. 그러나 아무리 발버둥 쳐 봐도 소용없는 일이라는 것을 깨달았는지, 제 풀에 지쳐 수그러든 지도 오래였다. 식구들도 저마다 방 안에서 기운 없이 축 늘어져 있을 터였다. 나는 숨소리조차 들려오지 않는 방문을 바라보며 무능한 가장이 되어 버린 자신의 처지를 새삼 서글퍼하고 있었다.

부질없는 생각들을 떨쳐 버리려 고개를 크게 저었다. 그리고 나서 소리 내어 책을 읽기 시작했다. 한동안 그렇게 책에 빠져들어 있는데, 문득 내 목소리가 무척 맑고 낭랑하게 다가오는 느낌이 들었다. 굶주려 비어 있는 나의 몸이, 소리를 내는 울림통이 되어 그런가 보았다.

가만 생각해 보니, 배고플 때뿐만이 아니었다. 추위에 떨 때, 근심 걱정에 시달려 마음이 복잡할 때, 아플 때도 책을 읽으면 그 모든 괴로움이 덜어지는 듯했다. 그럴 때마다 문득 느꼈던 책 읽기의 이로움을 나는 이렇게 써 두었다.

첫째, 굶주린 때에 책을 읽으면, 소리가 훨씬 낭랑해져서 글귀가 잘 다가 오고 배고픔도 느끼지 못한다.

둘째, 날씨가 추울 때 책을 읽으면, 그 소리의 기운이 스며들어 떨리는 몸이 진정되고 추위를 잊을 수 있다.

셋째, 근심 걱정으로 마음이 괴로울 때 책을 읽으면, 눈과 마음이 책에 집중하면서 천만 가지 근심이 모두 사라진다.

넷째, 기침병을 앓을 때 책을 읽으면, 그 소리가 목구멍의 걸림돌을 시원 하게 뚫어 괴로운 기침이 갑자기 사라져 버린다.

굶주림.

나에게는 밥을 먹는 것보다도 굶주리는 것이 더 자연스러웠다. 내 몸에 는 임금님과 성이 같은 왕실의 피가 흐르고 있다. 그러나 온전히 인정받지 못하는 서자의 집안, 반쪽의 핏줄이다. 본가의 적자가 아니니 물려받을 재 산도 없고, 벼슬길에 나아가지 못하니 살림을 꾸려 갈 녹봉도 받지 못했다. 그렇다고 시장에 나가 좌판을 벌여 놓고 장사를 할 수도 없었다. 온전한 양 반들만의 세계에 끼워 주지도 않으면서, 또 다른 반쪽의 핏줄이 이끄는 대 로 살아가는 것도 비웃으며 허락하지 않았다.

글을 읽어 깨우친 뜻을 펼쳐 보지도 못하고, 그렇다고 땀 흘려 일하지도 못하고, 그저 별 도리 없이 가난을 대물림할 수밖에 없는 생활이었다. 음식 을 담아 본 지 오래인 그릇은 이가 빠지고, 소반은 저절로 닳아 살림은 누추 하기 짝이 없었다. 그 가운데 나는 애써 소리 내어 책을 읽고 또 읽었다.

추위.

가난은 겨울에 더 비참한 법이다. 너그러웠던 산천도 먹을 것을 내놓는 데 인색해지고, 기름기 없는 창자는 칼바람을 견뎌 내기가 더욱 힘들어진 다. 열 손가락은 추위에 모두 얼어 터져 오래된 두꺼비 가죽처럼 억세어만 갔다. 낮에는 그 손을 소매 속에 넣고 밤에는 이불 속에 넣어 부딪치지 않게 하면서 가려움을 참느라 애썼다. 때로는 감각 없는 손의 상태가 궁금해, 구부리기도 하고 펴 보기도 하면서 무사한지 확인하였다. 그럴 때마다 나는 애써 소리 내어 책을 읽고 또 읽었다.

근심 걱정.

어디 한둘이겠는가. 아이들의 누렇게 뜬 얼굴도 가슴을 에었다. 옛 성현들의 말씀을 아무리 읽고 또 읽어도, 그 뜻을 깊이 새기고 또 새겨도, 가슴 속에 품은 뜻을 세상에 펼쳐 볼 수 없는 처지가 한스러웠다. 나와 같은 서자에게도 허락된 자리가 있긴 하였다. 그러나 병이 끊이지 않으니 무인(武人)이 되기에는 아예 글렀고, 기술직으로 나아가기에는 학문에 품은 뜻이 너무 컸다.

하지만 식솔들이 더 늘어나게 되면, 나도 무인의 참모가 되어 싸움의 꾀를 짜내며 변방으로 나돌아야 할지도 모르는 일이다. 생계가 막막한 서자들 대부분이 그랬던 것처럼. 무엇보다 한스러운 것은 내 처지를 자자손손 대대로 물려주어야 한다는 것이다. 아, 도무지 앞이 보이지 않았다. 나는 애써 소리 내어 책을 읽고 또 읽었다.

기침병.

집은 제대로 불을 때지 못해, 온 식구가 추위에 시달리고 병들기 일쑤였다. 특히 밤새 기침에 시달리는 어머니와 어린 자식들을 보는 것은 크나큰 고통이었다. 끝내 세 살 난 딸아이를 먼저 보내야 했고, 그 이듬해에는 어머니마저 돌아가셨다. 나중엔 시집간 큰누이까지 이 병으로 잃었다.

나 또한 마찬가지였다. 어머니가 살아 계실 때는 행여 들으실세라 애써 참아 보았지만, 그럴수록 기침 소리는 더욱 요란하게 터져 나왔다. 한번 발작이 시작되면 목과 가슴이 쓰리도록 아프고, 온몸은 격렬하게 흔들려 나중에는 뱃가죽까지 아파 오는 것이 기침병이다. 눈비 오는 날에는 온 집 안에 습기가 배어들어 더욱 고통스러웠다. 그런 날이면 나는 애써 소리 내어 책을 읽고 또 읽었다.

어쩌면 책을 읽으며 얻는 이 네 가지 이로움은, 나만이 느끼는, 나에게만 쓸모 있는 이로움인지 모른다. 누가 그때의 나처럼 그렇게 굶주릴 때, 추울 때, 괴로울 때, 아플 때, 책을 읽으며 견디려 하겠는가. 그래도 누군가에게 위로가 되고 쓸모가 있을지 몰라 써 둔 것이다. ⓐ

　이 글의 주인공인 이덕무(1741~1793)는 조선 후기의 실학자다. 정조가 규장각을 설치하여 검서관을 등용할 때, 박제가, 유득공 등과 함께 뽑혀 여러 서적을 편찬하였다. 연암 박지원을 비롯하여 실학자들과 두루 교분을 맺었으며, 간서치(看書痴)란 별명을 지닐 정도로 책 읽기를 좋아하였다.

　이 글은 이덕무 자신의 책 읽기에 관한 자전적인 이야기를 안소영이 재구성하여 펴낸 것이다. 이덕무는 이 글에서 책 읽기의 경험과 함께 독서광의 마음속에 깃든 생각들을 굽이굽이 펼쳐 낸다. 글은 먼저 예닐곱 살 어린 시절 이야기부터 시작된다. 그는 동무들과 놀다가도 일정한 시간이 되면 방으로 달려가 책을 읽었다고 한다. 벽에 금을 그어 놓고 햇살이 금에 닿으면 부리나케 달려왔다는 것이다. 그렇게 책을 읽기 시작하면, 햇살이 스며들고 마침내 글씨들이 책 밖으로 햇살처럼 번져 나온다는 것이다. 스무 살 무렵에는 햇살이 움직이는 대로 상을 옮겨 가며 책을 읽었다고 한다. 그리고 책 한 권이 이 세상에서 차지하는 공간과 '끝도 없이 넓고 아득한 책 속에 담긴 세상'을 대비한다. 그리고 내가 책을 읽는 물리적 공간과 그 만남을 통해 펼쳐지는 우주를 다 담고 있는 상상의 공간 역시 대비된다. 그는 날마다 책 속에 묻혀 사느라 정신없이 바빴다고 한다. 그를 사람들이 일러 '간서치', 곧 책만 읽는 바보라고 놀려 말하는 것조차 싫지 않았다고 한다.

　이덕무는 또한 책 읽기가 자신의 모든 현실적인 어려움을 극복할 수 있게 해 주었다고 한다. 배고플 때, 추위에 떨 때, 근심에 시달릴 때, 아플 때도 책만이 자신을 붙잡아 주었다고 한다. 더욱이 그는 서자로서 겪어야 했던 차별을 피할 수 없었기에 정신적 고통은 한층 심하였을 것이다. 이 글에도 역시 그 고통이 섬세하게 잘 드러나 있다.

　그럼에도 이덕무는 검서관이 될 때까지 그 고통의 시간을 책 속에서 길을 찾으며 힘껏 헤쳐 나왔다. 그나마 영 · 정조 시기의 문화적 황금시대가 그것을 가능케 했을 것이다.

책이 있어 그는 행복할 수 있었으며, 책으로 만난 벗들이 있어 그는 강건한 마음을 잃지 않고 한 시대를 버텨 낼 수 있었던 것이다. 책! 그 크기는 고작 가로세로 50센티미터를 넘지 않지만 이 세상천지를 담고 있고, 세상의 모든 이치를 담고 있는 광대한 우주가 아닐 수 없다.

 활 동

1. '간서치' 의 의미는 무엇인가?
2. '책이 차지하는 공간' 과 '책을 펼쳐 든 내가 차지하는 공간' 이란 물리적 공간과 비교할 때, 심리적 공간의 크기는 어떠하다고 했는가?
3. 안소영이 풀어 쓴 『책만 보는 바보』라는 책을 읽고 감상문을 써 보자.

문학청년 이인영에게
정약용

읽 기 전 에

1. 나는 무엇이 되고 싶은가? 그 꿈을 위해 나는 지금 무엇을 준비하는가?

2. 내게는 멘토라고 불릴 만한 사람이 있는가? 그는 어떤 사람이어야 하는가?

내가 한강가에 살고 있을 때의 일이다. 어느 날 얌전한 청년 하나가 등에 무엇을 가득 지고 찾아왔다. 보니 책 보따리였다. 이름을 물으니 이인영이라고 하였고 나이를 물으니 열아홉이라 하였다. 다시 그의 지향을 물으니 앞으로 문장을 공부하려는데 비록 공명을 이루지 못하고 한평생 불우한 생활을 하더라도 후회하지 않겠다는 것이다. 그의 책 보따리에 가득 찬 것은 모두가 시인 재사들의 기발하고 참신한 작품들로 파리 대가리처럼 글자를 작게 썼으며 모기 눈처럼 가늘게 엮은 글들이었다. 포부를 털어놓을 때는 마치도 병 속에서 물이 쏟아져 나오는 듯하여 책 보따리 속보다 수십 배나 더 풍부하였다. 그의 눈은 반짝거리고 맑은 빛이 흘렀으며 이마는 불쑥 나오고 광채가 있었다.

나는 그에게 다음과 같이 말해 주었다.

아아 자네 앉게, 내 한마디 해 주겠네. 대체 문장이란 무엇인가. 학식이 속에 쌓여 문장으로 바깥에 표현되는 것이네. 마치 고량진미를 많이 먹어 배 속이 기름졌을 때 피부가 자연히 윤택해지는 것과 같으며 술을 많이 먹었을 때 얼굴이 붉어지는 것과 같네. 그러니 문장 그것만을 밖에서 얻어 올 수야 있겠는가.

평화로운 덕으로 마음을 기르고 효도와 우애로 성정을 연마하여 항상 공경과 정성으로 일관하고, 중심을 가져 변덕을 부리지 말며 도를 향하여 나아가기에 힘쓰고 고전으로 자기 몸가짐의 바탕을 삼으며, 학식을 넓히고 역사를 공부하여 고금의 변천을 알며, 예와 악과 정치 제도, 옛 문헌과 법도들이 가슴속에 가득 차서 외부의 사물과 접촉하게 되면, 모든 일과 시비와 이해관계가 가슴속에 축적된 것과 서로 맞아서 속에 서려 있는 것이 용솟음쳐 움직이면서 세상에 한번 발표하여 천하 만세에 빛이 되어 보고 싶게 될 것이네. 그 욕구를 억누를 수가 없게 되었을 때 자기가 드러내고 싶은 것을 토로하면 사람들이 그것을 보고 "문장이다." 하고 말할 것이네. 이것이 참다운 문장이네. 풀을 헤집고 바람을 보려는 듯이 빨리 달리고 조급히 서둘러 이른바 문장이라는 것을 손으로 붙잡고 입으로 삼킬 수야 있겠는가?

세상 사람이 말하는 문장학이라는 것은, 바른길을 해치는 좀벌레와 같아서 서로 용납할 수가 없는 것이네. 비록 양보하여 문장학을 일삼는다 해도 그 또한 일정한 방법이 있고 혈맥이 통하는 기운이 있어야 할 것이네. 고전에 바탕을 두고 역사와 사상가들의 저서에서 도움을 받아야 하는데 그로써 온화하고 함축성 있는 기운을 쌓고 심오하고 원대한 지향을 길러 위로는 나라 다스릴 방책을 생각하며 아래로는 세상을 움직일 생각이 있어야 하니 바야흐로 녹록하지 않을 것이네. 【중략】

자네는 오늘부터 문장학에는 뜻을 두지 말고 빨리 집으로 돌아가서 안으로는 효성과 우애를 극진히 하고 밖으로는 고전 공부에 힘을 기울이게. 옛 성현들의 말씀을 항상 공부하여 잊어버리지 말며 한편으로 과문 공부도 계속해서 몸을 일으켜 임금을 섬겨 시대에 유용한 사람이 되며 후세에 이름을 전할 위인이 되게. 부디 하찮은 호기심 때문에 귀중한 한평생을 헛되이 버리지 말게. 자네가 만일 지금의 뜻을 고치지 않는다면 좁은 골목으로 몰려다니는 노름꾼이나 싸움패와 다를 것이 없을 것이네. ⑩

과문(科文) 경론(經論)의 뜻을 알기 쉽게 해석하기 위하여 내용에 따라 나눈 문단.

정약용은 조선 후기를 살다 간 실학자다. 『목민심서』와 『경세유표』 등 걸출한 책의 저자이기도 하며, 현실 정치에도 깊이 관여한 인물이다. 과학적 합리주의와 실사구시의 철학을 당대에 반영하고자 노력하였으며, 연암 박지원과 함께 실학의 대부로서 한 시대의 지성 역할을 충실히 수행한 인물이다.

여기에 실린 글은 문학을 하고자 하는 열아홉 이인영이란 청년에게 건네는 말로, 문학이란 도대체 무엇이어야 하는지를 일깨워 주고자 쓴 글이다. 남들이 쓴 참신한 작품들로 가득 찬 책 보따리를 지고 나타난 이인영이라는 청년은, 마음속 생각 역시 맑고 광채가 나는 듯하였다. 이 청년을 앞에 두고 시대의 석학인 정약용이 몇 자 마음을 담은 생각을 펼쳐 보이는 것이다.

먼저 정약용은 문장이란 밖에서가 아니라 안에서 우러나오는 것이어야 함을 지적한다. 마음을 갈고닦고, 가슴속이 옛 선인들의 통찰로 가득 차오른다면, 그것이 저절로 밖으로 분출되며, 이를 일러 '참다운 문장' 이라고 할 수 있다는 것이다. 조급히 서두를 일이 결코 아니라는 것이다. 또한 문장학이라는 기법을 가르치려 드는 책을 읽는 것으로 청춘을 소모하지 말고 폭넓은 공부를 하라고 권한다. 그렇지 못할 경우, 재주만 늘리려고 해서는 '좁은 골목으로 몰려다니는 노름꾼이나 싸움패와 다를 바가 없다'고 단단하고 엄중하게 경고한다.

필자 또한 어린 시절 문학청년을 꿈꾼 적이 있다. 더러 백일장에서 상을 받기도 했으며, 언젠가는 좋은 작품을 쓸 수 있으리라 생각했다. 그런데 필자가 그 꿈을 위해 한 일은 시를 읽으며 좋은 시어들을 따로 뽑아내어 익히는 것이었다. 언어에 사로잡힌 나머지 시가 언어의 문제이기 이전에 삶의 문제, 삶을 바라보는 관점의 문제임을 도외시하고 말았다. 그때 정약용 같은 이가 나타나 내 흐려진 눈을 씻어 주고, 내 등을 떠밀어 속을 채우라고 말해 주었더라면, 나 또한 제대로 된 작가가 되었을지도 모른다. 그런데 어느새 내가 누군가의 눈을 씻어 주고 등을 밀어 주어야 할 나이가 되고 말았다. 내 눈은 다산 정약용만큼이나 맑고 또 밝은지 저어된다.

 활 동

1. 이 글의 핵심적인 주장은 무엇인가?
2. 이 글이 비판하는 사람은 어떠한 사람인가?
3. 이 글을 통해 알 수 있는 정약용의 문학관은 무엇인가?

명예와 자기 자신의 삶
김우창

읽 기 전 에

1. 상이 주는 긍정적인 점과 부정적인 점을 생각해 보자.

2. 우리나라에 아직 노벨 문학상을 받은 작가가 없는 까닭은 무엇인가?

노벨상의 계절이 한국인 수상자 없이 지나갔다. 경제력으로 보나 학문과 문학을 향한 국민적 열의로 보나 이제는 한국도 문학과 과학 등 여러 분야에서 세계적으로 인정받을 때가 되지 않았나 싶다. 그런 기대가 있다 보니 한국인 수상자 없이 노벨상의 계절이 지나가는 것이 다소 실망스럽기도 하다.

　그러나 너무 초조해하는 것은 도움이 되지 않는다. 우리나라가 참으로 바라야 할 것은 노벨상 자체가 아니라 노벨상을 받는 것이 자연스러울 정도의 지적 수준을 갖추는 것이다. 비록 상을 받지 못하더라도 그만큼의 지적 성취를 이룬 나라에 사는 것은 행복한 일이리라. 높은 산은 다른 높은 산들 사이에서 높은 법이다. 학문의 업적도 마찬가지이다. 상은 업적의 쌓임 가운데 서게 되는 기념비라는 성격이 있을 때 바른 의미가 있다.

　노벨상은 수상자 본인뿐 아니라 주변의 친지나 국가 모두에게 두루 영광스러운 일임에 틀림없다. 따라서 우리나라가 노벨상 수상을 기대하는 것은 자연스러운 일이다. 설사 상이 돌아오지 않는다 해도 노벨상의 가치를 아는 것은 학문과 문학, 더 나아가 인간의 복지와 평화를 귀중하게 여긴다는 증표이다. 그러나 그 참뜻은 외적인 영예보다도 그것이 의미하는 실질적 내용에 있음을 알아야 하겠다.

　학문을 연구하는 사람에게 중요한 것은 밖에서 오는 영예가 아니라 자신이 수행하는 연구 자체에서 오는 보람이다. 상은 그러한 보람을 확인할 수 있는 기회가 된다. 인생의 보람이 어디에서 오는가를 주제로 한 연구가 있었다. 이에 따르면 노벨상 수상자들에게 가장 가치 있는 것은 수상의 기쁨이 아니라 꾸준히 진행되는 연구의 보람이었다고 한다. 수학의 노벨상이라고 일컬어지는 필즈 메달을 받은 어느 학자는 자신이 외부의 평판에 지나치게 무감각한 것 같다고 수상 소감을 밝혔다. 그에게 가장 중요한 것은 빛나는 메달이 아닌 학문의 성취였던 것이다.

　실질적인 의미를 따지자면 노벨상은 개인에게도 다양한 의미일 수 있다.

칠레의 시인 파블로 네루다는 자신이 수상 후보가 되었다는 소문을 들은 후 발표를 초조하게 기다렸다고 고백한 바 있다. 반면에 수년 전 노벨 문학상을 받은 한 작가는 수상과 함께 사생활이 없어지는 것을 경험하면서 자신이 저지른 일생일대의 실수가 바로 노벨상을 받은 것이라고 말하기도 했다.

상이란 세속적인 보상만을 의미하지 않는다. 상을 받는다는 것은 자신의 이름을 알리는 것이다. 그리고 이름을 알린다는 것은 그 이름만으로 요약할 수 없는 수많은 의미들을 함께 알리는 것이어야 한다. 그러나 오늘날과 같은 선전과 판촉의 시대에는 사람의 이름조차 상품과 마찬가지로 그 실체가 없더라도 중요하게 여겨진다. 어떤 사람을 두고 그 사람이 무엇 때문에 유명하냐고 물었을 때, "그 사람이야 유명한 것으로 유명하지요."라는 대답이 돌아온다면 어떨까? 소위 명품이라는 것이 그러하듯 사람 또한 유명하다는 사실 그 자체로 값이 나가는 것은 아닌지 생각해 보아야 한다. 실속 없는 헛된 이름이라도 널리 알리는 게 좋다고 생각하다 보면 자기가 느끼는 보람과 기쁨은 뒷전이 된다. 그리고 그것이 어떤 이유로 획득한 것이든 명성이 없는 삶은 밑천을 뽑지 못한 삶이라고 느끼게 된다.

이달 초에 나는 동아시아 문학 포럼과 관련하여 한·중·일 작가들과 함께 김유정 문학촌을 방문했다. 그날 김유정의 고향 실레마을을 이야기 마을로 선포하는 행사가 있었다. 행사에서는 이 마을을 세계적인 곳이 되게 한다는 말이 여러 번 나왔다. 마을이 그렇게 되어야 한다는 것인지, 김유정이 그러한 인정을 얻어야 한다는 것인지는 분명하지 않았다. 김유정 문학을 논하는 자리에서는 그가 그려 낸 것이 일제 식민 치하에서의 농민들의 참상이라는 점이 높이 평가되었다. 작품에 나타나는 여성의 부당한 사회적 지위에 대한 관심이 중요하다는 지적도 있었다.

그의 생가라는 집에서 나에게 인상적이었던 것의 하나는 벽과 탁자에 보이는 '겸허'라는 휘호였다. 빈곤과 병고에 시달리면서 그가 좌우명처럼 써 놓았던 것이 이 말이라고 했다. 이 휘호 곁에 복사되어 있는 안회남의 편지에는 김유정이 죽기 전에 고통스러운 운명을 어떻게 겸허하게 받아들였는가를 말하는 내용이 들어 있었다. 그의 작품에서 우리가 느낄 수 있는 정서의 하나는 삶의 의지이고 삶에 대한 예찬이다. 겸허는 그가 원하고 예찬한 삶을, 고통까지를 포함하여, 그대로 긍정한다는 말일 수 있을 것이다. 그는 이웃 사람들의 기쁨과 아픔에 주의하고 또 자신의 삶의 고통을 견디며, 그 고통을 포함하는 삶을 그대로 받아들인 것이다. '겸허'는 그의 삶의 어떤 완성을 표현하는 것으로 느껴졌다.

세계적 평판이나 공식화된 사회적 기여라는 기준으로만 작가를 기념해야 하는 것인가? 우리 마음에 깊은 느낌이 들게 하는 것은 그 고장, 그 시대의 주어진 삶에 충실하려 했던 삶이다. 보통 사람에게 삶의 의미는 삶 자체 안에 있다. 다른 사람의 삶에서 문득 그것을 느낄 때, 그에 대한 우리의 추억은 공허한 수사를 넘어가는 것이 된다. 어떤 삶은 그 자체로서 내용이 있는 것이면서도 더 높고 넓은 삶의 가능성을 느끼게 한다. 그때 그것은 참으로 기념할 만한 것이 된다. 이러한 내적인 삶에 대한 이해를 포함하는 기념의 풍습이 거의 사라진 것이 오늘의 세계이고 우리 사회이다. 노벨상이 주로 이름의 위력이라는 관점에서만 생각되는 것은 자연스러운 일이다. ㊌

작 품 이 해

　문학 평론가 김우창의 글이다. 일종의 시평으로, 수필의 형식을 띠고 있다. 시평을 사회적 사건에 대한 비평적 접근이라고 볼 때, 이 글이 문제 삼는 것은 노벨상 수상이다. 물론 우리나라는 평화상을 받은 김대중 대통령을 제외하고는 아직 다른 분야의 노벨상 수상자가 없다. 시인 고은이 거듭 노벨 문학상의 수상자 후보로 이름을 올리고 있지만, 여러 사정으로 수상을 하지는 못했다. 김우창은 이와 같은 안팎의 문제 상황에 대한 자신의 생각을 펼쳐 보인다.

　그는 아직 노벨상 수상자가 없는 우리의 현실을 지적함으로써 글을 연다. 그리고 한두 사람의 위대한 인물이 아니라, 상을 받을 만한 지적 수준을 갖추는 것이 우선이며 실질적인 내용이 그에 걸맞아야 한다고 말한다. 그 예로 김유정 문학촌을 방문했던 일을 든다. 김유정 생가에서 '겸허'라는 휘호를 보고 김유정 문학과 김유정의 삶이야말로 삶의 완성이라는 사실을 깨닫는다. 끝으로 '그 시대의 주어진 삶에 충실하려 했던 삶'이야말로 이름의 위력을 넘어서는 진정한 삶의 가능성이라고 말하며 글을 맺는다.

　영문학자이며 우리 시대의 지성으로 문학 비평의 영역에서 유려한 문체와 깊이 있는 해석을 펼쳐 보인 김우창은 노벨상 수상이란 관심을 끌 만한 화제를 통해 상의 진정한 의미가 무엇인지를 탐구한다. 그리고 외적인 보상이 아니라 그에 상응하는 내용, 삶의 진정성 등이 중요하다고 함으로써 우리를 일깨운다.

활 동

1. 글에 나타난 상의 의미는 무엇인가?
2. 이 글에서 김유정을 끌어온 까닭은 무엇인가?
3. 이 글을 통해 '나'가 '나의 삶'에서 깨달을 수 있는 것은 무엇인가?

문학은 무엇을 할 수 있는가
김현

읽 기 전 에

1. 문학은 어떤 쓸모가 있을까?
2. 좋은 작품을 읽었을 때의 느낌은 어떠한가?

남은 일생 내내 나에게 써먹지 못하는 문학은 해서 무엇하느냐 하는 질문을 던지신 어머니, 이제 나는 당신께 내 나름의 대답을 하지 않으면 안 되겠다. 확실히 문학은 이제 권력에의 지름길이 아니며, 그런 의미에서 문학은 써먹는 것이 아니다. 그러나 역설적이게도 문학은 그 써먹지 못한다는 것을 써먹고 있다. 문학을 함으로써 우리는 서유럽의 한 위대한 지성이 탄식했듯 배고픈 사람 하나 구하지 못하며, 물론 출세하지도, 큰돈을 벌지도 못한다. 그러나 그것은 바로 그러한 점 때문에 인간을 억압하지 않는다. 인간에게 유용한 것은 대체로 그것이 유용하다는 것 때문에 인간을 억압한다. 유용한 것이 결핍되었을 때의 그 답답함을 생각하기 바란다. 억압된 욕망은 그것이 강력하게 억압되면 억압될수록 더욱 강하게 부정적으로 작용한다. 그러나 문학은 유용한 것이 아니기 때문에 인간을 억압하지 않는다. 억압하지 않는 문학은 억압하는 모든 것이 인간에게 부정적으로 작용하는 것을 보여 준다. 인간은 문학을 통하여 억압하는 것과 억압당하는 것의 정체를 파악하고, 그 부정적 힘을 인지한다. 그 부정적 힘의 인식은 인간으로 하여금 세계를 개조하지 않으면 안 된다는 당위성을 느끼게 한다. 한 편의 아름다운 시는 그것을 향유하는 자에게 그것을 향유하지 못하는 자에 대한 부끄러움을, 한 편의 침통한 시는 그것을 읽는 자에게 인간을 억압하고 불행하게 만드는 것에 대한 자각을 불러일으킨다. 소위 감동이라는 말로 우리가 간략하게 요약하고 있는 심리적 반응이다. 감동이나 혼의 울림은 한 인간이 대상을 자기의 온몸으로 직관적으로 파악하는 행위이다. 인간은 문학을 통해, 그것에서 얻은 감동을 통해, 자기와 다른 형태의 인간의 기쁨과 슬픔과 고통을 확인하고 그것이 자기의 것일 수도 있다는 것을 느낀다. 문학은 억압하지 않으므로, 그 원초적 느낌의 단계는 감각적 쾌락을 동반한다. 그 쾌락은 반성을 통해 인간의 총체적 파악에 이른다. 이 대목을 쓰려니까 갑자기 내 의식은 어렸을 때의 어머니의 음성으로 향한다. 겨울밤엔 고구마나 감, 그것이 아니면 하다못해 동치미라도 먹을거리로 내놓으시고,

나직한 목소리로 아벨과 카인의 얘기를, 우물에 뛰어들어 자살한 수절 과부의 얘기를, 도적질하다가 벌을 받은 그녀의 친지 중의 한 사람 얘기를 어머니는 내가 잠들 때까지 계속하신다. 그때에 내가 느낀 공포와 아픔, 고통을 나는 생생히 기억한다. 그러나 그 아픔이나 고통 밑에 있는, 어머니의 나직한 목소리가 주는 쾌감을 내가 얼마나 즐겼던가! 무서워하기 위해서가 아니라, 우리는 즐기기 위해서 이야기를 듣는다. 그 즐거움 이쪽에서, 오랜 후에 혹은 즉시로 우리는 해야 될 것에 대한 의무감과 해서는 안 될 것에 대한 공포감을 느끼는 것이다. 그처럼 문학은 억압 없는 쾌락을 우리에게 느끼게 해 준다. 그러면서 그것은 그것을 읽는 자에게 반성을 강요하여, 인간을 억압하는 것과 싸울 것을 요구한다. 인간은 이런 수모와 아픔을 당할 수도 있다, 그러니 그것을 안 당하도록 해야 한다라고 느끼게 한다. 인간은 이래야 행복하다, 그러니 그렇게 해야 한다라고 느끼게 하는 것이다.

문학에 대해서는 앞에서도 잠깐 언급하였지만, 어떻게 쓰느냐를 중요시하는 문학을 위한 문학을 주장하는 부류와 무엇을 쓰느냐를 중요시하는 인간을 위한 문학을 주장하는 부류로 크게 나뉜다. 문학을 위한 문학은 문학의 자율성에 지나치게 중요성을 부여하여 문학 자체의 것만을 지키려고 애를 쓰며, 인간을 위한 문학은 문학의 효율성을 지나치게 중시하여 문학적 형식보다는 내용에 힘을 기울인다. 그러나 그 두 이론은 다 같이 문학의 어느 한 면에 대한 과도의 경사에 의해 문학을 불구자로 만든다. 문학 내적인 것이 그것을 선택한 인간의 의사와 관계없이 존재할 수 있다는 것이나, 인간의 의사가 형태를 얻지 않아도 제대로 표현될 수 있다고 생각하는 것은 하나의 환상에 지나지 않는다. 그 환상은 그러나 대단한 설득력을 발휘한다. 왜냐하면 그것은 극단적인 것이기 때문이다. 극단적인 것은 대상의 어

아벨(Abel) 구약 성경 창세기에 나오는 인물. 아담과 이브의 둘째 아들로, 신앙이 두터워 신에게 어린양을
제물로 바치고 신의 뜻을 따랐으나 이를 질투한 형 카인에게 살해당했다.
카인(Cain) 구약 성경 〈창세기〉에 나오는 아담과 하와의 맏아들. 자기의 제물이 하나님 야훼에게 받아들
여지지 않고 아우 아벨의 제물이 받아들여지자, 이를 시기하여 동생을 돌로 쳐서 죽였다.

느 한 측면의 과장을 그 속성으로 삼고 있다. 문학을 위한 문학은 문학의 주체자를, 인간을 위한 문학은 문학의 자족성을 각각 사상하고 있다. 그 두 이론은 그러나 순수·참여 논쟁이라는 한국 문학의 해묵은 가짜 문제의 이론적 전거를 이룬다. 어휘 자체의 개념 규정도 뚜렷하게 하지 못한 채 되풀이된 그 논쟁은 한국 문학인들을 상투화된 과장성으로 몰고 가, 사고를 유형화시키고, 문학인의 내적 창조성을 당위성으로 찍어 누르게 된다. 그 결과 문학에 대한 독자들의 인식과 작품을 쓰는 문인들의 사고 자체가 경직화되어 버린다. 한 파에서 달빛을 노래하면 다른 파에서는 굶주림을 노래하고, 한 파에서 내면을 말하면 다른 파에서는 사회를 주장한다. 미리 결정된 주제와 주장이 있으니 세계와 인간을 이해하려는 어려운 노력이 필요시될 리가 없다.

문학은 그러나 문학만을 위한 문학도 아니며, 인간만을 위한 문학도 아니다. 그것은 존재론적인 차원에서는 무지와의 싸움을, 의미론적인 차원에서는 인간의 꿈이 갖고 있는 불가능성과의 싸움을 뜻한다. 존재론적인 차원이나 의미론적인 차원이라는 말 때문에 놀랄 필요는 없다. 문학은 그것이 있다는 사실 하나만으로 문학을 이해하지 못하는 사람이 있다는 것을, 다시 말해서 무지를 추문으로 만든다. 아무러한 반성 없이, 9시에 회사 문에 들어서서, 잡담하고 점심 먹고 5시에 퇴근하는, 그런 일과가 월·화·수·목…… 계속되는 일상인의 무딘 의식에, 지배적 이데올로기의 뒤를 보지 못하는 갇힌 의식에, 문학은 그것이 진실된 삶이 아니라 거짓된 삶이라는 것을 밝혀 주고 그것을 추문으로 만든다. 아니 더 나아가서 문학은 그것의 존재가 글을 못 읽고, 글을 읽을 수 없는 사람이 존재한다는 것을 사람들로 하여금 부끄럽게 만드는 어떤 것이다. 무지를 그러므로 우리는 폭넓게 이해하지 않으면 안 된다. 문학이 무지를 추문으로 만든다는 것은, 문맹인이 있다는 것은 글을 읽을 줄 아는 이를 부끄럽게 만들 뿐만 아니라, 무디게 갇혀 있는 일상인의 의식이 하나의 코미디라는 것을 드러내게 하는 것을 뜻한다. 사르트르라는 프랑스의 작가가 태도의 희극이라고 부른 나쁜 신앙—
자기기만이야말로 가장 나쁜 무지의 일종이다. 마리 앙투아네트라는 프랑
스 전제 시대의 한 왕비를 기억하기 바란다. 그녀는 빵을 요구하는 시민들
의 분노의 함성을 듣고, 빵이 없으면 과자를 먹으면 될 게 아니냐고 태연스
럽게 대답한다. 그러한 대답이 무지의 소산이라는 것을 밝히는 역할을 문
학은 맡고 있다. 이렇게 좋은 글을 못 읽는 사람이 있다니! 문학은 그런 생
각을 불러일으킨다.

　문학은 동시에 불가능성에 대한 싸움이다. 삶 자체의 조건에 쫓기는 동
물과 다르게 인간은 유용하지 않은 것처럼 보이는 것을 꿈꿀 수 있다. 인간
만이 몽상 속에 잠겨들 수가 있다. 몽상은 억압하지 않는다. 그것은 유용한
것이 아니기 때문이다. 인간의 몽상은 인간이 실제로 살고 있는 삶이 얼마
나 억압된 삶인가 하는 것을 극명하게 보여 준다. 문학은 그런 몽상의 소산
이다. 문학은 인간의 실현될 수 없는 꿈과 현실과의 거리를 자신의 의사에
반하여 드러낸다. 그 거리야말로 사실은 인간이 어떻게 억압되어 있는가
하는 것을 나타내는 하나의 척도이다. 불가능한 꿈이 아름다우면 아름다울
수록, 삶은 비천하고 추하다. 그것을 깨닫는 불행한 의식이야말로 18세기
이후의 문학을 특징짓는 큰 요소이다. 아무리 불가능한 것이라 하더라도,
꿈이 있을 때 인간은 자신에 대해서 거리를 취할 수 있다. 다시 말해서 반성
할 수 있다. 꿈이 없을 때 인간은 자신에 대해 거리를 가질 수 없으며, 그런
의미에서 자신에 갇혀 버려 자신의 욕망의 노예가 되어 버린다. 사춘기 때
에, 나는 나와 잠자리를 같이할 수 있는 여자란 여자는 모조리 마음속으로
간음하였다. 그녀들은 그때의 나에게는 단순한 고깃덩어리에 불과했던 것

　사르트르(Jean Paul Sartre.) 프랑스의 소설가 · 철학자(1905~1980). 잡지 『현대』를 주재하면서 문단과
　　　　논단에서 활약하였으며, 무신론적 실존주의를 제창하였다. 문학자의 사회
　　　　참여를 주장하고, 공산주의에 접근하였다. 작품에 소설 「구토(嘔吐)」, 「자유
　　　　에의 길」, 철학서 『존재와 무』 등이 있다.

이다. 그러나 내가 사랑을 이해하게 되자마자, 여자들은 먹히기를 기다리는 고깃덩어리이기를 그치고, 장미꽃 핀 화원을 드나드는 천사들이 되었다. 문학은 그 고깃덩어리와 천사 사이를 왔다 갔다 하게 만드는 매개체이다. 문학은 인간을 총체적으로 파악하게 만드는 것이다. 문학은 배고픈 거지를 구하지 못한다. 그러나 문학은 그 배고픈 거지가 있다는 것을 추문으로 만들고, 그래서 인간을 억누르는 억압의 정체를 뚜렷하게 보여 준다. 그것은 인간의 자기기만을 날카롭게 고발한다. ⑯

작 품 이 해

　아주 소중한 비평가, 김현의 글이다. 명료한 문장과 깊이 있는 해석, 온
당한 평가로 살아생전 우리 비평의 한 진경을 열어 보인 평론가다. 그가 그
나마 쉽게 문학은 무엇을 할 수 있는가라는 질문에 답한 빼어난 글이다.

　글은 먼저 문학은 어디에도 써먹지 못한다고 시작한다. 그러나 역설적
으로 그 써먹지 못하는 것으로 말미암아 인간을 억압하지 않는다고 한다.
억압하지 않음으로 해서 억압하는 모든 것들을 있는 그대로 보여 줄 수 있
다는 것이다. 그리고 그 무엇도 그 무엇을 억압하지 않도록 세계가 어떻게
변화되어야 하는가를 보여 준다. 문학은 억압하지 않음으로써 감각적 쾌락
과 총체적 인식 모두를 가져다준다는 것이다.

　그런 뒤 '어떻게'와 '무엇을', 곧 형식과 내용의 대립을 비판적으로 살
펴본다. 이들 내용과 형식을 대립적으로 보고 어느 한 편을 선택해야 한다
는 관점은 설득력이 있기는 하다. 그러나 그 설득력은 극단적인 것이 갖는
설득력일 뿐이다. 내용과 형식의 대립은 가짜 문제일 뿐이라는 것이 김현
의 주장이다.

　여기에 김현은 문학의 기능을 또 하나 덧붙인다. 그것은 문학은 무지를
추문으로 만든다는 것이다. 곧 문학은 거짓된 삶을 살아가는 사람들에게
진정한 삶이 무엇인지를 보여 줌으로써 스스로의 무지를 깨닫게 만든다는
것이다. 동시에 문학은 꿈을 꿈으로써, 몽상을 함으로써 불가능함에 도전
한다. 가장 아름다운 것을 꿈꾸게 함으로써 현실을 역시 추문으로 만들어
버린다는 것이다.

　문학의 기능을 이처럼 선명하게 밝혀 보인 비평가는 일찍이 없었다. 문
학은 억압하지 않음으로써 모든 억압을 들추어내고, 꿈꾸는 몽상을 통해
현실의 모순을 넘어서고자 한다는 것이다. 문학은 모든 억압과 기만을 파

헤치는 것이며, 그것은 내용이자 형식의 통일체로서 파헤치는 것이다. 다소 어렵게 느껴지는 글이지만 꼼꼼하게 읽어 보기를 권한다.

 활 동

1. 유용성이 억압과 연결된다는 주장을 설명해 보자.
2. 내용과 형식에 대한 논쟁을 바라보는 글쓴이의 관점은 무엇인가?
3. 글쓴이는 문학의 기능을 쾌락이라고 보는가, 깨달음이라고 보는가? 그도 아니라면 무엇으로 보는가?

시인은 숲으로 가지 못한다
도정일

눈 내리는 밤의 아름다움을 말할 수 없고 비 오는 날의 서정을 말할 수 없게 된 시대에 눈과 나무, 비와 숲의 아름다움을 노래하는 시 작품들을 쓰고 읽고 가르친다는 것은 적절한 일인가? 아니, 그것은 도대체 가능한 일이기나 한가? 산성비와 산성 눈이 내리는 시대의 독자가 그간 아무 일도 없었다는 듯이 예전처럼 행복하게, 딸꾹질 한번 하지 않고 이를테면 로버트 프로스트의 시 「눈 오는 밤 숲에 머물어」를 읽으며 즐거워할 수 있을까? 프로스트의 시는 아름답다. 시의 화자는 동짓달 그믐밤 말을 몰아 눈 내리는 숲을 지나다가 문득 발길을 멈춘다. 눈발 속의 숲이 너무 아름다워 그냥 지나칠 수 없었기 때문이다. 삶의 가장 신성한 순간처럼 '숲은 깊고 어둡고 아름답다'. 그러나 화자는 그 아름다움에 매혹되면서도 세상과의 약속을 상기하고 '잠들기 전 갈 길이 멀다, 잠들기 전 갈 길이 멀다'며 다시 말 머리를 돌린다. 화자는 그렇게 떠나지만 그가 떠남으로써 남기는 미련의 공간, 그 눈 내리는 숲은 독자를 유혹하여 그곳으로 달려가게 한다. 그러나 프로스트의 이 평이하고도 아름다운 시는 오늘날 서정적 텍스트로서의 적절성을 거의 '완전히' 상실하고 있다. 지금의 독자는 눈 내리는 숲으로 달려가지 않는다. 산성 눈 내리는 지금 이 세계의 어느 숲이 아름다울 것이며 누가 그 숲에 취해 발길을 멈추는가? 시인 자신이 눈을 피하기 위해 여름 해수욕장의 파라솔만큼이나 큰 우산을 쓰고 외출해야 하는 시대에 어느 독자가 맨머리로 눈 내리는 숲을 향해 달려갈 것인가. 달려가기 위해서는 그에게 하나의 특별한 조건, '제정신 아님'이라는 조건이 필요하다. 이 조건을 감수하지 못하는 독자에게는 눈 오는 숲은 매혹의 장소가 아니라 그가 될수록 멀리 떨어져 있어야 하고 도망쳐야 할 대상이다. 눈 내리는 숲은 독자를 '배제'한다.

독자의 현실 정서와 시인의 문학적 정서 사이에 발생한 이 곤혹스런 괴리야말로 오늘날 문학이 대면하게 된 심각한 문제의 하나이다. 시인이 노래하는 눈의 서정은 독자가 현실 세계에서 눈에 대해 지니고 있는 현실적 정서(두려움)와는 먼 거리에 있다. 두 정서는 일치하지 않고 양자 사이에는 의지할 만한 공감의 가능성이 존재하지 않는다. 한 세대 전까지만 해도 시인들은 자연 대상들에 대한 개인적 정서를 시의 텍스트로 조직해 냄에 있어 이 같은 근본적 괴리를 염려하지 않아도 되었다. 그들의 개인적 정서와 독자 일반의 정서 사이에는 양자 소통을 가능하게 하는, 최소한 의지할 만한 공통의 정서 구조가 있었기 때문이다. 이 공통의 정서 구조는 시인과 독자가 모두 자연으로부터 항구한 미적 정서의 공급을 보장받고, 양자 모두 자연과의 관계에서 안정된 감성 체계를 확보할 수 있었다는 사실 때문에 가능했다. 그러나 이런 공통의 정서 구조는 오늘날 가능하지 않다. 그 구조의 모태인 자연 자체가 지금 불구의 형태로 존재하기 때문이다.

현실 정서와 문학적 감성 간의 이 괴리는 시인과 독자 사이의 정서적 간극일 뿐 아니라 시인 자신의 정서 세계에 발생한 감성 분열과 상상력의 파탄을 의미한다. 누가 오늘날 프로스트처럼 눈 오는 밤 숲의 유혹을 노래할 수 있는가? 모더니스트의 시대까지도 작가 시인들은 버지니아 울프처럼 '별의 언어를 옮겨 쓰는 세계의 은자'에게서 자신들을 발견하고, 나무를 닻 삼아 항해하는 한 척의 배라는 서정으로 이 행성을 그려 볼 수 있었다. 나무들은 아름답고 나무가 있는 세계의 강물은 푸르러 그 강에 들어갔다 나오는 백조의 날개가 푸른 잉크 빛으로 물들지 모른다는 행복한 서정을 그들은 펼칠 수 있었다. 모더니스트의 시대까지 갈 것 없이 불과 얼마 전까지만 해도 우리 시인들은 '풀잎 하나가 우주를 들어 올린다'(정현종)는 빛나는 상상력을 풀잎의 감성에 실어 세상으로 띄워 보내지 않았던가. 그러나 나무들이 질식하고 숲이 죽어 가는 지금 이 시대의 시인에게 그런 상상력은 가능하지 않다. 우주를 들어 올리기는커녕 제 무게 하나도 추스르지 못하는 병든 풀잎을 시인은 보고 있기 때문이다. 그 풀잎 자라는 소리를 듣기 위해 시인은 풀밭으로 가지 못한다. 농약 끈적한 풀밭에 앉아 풀잎의 숨소리를 들어야 하는 왜곡과 변태를, 그 비참을, 그가 무슨 수로 견딜 수 있으랴. 풀밭은 시인을 배제한다. 비의 서정을 풀기 전에 지금의 시인은 비 오는 날 비 때문에 죽어 가는 숲을 생각해야 한다. 비는 시인을 배제한다. 푸른 강 대신에 그에게는 '똥물'이 있고 '똥통'이 된 지구가 있다. 그 똥물을 보며 똥통 속에서 그가 푸른 강을 말하기 위해서는 그에게도 하나의 특별한 능력—그가 강으로부터 배제되었음에도 불구하고 여전히 강과 함께 사는 듯이 생각하는 환각의 능력이 필요하고 감성 분열의 능력이 필요하다.

그러나 자연의 궁핍화 현상으로부터 파괴적 영향을 받게 된 것은 시인과 독자만이 아니다. 심미적 정서의 항구한 공급원이었던 자연 대상들이 정서 체계로서의 힘과 가능성을 거의 완전히 박탈당했다는 사실은 무엇보다도 '자연과의 교감'에 의존하는 정서 교육, 특히 문학 교육에 매우 심각한 문제를 제기한다. 시인들은, 이를테면 최승호가 한때 그랬던 것처럼 '똥이 된 세계'를 노래할 수도 있고 박남철처럼 그 세계를 향해 욕설의 시를 날려 보낼 수도 있다. 그러나 문학 교육, 특히 초·중급 학교에서의 문학 교육의 경우에는 사정이 다르다. 교사는 아이들에게 '얘들아, 지금 우리가 사는 세상은 똥이란다'라고 말할 수 없다. 그는 여전히 아이들에게 별과 얘기하는 즐거움을 말해야 하고 나무의 언어를 번역해 낸 고금동서의 문학 텍스트들을 읽혀야 한다. 그는 아이들이 나무와 숲과 풀잎의 숨결에 귀 기울이게 해야 하고, 조이스 킬머처럼 '지빠귀 둥지 머리에 이고 / 두 팔 높이 들어 기도하는 나무'를 보게 해야 하며 비 오는 날에는 비와 생명의 큰 순환에 대해 말해야 한다.

그런데 그 아이들의 머릿속에는 '비 맞으면 안 돼'라는 어머니의 당부가 깊이 박혀 있다. 그런 아이들을 상대로 비의 서정을 말하고 그 서정을 담은 작품을 읽히고, 비와 함께 숨 쉬는 세계의 삶을 얘기할 때 교사는 아이들이 느낄 정서의 혼란과 괴리를 무슨 수로 메우는가? 아니, 그는 이 경우 시적 정서 자체의 부적절성이라는 문제를 어떻게 처리할 것인가. 바깥 세계야 어찌 되든 막무가내로 '이건 아름다운 시야, 그렇지?'라며 비가 두려운 아이들에게 우격다짐으로 비의 시를 외우게 할 것인가. 그럴 수 없다. 한 아이가 일어나 '우리 엄마가 비 맞으면 안 된다고 했는데요' 라며 어린이다운 언어로 문학 작품과 현실의 맞지 않음을 고발하고 나선다면? 아이들은 잠자코 있을 때에도 결코 잠자코 있는 것이 아니다. 자기들 내부에 발생한 혼란을 처리할 수 없어 아이들은 갑자기 딸꾹질을 시작할지 모르고 교사 역시 (그가 교사다운 교사라면) 자기 언어가 일으킨 이상스런 혼란의 효과 앞에서 아이들보다 더 심한 딸꾹질을 하게 될지 모른다. 문득 교사는 현실 세계의 비가 일으키는 두려움의 정서에 그 자신 특별히 '둔감' 하지 않고서는 비의 서정을 담은 시 텍스트를 아이들에게 읽힐 도리가 없다는 곤혹스런 문제에 직면한다. 정서 교육을 담당한 문학 교사가 오히려 현실 정서에는 가장 둔감해야 한다는 괴이한 모순 앞에 그는 노출되는 것이다.

이 낭패스러움, 이 처리 곤란한 딸꾹질의 대두는 문학과 문학 교육이 오늘날 자연 생태계의 재난을 외면할 수 없게 된 절박한 사정의 일단을 말해 준다. 자연에 발생한 재난은 곧바로 문학의 재난이며, 자연의 수난은 곧장 문학 자체의 수난이다. 그 가장 본질적인 차원에서 문학과 자연은 서로 별개의 우주에 있는 것이 아니다. 문학예술은 궁극적으로 삶과 생명에 대한 긍정이고 이 긍정은 자연이 보장하는 생명의 큰 테두리 속에 있다. 그 테두리가 무너지고 생명의 큰 사슬이 깨어져 나가는 순간 문학 또한 존립 불가능의 위기에 직면한다. 지상에서의 삶 자체가 위협받는 시간에 문학이 제 혼자만의 안전을 보장받을 동굴은 없다. 자연에 발생한 궁핍과 박탈, 왜곡과 파괴는 문학 자체의 궁핍화이고 그 가능성의 박탈이며 죽음의 예고이다. 이런 사실은 오늘날 생태계의 재난 앞에서 문학 교육이 그 내용과 방법, 목표를 재검토할 필요가 있다는 사실뿐 아니라 '페다고지의 혁명' 이라 부를 만한 어떤 새로운 문학 교육 프로그램의 개발 필요성을 제기한다. ⑯

페다고지 교육학.

작 품 이 해

이 글이 탐구하는 화제는 문학 교육의 문제점이다. 변화된 현실 속에서 문학 교육은 제 역할을 하지 못하며, 따라서 새로운 패러다임의 변화가 절실히 필요하다는 주장이다. 이 주장을 위한 필자 도정일의 현실 인식은 '시인은 숲으로 가지 못한다'는 제목에 잘 나타나 있다.

'눈 내리는 밤의 아름다움'이나 '비 오는 날의 서정'이 사라져 버린 시대에 그 아름다움을 노래하는 시를 읽고 가르치는 것은 가능한가라는 질문으로 이 글은 시작된다. 프로스트의 시는 아름다우나, 오늘날의 독자는 숲으로 달려가지 않으며, 숲 또한 예전의 아름다운 숲이 아닌 시대를 우리는 사는 것이다. 그렇게 달려갈 수 있는 사람은 '제정신이 아닌 사람'만이 그럴 수 있다는 것이다. 독자의 정서와 시인의 정서 사이에 괴리가 생겨 버린 것이다. 지금은 적어도 모태인 자연을 잃어버린 시대이기 때문이다. 이는 다른 한편으로 시인 자신의 감성 분열과 상상력의 파탄을 불러일으키기도 한다. 시인 역시 '똥물'을 보며, '똥통'이 되어 버린 세계 속에서 여전히 숲과 함께 살고 있다는 착각을 필요로 한다는 것이다.

이는 문학 교육의 장에서 다시금 반복된다. 여기에서 선생님은 시인의 감성을, 학생들은 독자의 감성을 대변한다. 시적 정서 자체가 달라져 버렸는데도 선생님은 구태의연하게 마치 아무 일도 없었다는 듯이 말하고 있다는 것이다. 아름다움을 강요하는 셈이다. 생태계의 재난은 이처럼 현실의 문학 교육조차 무기력하게 만들어 버린 것이다. 그 현실을 벗어나 동굴 속에서 예전 그대로의 방식으로 문학을 가르칠 수는 없다는 주장이다.

물론 이 글의 뒤에 대안이 제시된다. 그러나 여기까지는 비관적인 현실의 문제점을 드러내는 데에 주력한다. 비판적인 문제 제기 역시 필요하고 또 소중하다. 아픔을 자각하지 못하면 병은 더욱 깊어진다. 상처와 부끄러움이야말로 문제를 해결할 수 있는 힘이 되기 때문이다. 글쓴이 도정일이 구사하는 '똥물'과 '똥통'을 비롯하여 조롱과 위악적인 문체 속에 현실에 대한 치열한 비판이 담겨 있음을 주목해 보아야 할 것이다.

 활 동

1. '시인이 숲으로 가지 못하는' 까닭은 무엇인가?
2. 생태계와 문학이 연결되는 논리적 고리를 설명해 보자.
3. 어떤 문학 교육을 받고 싶은지 자신의 생각을 써 보자.

예술과
비평

　　고등학교 국어 교육 과정에서 반드시 배워야 할 장르는 비평이다. 중학교에서는 단순히 비평 글을 읽는 것에 그친 반면 고등학교에서는 비평 글을 소박한 수준으로나마 써 보는 것이 반드시 필요한 활동이다. 이른바 비평적인 에세이를 쓸 수 있어야 한다. 이는 단순히 문학 작품을 읽고 쓰는 것에서 더 나아가 거의 모든 예술 장르를 대상으로 글쓰기를 해 보아야 한다는 것이다.

　　비평이란 작품에 관해 평가한 글이다. 그러나 단순한 평가가 아니라 작품의 감동이나 아름다움이 어디에서 오는 것인가를 명료하게 밝히는 글이기도 하다. 따라서 비평은 작품과 독자 혹은 감상자 사이에 다리를 놓는 일과 같다. 해석과 평가야말로 비평의 핵심적인 요소라 할 수 있다.

　　비평은 어쩔 수 없이 주관적이다. 그렇기에 오히려 객관적이기 위한 다양한 논리적 근거를 통해 설득력을 갖추어야만 한다. 그렇다고 자신의 주관인 작품을 바라보는 정서나 관점, 삶의 철학을 도외시할 수 없다. 주관적이면서도 객관적이고, 객관적이면서도 주관적인 글이 비평의 특성인 것이다.

　　좋은 비평을 쓰기 위해서는 많은 경험이 필요하다. 경험을 바탕으로 하고, 그 경험을 설명하기 위한 지적 노력을 함께 기울여야 한다. 심미적 경험과 함께 그 경험을 설명하고자 하는 노력이 필요한 것이다. 이를 위해 다음과 같은 절차가 도움이 될 것이다. 비평 글을 쓰기 이전에 생각해 보고, 이를 바탕으로 글을 쓰면 한층 좋은 글이 나올 것이다.

- 비평의 대상이 되는 작품
- 작품을 선정한 이유
- 작품의 내용
- 작품의 형식
- 작품과 관련된 흥미로운 이야기
- 작품과 관련된 개인적인 경험
- 작품에 대한 생각이나 느낌

이와 같은 요소들을 활용하여 한 편의 완성된 글을 쓴다면 언제 어디서나 좋은 비평적 에세이를 쓸 수 있을 것이다. 꼭 몇 차례에 걸쳐 연습을 해 보길 권한다.

저 혼자 깊어 가는 느림의 시선
—강희안의 〈고사관수도〉
이성희

강희안의 〈고사관수도〉, 종이에 수묵, 37.6×31.3cm 국립중앙박물관 소장

읽 기 전 에

1. 게으름도 미덕이 될 수 있을까?

2. '고사관수도(高士觀水圖)'란 제목의 의미를 추측해 보자.

누군가, 저렇게 무심한 표정, 에누리 한 푼 없는 완벽한 안일(安逸)의 자세로 세상을 볼 수 있는 사나이는? 자연 속에서 사람의 자세가 저토록 자연스러워 보일 수 있다는 것이 자못 경이롭기까지 하다. 강희안(姜希顔)의 〈고사관수도(高士觀水圖)〉에 우리도 잠시 마음을 기울여 보자. 그렇다. 잠깐의 여유, 바쁜 모든 일거리를 잠시 미루어 두고 느리게, 좀 더 느리게 그림 속으로 들어가 보자.

　그림 속의 선비는 한없이 게으른 이임에 틀림없다. 젊은 날을 지새우게 만든 불같은 야심도, 가난한 마누라의 바가지도 이제 그는 아랑곳하지 않는 듯하다. 그 흔한 시동(侍童)도 한 명 없이 혼자 엎드려 있다, 저 우주의 복판에. 저 완전한 게으름, 저 완상한 정신의 자유.

　시와 글씨와 그림 모두에 뛰어나서 삼절(三絶)로 불린 이 그림의 작가 강희안 또한 게으른 선비였다. 성현은 「용재총화」에서 그를 이렇게 평했다.

　　성품이 나약하고 게을러서 조정에 다달이 내는 시문(詩文)도 종종 짓지를 않았다.

　게으름은 나약과 통하는 법. 게으름은 악의 근원이다. 우리는 이렇게 배워 왔다. 이솝의 「개미와 베짱이」 우화는 어린 우리의 마음속에 지워지지 않는 율법을 새겨 놓았다. 게으름은 가난과 죽음에 이르는 병이다. 하지만 정녕 그런가?

　지난 20세기의 위대한 지성 가운데 한 사람으로 꼽히는 러셀의 생각은 좀 다른 것 같다. 「게으름에 대한 찬양」이라는 뛰어난 에세이에서 그는 놀랍게도 행복에 이르는 길은 좀 더 게을러지는 것이라고 역설하고 있다. 게으름 속에서 우리는 자신의 내면을 돌아볼 수 있다.

　사실 "노동은 미덕이다"라는 황금률은 끊임없이 노동에 대한 환상을 만들어 낸다. 그 환상 속에서 우리는 쉴 사이 없이 일하고, 숨 돌릴 틈 없이 달린다. 무엇을 위한 것인지, 어디로 가는 것인지도 모른 채.

강희안은 달랐다. 그는 「양화소록(養花小錄)」이라는 글에서 "사람이 한 세상 태어나 명예와 이득에 골몰하여 분주히 힘쓰다가 지쳐도 늙어 죽도록 그치지 않는 것은 과연 무엇을 위함인가?"라고 진지하게 묻고 있다. 그 질문은 오늘에 와서도 여전히 유효하다.

우리에게는 정말 게으르게 살 권리가 없는 것일까? 적어도 〈고사관수도〉의 선비는 게으르게 지낼 권리를 당당하게 몸으로 주장하고 있다. 그는 바쁘지 않다. 그저 두 팔에 턱을 괴고 바위에 엎드린 듯한 자세로 물을 바라볼 뿐이다. 물은 고인 못 같기도 하고 조용히 흐르는 냇물 같기도 하다.

그는 물을 몽상(夢想)한다. 몽상은 느리다. 느린 시선과 관조 속에서만이 물풀의 수런거림, 잔물결 위에 춤추는 공기, 수심(水心)으로 자맥질치는 먼 기억의 박동을 느낄 수 있다. 그리하여 어느덧 우주의 심연에 닿기도 하는 것이다.

처음에 이 그림을 대하면 좀 갑갑해 보인다. 흔히 동양 산수화에서는 사람이 보이지 않을 정도로 넓은 시계(視界)를 확보하면서 화면의 윗부분은 시원하게 여백으로 처리한다. 그러나 이 그림은 사람을 클로즈업하면서 화면의 위를 큰 잎과 덩굴들로 막아 두었다. 이것은 시선이 위로 확산되는 것을 막으면서 자연스럽게 시선을 아래로 떨어뜨리기를 요구한다. 무한한 공간으로의 확산이 아니라 클로즈업되어 있는 선비의 내면으로 집중할 것을 요구한다. 굵은 붓으로 대담하게 처리한 절벽과 바위의 무게 또한 이러한 느낌을 돕고 있다.

화면 윗부분의 바위에서 수면까지 죽 삐쳐 내린 한 줄기 덩굴도 보는 이의 시선을 아래로 이끈다. 그리하여 우리의 시선은 비로소 흐릿한 물안개 같은 수면에 닿는다. 수면은 선비의 몽상의 어귀다. 어찌 보면 그림 전체가 선비의 내면세계를 표현하고 있는 듯도 하다.

물은 무엇인가. 물은 언제나 창조의 원천, 생명의 근원을 상징한다. 그리하여 물은 생명의 근원으로 거슬러 올라가 신화 속의 여인을 불러온다. 동

명왕을 낳은 유화 부인이 물의 신 하백(河伯)의 딸이며, 박혁거세의 부인인 알영이 우물에서 나왔다는 이야기를 우리는 들은 적이 있다. 무엇보다 우리 모두 어머니의 양수 속에서 태어났음을 누가 모르랴.

그러나 물은 또한 죽음에도 닿는다. 물은 모든 생명을 싣고 무심하게 세상 저 끝으로 흘러가는 것이다. 동양이든 서양이든 사자(死者)는 물을 건너 저승의 세계로 들어간다. 강희맹이 그린 〈독조도(獨釣圖)〉를 보자. 마른 나무가 쓸쓸히 서 있는 강 언덕, 그 아래 강물의 흐름에 몸을 맡기고 있는 노인은 무엇을 낚고 있을까? 죽음을 넘어 물의 흐름, 세월의 흐름을 낚고 있는가? 선비의 몽상은 물을 따라 어디에 이르고 있는가?

우리가 물이 되어
─강은교

우리가 물이 되어 만난다면
가문 어느 집에선들 좋아하지 않으랴.
우리가 키 큰 나무와 함께 서서
우르르 우르르 비오는 소리로 흐른다면.

흐르고 흘러서 저물녘엔
저 혼자 깊어지는 강물에 누워
죽은 나무뿌리를 적시기도 한다면
아아, 아직 처녀인
부끄러운 바다에 닿는다면.

그러나 지금 우리는
불로 만나려 한다.

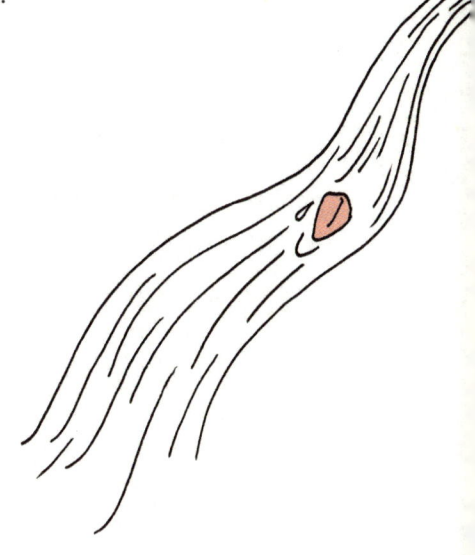

벌써 숯이 된 뼈 하나가
세상에 불타는 것들을 쓰다듬고 있나니.

만리 밖에서 기다리는 그대여
저 불 지난 뒤에
흐르는 물로 만나자.
푸시시 푸시시 불꺼지는 소리로 말하면서
올 때는 인적 그친
넓고 깨끗한 하늘로 오라.

　강은교의 물은 가문 집을 적시고, 키 큰 나무를 적시고, 그리고 흐르고 흐르다가 마침내는 깊어져서 죽은 나무의 뿌리를 적신다. 아아, 그러나 죽음은 끝이 아니다. 삶과 죽음 모두를 껴안고 있는 아직 처녀인 바다가 그 너머에 있는 것을.
　강은교의 바다가 무엇인지 사실 누구도 알 수 없다. 그리고 선비의 몽상이 어디에 닿고 있는지도 우리는 모른다. 그것이 죽음이든 또 다른 무엇이든, 선비의 한가롭고 담담한 표정은 그 모두를 거부하지 않을 듯하다. 그는 그 모두를 편안하게 그리고 게으르게 향유할 작정인가 보다.
　화가는 바위의 윤곽선과 선비의 윤곽선을 구별하지 않았다. 얼굴의 선과 옷 주름 몇 가닥을 지운다면 선비의 윤곽선은 그대로 바위의 윤곽선이 된다. 그는 이미 하나의 자연스러운 바위인 것이다. 이것이 어쩌면 선비의 게으르고 느린 몽상이 닿은 끝자리일지도 모르겠다. 저 옛적의 위대한 몽상가인 장자(莊子)는 이러한 자리를 가리켜 '물아일체(物我一體)'라고 하였다. ⑯

작 품 이 해

〈고사관수도(高士觀水圖)〉는 강희안의 그림이다. 강희안은 조선 세조 때 문신이자 서화가다. 시와 그림, 글씨에 모두 뛰어난 재능을 보여 삼절(三絶), 곧 세 가지 모두에 빼어난 인물로 이름이 높았다. 강희안이 그린 이 그림의 제목인 '고사관수도(高士觀水圖)'는 고사가 물을 바라보는 모습을 그린 그림이란 뜻이다. 여기에서 고사는 인격이 높고 성품이 깨끗한 선비, 특히 산속에 숨어 살며 세속에 물들지 않은 덕망 있는 선비를 일컫는다.

이 글을 쓴 필자는 그림에서 인물이 어떤 욕망도 없이 편안함 그 자체로 물끄러미 물을 내려다보는 정경에 초점을 맞추고, 이를 게으름에 대한 찬양과 연결한다. 애초 이 그림을 그린 강희안 역시 게으른 선비였음에 착안한다. 「용재총화」로 잘 알려진 성현은 강희안을 "성품이 나약하고 게을러서 조정에 다달이 내는 시문(詩文)도 종종 짓지를 않았다."고 묘사한다. 그러나 정작 강희안 자신은 달리 생각했던 듯하다. 그는 "사람이 한세상 태어나 명예와 이득에 골몰하여 분주히 힘쓰다가 지쳐도 늙어 죽도록 그치지 않는 것은 과연 무엇을 위함인가?"라고 진지하게 물었다고 한다. 그러니 이 그림은 자화상을 그린 것이다.

그림에 대한 분석에서 필자는 먼저 여백 없이 화면을 꽉 채운 구도에 주목한다. 그리고 이 구도가 공간으로의 확산이 아니라 인물의 내면에 집중할 것을 요구하는 것이라고 한다. 또한 인물의 시선을 따라갔을 때 닿게 되는 수면 역시 선비의 내면세계와 연결된다고 본다. 물의 흐름을 들여다보며, 세월의 흐름을 무심히 관조하는 인물에 그림을 바라보는 사람들이 가 닿기를 희망하는 것이다.

〈고사관수도〉에 대한 이 비평 글은 쉼 없는 노동과 게으름 속에서의 성찰을 대조적으로 설정하고 있다. 그러나 정작 주제를 드러내는 데 골몰한 나머지, 그림에 대한 깊이 있는 설명은 부족한 편이다. 그리고 마지막 부분에 끌어들인 강은교의 시 역시 그림의 초점과 잘 맞지 않는다. 그러니 비평글 또한 주눅 들지 말고, 비판적인 관점에서 스스로를 세워 나가며 읽어야 할 것이다.

 **활 동**

1. 오늘날의 현실에 비추어 보았을 때 러셀의 주장이 지닌 의미는 무엇인가?
2. 이 글이 그림을 비평하면서 언급한 그림의 요소들은 무엇인가?
3. 한 폭의 그림을 선택하여 인상적인 느낌을 잘 드러내는 비평 글을 써 보자.

진경산수화의 대가, 정선
박지현

읽 기 전 에

1. 진경산수화란 무엇인가?

2. 조선 시대의 화가 이름을 아는 대로 열거해 보자.

안녕하세요? 여러분을 만나 뵙게 되어 아주 기쁩니다. 오늘 제가 여러분께 말씀드릴 내용은 정선이라는 한 화가의 이야기입니다.

그런데 여러분, 정선에 대한 강의를 시작하기 전에 질문을 하나 드려 볼까 합니다. 조선 시대의 화가 하면 어떤 이름이 떠오르시나요?

역시 김홍도나 신윤복을 많이 꼽으시는군요. 그들이 조선 시대를 대표하는 화가임은 분명합니다. 그러나 오늘의 주인공인 정선도 그들 못지않게 우리 미술사에 큰 획을 그은 사람입니다. 그는 진경산수화의 대가로 우리 미술사에서 높이 평가되고 있습니다.

진경산수화란 실제 경치를 그린 그림을 말합니다. 눈앞에 펼쳐진 경치를 그렸기 때문에, 관념 속의 이상적인 산수를 그렸던 이전 그림들과는 차이가 있습니다. 그렇다고 해서 진경산수화가 풍경을 사진 찍듯이 그린 것은 아닙니다. 실제 경치를 바탕으로 하면서도 그림 속에 자연의 진실과 그림 그리는 이의 감동까지 담아냈기 때문입니다. 그래서 진경산수화는 현대인의 눈에는 풍경 사진과 비슷하면서도 어딘가 달라 보입니다.

정선은 조선 후기의 인물입니다. 그는 양반 가문에서 태어났지만, 어릴 때는 끼니조차 거를 만큼 가난했습니다. 성장한 후에는 관직을 얻었지만, 가족을 겨우 부양할 정도의 미관말직에 지나지 않았습니다.

그렇지만 그의 그림 실력만큼은 당대에 널리 인정받았습니다. 또 후대의 화가들도 그의 화풍을 추종하였습니다. 그 결과 그의 화풍이라 할 수 있는 '진경산수화'는 우리나라 미술사를 대표하는 전통 가운데 하나로 오늘날에도 인정받게 되었습니다. 그가 이와 같은 경지에 이를 수 있었던 이유는 무엇일까요?

저는 예술을 향한 정선의 굳센 의지가 가장 근본적인 이유라고 생각합니다. 그는 좋은 그림을 그리기 위해 같은 곳을 여러 차례 찾았고, 눈앞에 펼쳐진 아름다운 자연을 화폭에 옮기려는 의욕을 한순간도 버리지 않았습니다.

또한 그의 그림은 주변 사람들의 학문과 취향을 적극적으로 흡수한 결과

이기도 합니다. 그의 스승 김창흡은 이름난 학자였지만, 동시에 여섯 번이나 금강산에 올랐던 풍류객이기도 하였습니다. 정선은 김창흡의 집을 드나들며 학문을 닦고 그림을 얻어 보며 성장하였습니다.

정선이 처음으로 금강산에 간 것도 김창흡과 함께였습니다. 정선은 또한 스승의 집에서 평생의 지기 이병연을 만나게 됩니다. 이병연과의 교유는 정선이 예술 세계의 폭을 넓히는 데 큰 도움이 되었습니다.

정선은 36세가 되던 1711년에 처음 금강산에 올랐는데, 이때 처음으로 금강산을 화폭에 담았습니다. 이후 그는 충청도, 경상도, 경기도 일대를 여행하면서 조선의 산수가 지닌 아름다움에 눈뜨게 됩니다. 이런 경험들은 그가 진경산수화의 화풍을 만드는 데 밑바탕이 되었을 것입니다.

첫 번째 금강산 여행에서 그린 〈금강내산총도(金剛內山總圖)〉에도 정선 특유의 화풍이 보입니다만, 이 그림은 아직 본격적인 진경산수화라고 하기는 어렵습니다. 그림을 직접 보실까요?

정선의 〈금강내산총도〉, 비단에 수묵, 36×37.4cm, 1711, 국립중앙박물관 소장

그림에 적혀 있는 작은 글씨들이 보이시나요? 이 글씨들은 봉우리의 이름입니다. 계곡 사이에 작은 길도 뚜렷이 보이시지요? 이것은 이른바 '회화식 지도'에서 흔히 찾아볼 수 있는 특징들입니다. 회화식 지도란 당시에 지도를 작성할 때 사용하던 방법 가운데 하나입니다. 이런 방법을 활용했기 때문에 〈금강내산총도〉는 오늘날의 여행 안내도와 같은 느낌도 줍니다. 진경산수화와는 약간 거리가 있다고 할 수 있습니다.

이런 여행 안내도 같은 인상을 확연히 벗겨 내고 정선의 모든 역량을 한눈에 볼 수 있게 하는 작품이 바로 지금 보시는 〈금강전도(金剛全圖)〉입니다. 이 그림은 정선의 최고 걸작품 가운데 하나로 손꼽힙니다.

어떻습니까? 차이가 느껴지십니까? 꼭 꼬집어 설명하기는 어렵지만 〈금강내산총도〉보다 뭔가 웅장해지고, 그러면서도 완연히 부드러워진 느낌이 들지 않습니까? 이 그림은 정선이 59세가 되던 1734년에 그린 것입니다. 그러니까 두 그림 사이에는 20여 년의 차이가 있습니다.

〈금강전도〉를 좀 더 자세히 살펴볼까요? 먼저 여기서 정선은 거대하고 웅장한 금강산을 마치 새가 하늘에서 내려다보는 듯이 그렸습니다. 이러한 표현법을 가리켜 부감법(俯瞰法)이라고 합니다. 이 그림이 금강산을 한눈에 내려다보는 느낌을 주는 것은 바로 이 기법을 활용했기 때문입니다.

또한 이 그림은 동양화의 다양한 필법을 다채롭게 구사하고 있습니다. 그림의 왼편에는 흙산이 있고, 오른편에는 뾰족하게 솟은 봉우리가 흙산을 감싸고 있습니다. 정선은 흙산을 그릴 때에는 부드러운 느낌을 주는 피마준과 미점을 쓰고, 뾰족한 봉우리를 표현할 때에는 날카로운 느낌을 주는 수직준과 상악준을 썼습니다. 그는 중국 남종화에서 많이 사용하는 피마준이나 미점의 기법들을 다른 기법들과 결합하여 자신만의 특유한 화풍을 만들어 내고 있습니다.

이 그림의 또 다른 특징은 음양의 조화 원리를 이용했다는 것입니다. 〈금강전도〉에서는 강함과 부드러움, 수직과 수평, 점과 선, 흰빛과 검은빛

정선의 〈금강전도〉, 국보 제217호, 종이에 담채, 94.5×130.8cm, 1734, 삼성미술관 Leeum 소장

등이 완벽한 조화를 이루고 있습니다.

진경산수화풍의 작품을 조금 더 감상해 볼까요?

정선은 한강을 비롯한 서울과 경기도 일대의 경치를 담은 진경산수화도 많이 남기고 있습니다. 정선이 64세가 되던 1739년에 그린 〈청풍계도(淸風 溪圖)〉를 살펴봅시다. 흔히 이 작품은 과감한 필묵법이 잘 드러나 있다고 평가됩니다.

청풍계란 지금의 서울 인왕산 아래 청운동 일대를 가리키는 말입니다. 당시에 여기에는 김상용이라는 문인의 집이 있었는데, 그 집 바로 옆에는 정선의 외갓집이 있었습니다. 이런 이유로 정선은 이 일대를 그린 작품을 여럿 남기고 있습니다. 잠시 그림을 감상해 볼까요?

그림에 담긴 경치가 실제 풍경과 얼마나 가까울까요? 당시 청풍계에 있던 김상용의 집에는 세 개의 연못이 있었고, 계곡에서 흘러내린 물이 그곳에 모여들었다고 합니다. 〈청풍계도〉와 상당히 비슷한 풍경이었을 것입니다.

이 그림의 표현 기법을 한번 살펴봅시다. 검게 칠해진 바위가 인상적인데요, 이처럼 붓에 먹을 잔뜩 묻혀 문지르듯 힘 있게 긋는 표현법을 묵찰법(墨擦法)이라고 합니다. 이 기법 역시 정선이 즐겨 사용하던 것입니다.

한편, 1751년 5월 25일, 지루하게 내리던 비가 멈추자 76세의 정선은 노구를 이끌고 인왕산이 마주 보이는 북악산에 올랐습니다. 그리고 흰 구름이 뭉게뭉게 피어오르는 인왕산 자락의 한 초가집을 바라보았습니다. 그 집은 정선의 가장 친한 친구인 이병연의 집이었습니다.

당시 이병연은 큰 병을 앓고 있었는데, 정선은 친구를 잃을지도 모른다는 슬픔을 달래며 산에 올랐던 것입니다. 이때 그린 작품이 바로 정선 말년의 걸작인 〈인왕제색도(仁旺霽色圖)〉입니다.

그림의 분위기는 어떤가요? 전체적으로 무겁기는 하지만, 한편으로는 차분하고 투명한 분위기가 드러납니다. 가장 가까운 벗의 죽음을 앞두고 있다는 사실은 큰 충격이지만, 그런 상황을 한 생명이 이제 자연으로 돌아가는 것이라고 차분하게 받아들일 수도 있었을 것입니다.

이 그림에는 바로 이런 복합적인 감정이 절실하게 표현되어 있습니다.

작품의 기법을 조금 더 들여다보면, 알파벳 티(T) 자 모양의 소나무 표현, 화면에 꽉 차는 구성과 강한 필묵법, 근경(近景)에 중요한 사물을 집중적으로 부각하는 방식 등이 보입니다. 이런 기법들이 정선의 독특한 화풍을 형성하는 요소라고 할 수 있습니다.

　이상으로 정선의 작품들을 함께 살펴보았습니다. 이제 처음에 말씀드렸던 문제, 그러니까 정선이 예술적 경지에 오를 수 있었던 이유에 대해 다시 한 번 살펴볼 수 있을 것 같습니다.

　정선은 잘못된 관습이나 사고에 얽매이지 않으려고 했던 사람입니다. 그는 양반이 그림으로 이름나는 것을 부끄럽게 생각하던 시대에 태어났지만, 이런 편견에 굴하지 않았습니다. 신분에 얽매이지 않고 많은 사람들과 교류하면서, 정선은 자신의 예술 세계를 더욱 깊고 다양하게 펼쳐 갈 수 있었던 것이지요.

　정선의 진경산수화는 옛것을 통해 새로운 것을 창조하는 법고창신(怯古創新)의 결과물이라고 평가할 수 있습니다. 우리가 여러 편의 그림에서 살펴보았듯이, 정선이 인습과 편견에 얽매이지 않고 옛것을 존중하면서도 나쁜 점을 가려내고 이에 새로운 것을 창조적으로 결합해서 자신의 화풍을 이루었기 때문입니다.

　이것으로 제가 오늘 준비한 내용은 모두 말씀드렸습니다. 미술 작품의 아름다움을 감상하고 그 속에 숨겨진 가치를 발견하는 것은 단순한 즐거움 이상의 감동을 느끼게 합니다. 그러나 이러한 감동은 쉽게 얻어지지 않습니다. 이를 위해서는 예리한 감수성과 역사적 지식도 갖추어야 합니다.

　하지만 '천 리 길도 한 걸음부터' 라는 말이 있습니다. 오늘 제 강의를 들으신 여러분이 정선의 진경산수 세계에 한 걸음 더 깊이 들어갈 수 있다면 정말 기쁘겠습니다. 이것으로 강의를 모두 마치겠습니다.

　경청해 주셔서 감사합니다. ⊗

이 글은 박지현의 강연을 옮겨 적은 것이다. 먼저 인사말과 함께 강연의 대상인 정선을 소개하고 '진경산수화'의 개념과 함께 정선의 생애를 간략하게 언급한 다음, 정선의 주요 작품들을 해설하고 마무리를 짓는다.

정선은 무엇보다 진경산수화의 대가로 잘 알려져 있다. 진경산수화란 글에서 설명한 대로, 실제 경치를 그렸기에 관념 속 이상적인 산수를 그렸던 이전 그림과는 다르다. 이처럼 정선이 새로운 화풍을 개척할 수 있었던 것은 무엇보다 예술을 향한 굳센 의지와 주변의 학자, 예술가와의 폭넓은 교유 또한 한몫을 하였다.

이러한 정선의 그림 세계를 한눈에 볼 수 있는 작품이 〈금강전도〉이며, 이는 정선의 작품 가운데 최고라 할 수 있다. 웅장한 금강산을 새가 하늘에서 내려다보는 듯한 부감법으로 그린 〈금강전도〉에는 강함과 부드러움, 수직과 수평, 점과 선, 흰빛과 검은빛 등 음양의 조화가 완벽하게 표현되어 있다. 이와 함께 〈청풍계도〉, 〈인왕제색도〉 또한 탁월한 그림이다. 박지현은 정선의 진경산수화가 옛것을 통해 새로운 것을 창조하는 법고창신의 결과물이며, 잘못된 관습이나 사고에 얽매이지 않는 자유분방함이 정선의 화풍을 만들어 냈다고 말한다.

정선은 조선 후기 우리 한국화의 새로운 전통을 만들어 낸 뛰어난 인물이다. 그가 있었기에 우리는 단원 김홍도나 혜원 신윤복과 같은 이들의 작품뿐만 아니라, 산수화라는 전통적인 양식을 새롭게 발견할 수 있었다.

활 동

1. 정선이 독자적인 예술 세계를 확립한 근본적인 원인은 무엇인가?
2. 진경산수화의 특성은 무엇인가?
3. 정선의 대표작인 〈금강전도〉에 나타난 대립적인 요소들을 찾아보자.

조선 호랑이의 기상

오주석

읽 기 전 에

1. 호랑이가 등장하는 대표적인 문학 작품이나 미술 작품을 떠올려 보자.
2. 우리나라 호랑이의 특징은 무엇인가?

김홍도의 〈송하맹호도〉, 비단에 담채, 90.44 × 43.8cm, 조선 후기, 호암미술관 Leeum 소장

이 호랑이 그림 좀 보십시오. 이 그림은 누가 봐도 정말 엄청나게 잘 그렸다는 것을 한눈에 알 수 있죠. 정말 잘 그리지 않았습니까? 단언하지만 전 세계에서 가장 훌륭한 호랑이 그림이 분명합니다! 국보 지정은 되어 있지 않지만…… 이 작품은 당연히 국보급인데, 그것도 그냥 국보급이 아니라 이를테면 초국보급 작품입니다. 이게 사실은 1m도 안 되는 작은 그림이거든요. 그런데도 보는 이를 압도하는 기세가 화폭에 충만합니다. 이런 동물 그림이나 화조화(花鳥畵) 같은 그림을 보실 때에는 그려진 형태, 즉 호랑이며 소나무 등을 보기 전에, 우선 여백부터 살펴보세요. 다리 좌우의 여백이 오른편에서 왼편으로 하나 둘 셋 하고 점차 커지죠? 소나무 잔가지의 여백

도 아래서 위쪽으로 또 하나 둘 셋 커집니다. 굵고 긴 꼬리로 나누어진 여백 또한 엇비슷한 크기로 하나 둘, 그렇게 해서 모두 여덟 개의 균형 잡힌 여백이 화폭 바깥쪽에 딱 포진을 하고, 육중한 호랑이 몸통 위에는 또 그만큼 크고 시원스럽게 터진 여백이 한가운데 떡하니 자리 잡았습니다. 호랑이는 어슬렁거리다가 느닷없이 쓰윽 하고 머리를 내리깔았는데 그 굽어진 허리의 정점이 그림의 정중앙을 꽉 누릅니다. 화폭이 호랑이로 가득 찼지요? 구성이 기가 막힙니다. 절로 위엄이 넘칩니다.

세계 최고의 호랑이 그림

이 작품이 세계 최고의 호랑이 그림이라는 제 말은 절대 과장이 아닙니다. 왜냐? 첫째는 조선 호랑이 자체가 지구상에서 가장 크고 아름다운 동물 가운데 하나이기 때문입니다. 벵갈 호랑이 같은 열대 호랑이도 있지만, 열대 범은 조선 범보다 애초 체구도 작고, 더운 지방에 사는 탓에 귀가 큽니

다. 체열을 방출해야 하니까요. 그래서 새끼 범처럼 멍청해 보이죠. 터럭도 촘촘하지 않고 성글면서 짧습니다. 문양이 우리 조선 범만큼 아름다울 일이 없지요! 우리나라 범은 추운 한대 지방에서 오래 적응하면서 살아왔기 때문에 크기도 가장 클 뿐만 아니라, 그 문양의 아름다움이 어디에도 비할 데가 없습니다. 둘째, 생태 면에서 보면 우리나라는 과거 호랑이가 지천으로 많았던 나라입니다. 정조 때도 지금 남태령 고개 같은 곳은 밤에 범이 무서워서 넘을 수 없었다는 기록이 남아 있습니다. ○○대 앞 아현 고개도 마찬가지고요. 또 우리 야담 속에서 주인공으로 가장 많이 등장하는 동물도 단연 호랑이였습니다. 더구나 우리 건국 신화를 보십시오. 호랑이는 단군 할아버지와 함께 등장하는 친구가 아니라, 바로 단군의 어머니인 웅녀와 동창이었습니다! 아름다운 호랑이가 그토록 많았고 또 역사적 · 문화적 연원까지 깊다 보니, 조선 사람이 전 세계에서 가장 아름다운 호랑이 그림을 그릴 수밖에 없는 조건은 다 갖추어진 셈입니다.

어떻게 생겼나 찬찬히 보십시오. 조선 범의 특징은 조선 사람을 꼭 빼닮았다는 것인데 허리가 길고 다리는 짧습니다. 한국인이 세계적으로 팔다리가 짧다는 것, 바꿔 말하면 동체가 가장 큰 편에 속하는 체형을 가졌다는 사실을 아십니까? 우리 조상들은 수만 년 동안 추운 시베리아 산악 지대를 거쳐 이동했기 때문에 팔다리가 길었던 사람들은 적응하지 못하고 빨리 죽었습니다. 체열을 많이 빼앗겼기 때문이지요. 그들은 격리되었을 때 생존 가능성이 적었습니다. 그리고 수염이 많지 않은 것도 이유가 있습니다. 서양 사람처럼 턱수염이 많으면 겉보기엔 따뜻할 것 같지만, 그게 아니라 거꾸로 콧김이 나와서, 이게 수염에 엉겨 붙으면 생명이 위태롭습니다. 한국 사람은 터럭이 적고 다리는 짧아요. 눈이 작은 것도 같은 극한지(極寒地) 환경에 적응한 데서 나온 겁니다. 조선 범은 귀가 다부지게 작아 당찬 느낌을 주며, 꼬리가 아주 굵고 길어서 천지를 휘두를 듯한 기개가 있습니다. 그리고 발이 소담스럽게 크지요. 이렇게 육중하면서도 동시에 민첩하고 유연해 보이는데 그 얼굴은 위엄이 도도하다는 느낌을 줍니다. 겉으로만 으르렁거리며 무섭게 보이는 여느 호랑이 그림과는 완연히 다릅니다. 우리 주변에서 흔히 보는 호랑이 그림들은 뾰족한 바위 위에서 달빛을 받으며 '어흥' 하고 입을 벌려 주홍빛 혓바닥과 날카로운 이빨들을 내보이는 그림이 많은데, 그건 일본식 그림입니다. 우리식 그림이 아니에요!

일본 열도에는 호랑이가 없습니다. 대신 원숭이가 많이 자생하지요. 그래서 일본 사람들은 호랑이란 그저 굉장히 무서운 짐승이라는 정도로만 생각했지만, 호랑이와 수만 년을 함께 살아왔던 우리 조상들은 호랑이에 대한 상념이 아주 깊었습니다. 그래서 표정을 이렇게 의젓하게 그렸지요! 마치 허랑방탕한 못난 자식을 혼쭐내는 엄한 아버지 같은 느낌입니다. 아니면 박지원 선생의 「호질(虎叱)」에 나오는, 썩어 빠진 선비에게 호통을 치는 위엄 있는 호랑이라고나 할까요? 여러분, 우리나라 호랑이가 어떻게 멸종되었는지 아십니까? 그냥 없어진 게 아닙니다! 일본 사람들이 조직적으로 장기간 계획을 세워 멸종시킨 것입니다. 한 땅에서 어울려 사는 생명체는 서로가 닮게 마련입니다. 그래서 조선 총독부에서는 조선 사람의 혼이 조선 호랑이와 닮았다고 생각해서, 아예 그 뿌리를 송두리째 뽑으려 했던 것입니다. 일본인들은 1914년부터 1917년까지 대대적으로 포수를 동원해서 조선 범을 마지막 한 마리까지 끝내 잡아 죽여 멸종시켰습니다. 1917년 경주에서 포획된 호랑이가 마지막이었다고 전하는데 정말 비극적인 일입니다. 하지만 겨레의 혼을 상징하는 이 아름다운 동물이 아직도 남한 내에 살고 있다고 주장하는 학자도 있습니다. 임순남 씨라는 야생 호랑이 전문가가 계신데, 그분 말씀이 그나마 몇 마리 안 되는 호랑이조차 휴전선 때문에 가로막혀, 제 식구끼리 번식을 할 수밖에 없어서 곧 대가 끊길 것이라고 합니다. 그래서 그분은 하루속히 휴전선 철책을 단 100m라도 걷어 내야 한다고 주장하고 있습니다. 남북으로 이산된 것은 사람뿐만이 아닙니다.

은밀한 생태까지 남김없이 표현

각설하고, 그런데 이 그림을 어떻게 그렸을까요? 자세히 보십시오! 정말 대단하지요? 제가 15cm도 안 되는, 호랑이 머리 부분만을 확대했는데 이렇게 실바늘 같은 선을 수천 번이나 반복해서 그렸습니다. 이건 숫제 집에서 쓰는 반짇고리 속의 제일 가는 바늘보다도 더 가는 획입니다. 이런 그림을 그려 낼 수 있는 화가는 지금 우리 세상에 없습니다. 웬만한 화가는 저 다리 한 짝만 그려 보라고 해도 혀를 내두를 것입니다. 이런 묘사력은 뭐랄까, 그림 그리기 이전에 정신 수양의 문제 같은 것이 전제되어 있어야 가능합니다. 이렇듯 섬세한 필획을, 검정, 갈색, 연갈색, 그리고 배 쪽의 백설처럼 흰 터럭까지 수천 번 반복해서 그렸지만 전혀 파탄이 없습니다. 파탄이 없을 뿐만 아니라 묵직한 무게는 무게대로, 문양은 문양대로, 그리고 생명체 특유의 유연한 느낌까지 다 살아 있습니다. 흔히 "한국 사람은 일하는 게 대충대충이야." 하는 얘기, 어려서부터 많이 들으셨죠? 이렇듯 섬세하기 그지없는 그림을 그리고 감상했던 사람들이 대충대충이었겠습니까?【중략】

그럼 호랑이를 왜 이렇듯 정성스럽게 그렸을까요? 호랑이는 「주역(周易)」에 의하면 '큰 사람', 즉 대인(大人)을 뜻합니다. 온 세상을 진정 아름답게 변화시킬 큰 덕을 펼칠 사람을 상징하는 그림인 까닭에 이토록 아주 정중하고 치밀하게 그린 것입니다.

여기 소나무에 이상한 게 보입니다. 이게 도대체 뭘까? 제가 늘 이게 궁금해서 야생 호랑이 연구가인 임순남 씨 자택을 찾아가 물었습니다. "아니, 이게 도대체 뭡니까? 어떤 화가가 바보같이 가는 잔가지를 큰 둥치 한가운데다 평행하게 그릴 리도 없고, 솔잎도 달려 있지 않으니 말이지요." 했더니 "이런 것까지 다 가르쳐 주면 안 되는데……." 그러면서 가르쳐 주셨습니다. 사실 애초에 제가 맨 처음 이 호랑이 그림을 보이면서 물었던 건, "이놈이 암놈입니까, 수놈입니까?"였지요. 그랬더니, "그건 아래가 보이지 않아서 알 수 없지요." 하더군요. 그 대신 나이는 알 수 있다고 하면서, 한 네

살 전후라고 합니다. 호랑이는 다섯 살에 어른이 되는데 세 살까지는 엄마랑 살면서 사냥을 배웁니다. 세 살에서 다섯 살까지는 대개 자기 혼자서 영역을 개척하는데, 아직 서툴러 어렵사리 사냥에 성공해서 배부르게 먹고 나면, 아주 기분이 좋아져 가지고 나무줄기에다가 발톱을 세워서 이렇게 북북 긁어내린다고 그래요. "여기는 내 땅이니까 얼씬하지 마라."라는 영역 표시인 셈이죠. 바로 그때 긁어내린 자국이 아물어서 생긴 흔적이라고 그래요. 그런데 이 호랑이가 참 영물이거든요! 아무 나무에나 긁는 것이 아닙니다. 꼭 우리 토종, 이파리 두 개 달린 적송(赤松)을 골라 긁는다는군요. 이 아래 검은 점이 여기저기 후두둑 떨어진 것이 보이는데 바로 적송 껍질이라고 합니다. 정말 대단하죠? 호랑이를 기막히게 그렸을 뿐만 아니라 그 은밀한 생태까지도 남김없이 표현하였습니다. 虎

작 품 이 해

이 글은 단원 김홍도의 그림 〈송하맹호도(松下猛虎圖)〉에 대한 오주석의
강연문이다. 오주석은 우리 옛 그림에 감추어진 아름다움을 알기 쉽게 풀
이한 미술사학자로 잘 알려진 사람이다. 이 강연문에는 그의 비평적 안목
과 옛 그림에 대한 해박한 지식이 여지없이 잘 표현되어 있다.

오주석은 먼저 〈송하맹호도〉가 '엄청나게 잘 그린 호랑이 그림'이라며
강연을 시작한다. 그는 그림에 존재하는 여덟 개의 균형 잡힌 여백과 호랑
이의 허리를 정중앙으로 삼고 있는 구성의 탁월함을 말한다. 그리고 이 그
림이 세계 최고의 호랑이 그림이라고 단언한다. 조선 호랑이 자체가 아름
답기 때문이란다. 조선 사람을 꼭 빼닮은 이 그림 속 조선 호랑이는 육중하
면서도 민첩하고 유연해 보이며, 얼굴은 위엄 있고 도도하다는 것이다. 그
리고 그림 속 소나무를 두고 적송에 영역 표시를 하는 호랑이의 생태까지
잘 살려 표현했다고 극찬한다. 바늘 같은 붓으로 수천 번을 거듭하여 그리
는 섬세한 필법으로 치밀하게 잘 표현했다는 것이다.

비평은 예술 작품과 감상하는 사람 사이에 다리를 놓아 주는 역할을 한
다. 즉 그림의 아름다움을 찬탄하는 데에 그치지 않고, 그 그림이나 작품이
왜 아름다운지를 설명함으로써 아름다움의 근원을 한층 명확하게 이해할
수 있다는 것이다. 이 점에서 오주석의 탁월한 해석은 조선 시대의 옛 그림
을 이해하는 안목을 한층 깊고 넓게 해 준다.

활 동

1. 김홍도가 호랑이 그림을 정성 들여 그린 까닭은 무엇인가?
2. 〈송하맹호도〉의 구성상의 특징은 무엇인가?
3. 호랑이를 멸종시키고자 한 일본의 의도는 무엇인가?

종달새 노래할 때
진회숙

읽 기 전 에

1. 작품을 보거나 읽을 때, 자신의 경험이 떠올랐던 적이 있었는가? 언제, 어떤 작품이었는가?

2. 잊히지 않는 그림 한 점이 있는가? 있다면 어떠한 작품인가?

시골에서 서울 근교로 이사 온 초등학교 3학년 때부터 나는 행정 구역상 서울특별시에 속해 있는 변두리의 한 초등학교에 다녔다. 집은 서울이 아니었기 때문에 걸어서 한 시간쯤 걸리는 거리를 매일 버스를 타고 다녔는데, 당시 아침마다 차비로 엄마에게 5원을 받았다. 이 중 4원이 왕복 차비였고, 나머지 1원이 내가 마음대로 쓸 수 있는 돈이었다.

당시 나에게 1원은 마치 생명줄과 같은 것이었다. 내가 학교를 가는 의미, 아니 더 나아가서 세상을 사는 의미이기도 했다. 지금은 1원이 아무런 대접을 받지 못하지만, 당시만 해도 이것으로 할 수 있는 일이 꽤 많았다. 나는 1원을 주로 군것질하는 데에 썼는데, 학교 앞 구멍가게에서 파는 어묵이나 뽑기, 돌 사탕, 비닐봉지에 든 주스 등이 당시 내가 즐겨 먹던 군것질거리였다.

그러나 내가 언제나 이 1원에 만족했던 것은 아니다. 구멍가게에서 쭈글쭈글한 어묵 하나에 국물까지 후루룩 마시고 나면 입 안에 이루 말할 수 없는 아쉬움이 남았다. 사실 그 1원은 언제나 내 미각을 조바심 나게 할 뿐이었다. 저 맛있는 어묵을 하나만 더 먹을 수 있다면 얼마나 좋을까? 이런 유혹이 내 인내심의 한계를 넘을 때면 나는 종종 집으로 오는 차비 2원을 다시 어묵을 사 먹는 데에 썼다. 하지만 이 찰나와 같은 미각의 향연이 끝난 후에는 늘 한 시간 넘게 다리품을 팔아야 하는 고달픈 하굣길이 기다리고 있었다. 흙먼지를 뒤집어쓰며 비포장도로를 걸을 때면 내가 왜 그랬을까 후회를 하기도 했지만, 정작 그다음 날이 되면 또다시 그 들쩍지근한 어묵 국물의 유혹에 빠져 차비를 날려 버리곤 했다.

이렇게 가지고 있는 돈을 모두 군것질로 탕진하고 난 후, 집으로 가는 어느 봄날이었다. 그날도 같은 동네 아이들과 학교 앞 구멍가게에서 만찬을 즐기고 집으로 돌아가고 있었다. 하늘은 높고 파랬으며, 공기는 투명하고, 햇볕은 얼굴을 어루만지듯 부드럽고 따뜻했다. 정말 무엇 하나 부러울 것 없이 완벽하게 조화롭고 행복한 봄날이었다. 우리는 나른한 행복에 취해 초록빛 들판을 희희낙락거리며 걸어가고 있었다.

얼마쯤 갔을까? 함께 가던 남자아이가 "내가 신기한 거 하나 보여 줄게." 하며 손짓을 했다. 모두들 궁금해하며 따라갔더니, 그 아이는 교묘한 모양으로 동그랗게 둥지를 틀고 있는 풀잎 더미를 가리켰다. 그러고는 아주 조심스러운 손길로 풀잎을 헤쳤다. 그가 풀잎을 헤친 순간, 우리는 모두 "와!" 하고 탄성을 질렀다.

그 안에 메추리 알보다 작은 종달새 알이 들어 있는 것이 아닌가? 생전 처음 둥지에 들어 있는 종달새 알을 본 나는 마치 생명의 비밀을 훔쳐본 것 같은 경이로움에 휩싸였다. 종달새가 나무가 아닌 풀에다 알을 낳는다는 것도 그때 처음 알았다. 평소에 별생각 없이 지나치던 들판에 이런 놀라운 생명의 비밀이 숨어 있었다니…….

"이 알은 내 것이니까 아무도 가져가면 안 돼."

알 주인이 개선장군 같은 얼굴로 우리에게 말했다. 그러고는 다시 조심스러운 손길로 알이 잘 보이지 않도록 풀을 덮었다.

집으로 돌아온 후, 나는 그 종달새 알이 눈앞에 아른거려 아무 일도 할 수가 없었다. 그런 보물 같은 알이 그저 그렇게 풀밭에 방치되어 있다는 사실이 불안했다. 왜 나는 일찍이 그런 경이로운 발견을 하지 못했을까? 정말 속상했다. 그리고 이런 생각을 하면 할수록 그 보물을 내 것으로 만들어야겠다는 욕심이 점점 더 커졌다.

결국 나는 알 주인의 경고를 무시하고 동생과 함께 다시 그곳으로 갔다. 다행히 알은 둥지 안에 그대로 있었다. 나는 그 알을 그냥 집으로 가져와 버리고 말았다. 물론 가슴 한구석에 죄책감 같은 것이 없었던 것은 아니었다. 하지만 당시에는 알을 훔쳤다는 죄책감보다 자연의 선물을 혼자 독차지했다는 만족감이 훨씬 컸다. 나는 종달새 알을 내 것으로 만든 그 며칠간을 꿈같이 보냈던 기억이 있다.

수화(樹話) 김환기(金煥基)의 그림 중에 〈종달새 노래할 때〉라는 작품이 있다. 이 그림을 처음 보았을 때, 나는 종달새 알을 처음 보았던 바로 그날을 떠올렸다.

이 그림에서 내가 가장 신기하게 생각했던 것은 아낙네가 이고 가는 바구니 안에 들어 있는 알이었다. 화가는 바구니의 일부를 해부해서 그 안에 있는 알이 투명하게 드러나 보이도록 했다. 서구의 입체주의 기법을 이용한 것이라고 하는데, 나는 이것이 신기했다. 그냥 전통적인 방식으로 그린 그림이라면 바구니 속에 알이 들어 있는지 누가 알겠는가? 알을 훤히 보이도록 그려 넣은 화가의 행위는 그야말로 화룡점정(畵龍點睛)이라고 하지 않을 수 없다. 바구니 속에 알이 들어 있다는 사실이 드러나는 순간, 화폭은 신비로운 생명의 기운이 가득 넘치는 '종달새 노래하는 계절'이 된다.

김환기는 학, 산, 나무, 달, 구름과 같은 자연의 체취를 서양식 표현 매체로 형상화한 우리나라 추상 미술의 개척자이다. 그의 예술 세계는 도쿄 시대, 서울 및 파리 시대, 그리고 뉴욕 시대로 나뉘는데, 〈종달새 노래할 때〉는 1935년 도쿄에서 열린 이과회(二科會)에서 입상한 도쿄 시대의 작품이다.

해방 후 김환기는 자연의 인상을 추상적으로 반영한 독특한 화풍을 펼쳐 보였다. 김환기는 자연을 노래하고 자연에 귀의(歸依)하려는 동양적 사고를 바탕으로 하여 우리의 고유한 정서를 양식화했다는 점에서 높은 평가를 받고 있다.

〈종달새 노래할 때〉를 보면, 당시 김환기가 서구의 입체파와 구성파의 영향을 받았다는 것을 알 수 있다. 화가는 세부적인 묘사를 생략하고 윤곽선을 단순화하여 풍경을 직선적이고 평면적으로 처리했다. 하지만 그 소재만큼은 지극히 한국적이다. 나는 이 그림을 보면서 종달새 알 사건이 일어났던 그때, 그 신비롭고 정겨웠던 들녘의 풍경을 떠올리고는 한다. 아마 김환기도 고향의 봄을 생각하고 이 그림을 그렸을 것이다. 그가 어린 시절을 보낸 고향은 봄이면 아낙네들이 나물을 캐고, 송이버섯이 무더기로 나는 평화로운 마을이었다고 한다. 그림만 보아도 그곳이 그의 표현대로 '그저

김환기의 〈종달새 노래할 때〉,
캔버스에 유채, 178×127cm,
1935, ⓒ 환기재단

꿈속 같은 곳'이었다는 사실을 짐작할 수 있다.

　〈종달새 노래할 때〉를 처음 보았을 때, "맞아! 바로 이거야!"라고 생각했었다. 나 역시 김환기 못지않게 꿈같은 전원(田園)에서 즐거운 어린 시절을 보냈다. 지금은 아련한 그리움으로 남아 있는 그 계절의 행복감, 충만감, 햇볕 가득 내리쬐는 봄 들판의 고요한 평화, 그 고요함 속에 둥지를 튼 생명의 신선함, 목가적인 정취 등 그때 그 시절이 그저 백일몽같이 아득할 뿐이다. 나도 그 아름다운 시절을 화폭에 담을 수 있다면 얼마나 좋을까?

　김환기의 그림을 보면서 문득 이 그림에 어울리는 음악이 떠올랐다. 그의 그림은 서구의 기법과 한국적 소재가 행복하게 만난 것이 꼭 영국 작곡가 랠프 본 윌리엄스의 〈날아오르는 종달새〉와 닮았다. 이 곡은 우리에게는 낯설지만, 영국 사람들에게는 아주 친숙한 곡이다. 영국의 한 고전 음악 라디오 방송은 매년 애청자 10만 명의 투표로 '고전 음악 상위 300곡'을 선정한다. 〈날아오르는 종달새〉는 이 조사에서 2008년에도 전년에 이어 1위에 뽑힐 정도로 대중적인 곡이다.

이 곡을 쓴 본 윌리엄스는 음악의 청록파라고 할 만한 작곡가이다. 영국의 전원을 사랑했던 그는 시간 날 때마다 영국의 농촌을 찾아다니며 민요를 수집하고, 시골의 정취가 물씬 풍기는 목가적인 음악을 작곡했다. 〈날아오르는 종달새〉도 이런 곡 중의 하나이다. 도시를 떠난 자연 속에서의 생활이 그렇듯, 이 곡에서는 은둔자의 평화가 느껴진다.

나는 본 윌리엄스의 〈날아오르는 종달새〉를 들을 때마다 참 신기하다는 생각이 든다. 분명 우리와는 멀리 떨어진 영국의 전원을 노래하고 있는데, 머릿속에서는 엉뚱하게도 우리나라의 농촌 풍경이 떠오르기 때문이다. 그 느낌이 너무나 친근해서 서양 악기인 바이올린과 오케스트라를 위한 곡인데도 마치 우리 국악을 듣는 것 같은 느낌이 든다.

물론 여기에는 이유가 있다. 이 곡의 바이올린 독주는 마치 버들피리 또는 단소 소리 같다. 이런 한국적인 정서에 실린 민요적인 음계와 박자, 한국 피리의 장식음이 연상되는 바이올린 독주의 절묘한 흐름, 끊임없이 살아 움직이는 흐드러진 가락, 즉흥곡 풍의 자유분방함, 틀에 얽매이지 않는 여유로운 박자와 빠르기, 이 모든 것들이 우리에게 친근한 국악과 비슷한 느낌을 준다. 이런 친근함 때문에 영국 작곡가 본 윌리엄스의 〈날아오르는 종달새〉는 아무 거부감 없이 한국 화가 김환기가 그린 〈종달새 노래할 때〉의 시간적, 공간적 배경과 연결될 수 있는 것이다.

김환기의 그림이 그런 것처럼, 본 윌리엄스의 '종달새'는 마냥 경쾌하기만 한 것은 아니다. 서양 음악 속에 등장하는 대부분의 경쾌하고 발랄한 종달새와 달리, 본 윌리엄스의 종달새는 하늘 높은 곳에 홀로 떠서 봄날의 평화를 관조(觀照)하는 외로운 종달새이다. 혹 외롭지는 않다 하더라도 적어도 아름다운 봄을 호들갑스럽게 맞는 경망스러운 종달새는 아니다. 본 윌리엄스는 음악으로 쓴 자신의 전원시가 평화롭고 고요한 정서를 표현하기를 바랐다. 그는 종달새에게 부드럽고, 느리며, 조용한 노래를 부르도록 함으로써 봄의 현장에 있다는 느낌보다 오히려 봄에 대한 향수에 젖어 봄을 그리워하고 있다는 느낌을 더 두드러지게 하였다. 그 종달새는 아직 봄을 기다리고 있는지도 모른다. 그래서 봄을 봄으로써 온전히 즐기지 못하고 있는 것이다. 〈날아오르는 종달새〉와 〈종달새 노래할 때〉에 살짝 드리워진 계면(界面)의 그늘이 이것을 암시하고 있다.

사람들은 언제나 시간적으로나 공간적으로 멀리 떨어진 것을 그리워한다. 봄도 그렇고 고향도 그렇다. 본 윌리엄스의 음악을 들을 때나 김환기의 그림을 볼 때마다 봄과 고향의 한가운데 있는 사람보다는 그것을 기다리는 사람, 그것에서 멀리 떨어져 있는 사람의 동경과 그리움이 느껴진다. 물론 이들이 정말 이런 생각을 가지고 작품을 만들었는지는 확실하지 않다. 하지만 느낌은 감상하는 사람의 몫이라고 하지 않던가? 나는 이들의 작품을 대할 때마다 '고향의 봄', 그 정겨운 시간과 공간에 대한 속절없는 그리움을 읽는다. 그것은 또한 나 자신의 그리움이기도 하다.

지금도 나는 봄날에 초록빛 들판을 보면, '저기 어딘가에 종달새 알이 숨어 있겠지.' 하는 생각을 하곤 한다. 특히 교묘하게 둥지 모양을 하고 있는 풀숲을 보면 더욱 그런 생각이 든다. 생전 처음 종달새 알을 보았던 날의 감동을 되살리며, 저 풀숲을 뒤지면 또 다른 생명의 경이가 나를 기다리고 있지 않을까 하는 기대에 젖곤 한다. 지금 생각해 보면, 내 어린 날도 이 종달새 알 같은 것이 아니었나 싶다. 초록의 들판 어딘가에서 새로 부화될 날을 꿈꾸는 그런 시절 말이다. ⑯

계면(界面) 서로 맞닿아 있는 두 물질의 경계면.

작 품 이 해

　진회숙의 글은 필자의 옛 추억 한 자락을 펼쳐 보임으로써 시작된다. 버스비를 제외한 1원이 자신이 세상을 사는 의미였다는 것, 심지어는 차비까지 털어 군것질을 하고 먼 길을 걷기도 했다는 것. 이렇게 돌아오는 길에서 어린 시절, 필자는 친구의 배려로 '둥지에 들어 있는 종달새 알'을 보게 된다. 그러나 생명의 비밀을 본 경이로움은 마침내 알을 집으로 가져오게 만들었다. 죄책감보다 만족감이 더 컸다고 한다. 이 이야기를 길게 이어 내려간 것은 김환기의 그림 〈종달새 노래할 때〉 때문이다.

　김환기의 그림에서는 바구니 속 한켠에 종달새 알이 보이도록 그렸다. 이로 말미암아 예사로운 바구니를 들고 가는 아낙의 그림이 아니라, 그림은 신비로운 생명의 기운이 가득 찼다는 것이다. 수화(樹話) 김환기(金煥基)는 우리나라 추상 미술의 개척자이며, 동양적 사고에 바탕을 둔 우리의 정서를 추상적으로 양식화한 화가다. 〈종달새 노래할 때〉 역시 고향의 봄 풍정을 세부적인 묘사를 생략한 채 직선적이고 평면적으로 처리했고, 이를 통해 어린 시절의 충만감과 행복감을 표현한 그림이다.

　김환기의 그림은 다시 본 윌리엄스의 음악 〈날아오르는 종달새〉와 연결된다. 이 곡 역시 은둔자의 평화가 느껴진다는 것이다. 필자는 이 음악을 들을 때 우리나라의 농촌 풍경이 떠오른다고 한다. 이는 국악과 비슷한 악기의 흐름이나 가락 때문이며, 이 친근함이 김환기의 그림과 어린 시절 필자의 추억을 서로 연결하게 만들었다는 것이다. 이 작품들이 한결같이 그리움의 정서를 표현하고 있음도 덧붙인다. 그 고향은 이미 떠나온 고향이며, 닿지 못할 곳에 대한 아쉬움이 깔려 있기 때문이다. 이로부터 그리움이란 정서의 핵을 이야기한다.

　이 비평 글은 사실 초점이 명확하지 않다는 점에서 통일성이 다소 떨어지는 글이다. 앞부분에 길게 이어지는 이야기도 주제와 명확하게 연결되지 않은 군더더기가 많으며, 본 윌리엄스의 음악이 함께 연결되는 것도 주제의 선명함을 떨어뜨린다. 다만 주제가 그림이나 음악이 아닌 어린 시절에 대한 그리움이라면, 그 그리움을 예술 작품에 기대어 표현한 수필이라면 받아들일 법한 통일성의 훼손이다.

활 동

1. 글쓴이의 경험, 김환기의 그림, 본 윌리엄스의 음악을 연결하는 고리는 무엇인가?
2. 김환기의 그림에 관한 글쓴이의 비평적 관점이 잘 드러난 부분을 찾고 내용을 요약해 보자.
3. 김환기의 그림을 본 자신의 감상을 적어 보자.

나무와 두 여인
이주헌

박수근의 〈나무와 두 여인〉, 캔버스에 유채, 130×89cm, 1962, ⓒGALLERY HYUNDAI

나무야 나무야 겨울나무야

눈 쌓인 응달에 외로이 서서

아무도 찾지 않는 추운 겨울을

바람 따라 휘파람만 불고 있구나.

어릴 때 무척 즐겨 불렀던 동요 〈겨울나무〉. 다소 처량맞은 느낌이 없지
않으나 분위기가 무척 그럴듯해 좋아하던 노래이다. 커서는 별로 부르거나
들을 기회가 없는 노래지만 간혹 아이들 자장가로 흥얼거릴라치면 어느덧
이 곡은 나에게 따뜻한 사부곡(思父曲)이 되고 만다. 박수근의 그림 탓이라
고 말해야 할 것 같다.

박수근의 그림에는 남자, 그 가운데서도 청장년층의 가장쯤 될 법한 남
자가 거의 등장하지 않는다. 인물이라고는 아낙네와 어린이, 노인이 대부
분이다. 박수근의 그림이 주로 민초들의 삶과 풍정을 피사체로 하고 있음
에도 건장한 남정네들이 그의 초점에서 비켜서 있다는 것은 사실 매우 이채
로운 부분이다. 남정네의 부재, 거기에 '박수근 풍속화'의 남다른 특징이
있는 것이다.

남정네의 부재와 함께 눈여겨볼 박수근 회화의 중요한 특징으로 나목(裸

木)의 존재를 꼽을 수 있다. 나목은 박수근 그림에 줄기차게 등장하는 매우 친숙한 소재다. 그것은 동네 어귀나 길가에 서서 지나가는 행인들을 굽어 보는 무심하고도 정적인 존재다.

나목은 죽은 나무 아니면 겨울나무다. 잎이 달려 있질 않으니 오로지 이 두 가지 가능성밖에 없다. 박수근의 그림에 등장하는 거의 모든 나무가 나목 이라는 사실은 그의 그림 속 계절이 늘 겨울에 가깝다는 말과 같다. 그만큼 을씨년스럽다. 등장인물들의 생활 풍정과 늘 함께 사는 이 친숙하면서도 추 운 존재는 그러므로 다른 인물 못지않게 스스로의 존재 이유가 분명하다.

그렇다면 이들은 도대체 무엇을 표상하는 존재일까? 내가 보기에는 바 로 사라진 남정네, 가장을 상징하는 존재이다.

내가 박수근의 나목을 사라진 남정네로 보는 이유는 다음과 같다. 무엇 보다 그들은 대부분 기둥처럼 공간 전체를 떠받치는 역할을 하고 있다. 이 들은 무심히 서 있는 듯하면서도 주변 사람들의 안위에 늘 신경 쓴다. 등장 인물과 조화하려 애쓰는 그들의 몸동작이 이를 잘 말해 준다. 게다가 나무 주변에 모인 인물은 대부분 여자들이다. 아이를 보거나 행상을 나서는 여 인들이 거기에 있다. 1962년 작 〈나무와 두 여인〉은 이 같은 소재의 대표작 이다. 나목 주위에 아낙네들이 모여 휴식을 취할 때면 삶의 의지처로서 나 무의 특징은 더욱 명료히 살아 오른다. 나목은 그 수동적인 자세에도 불구 하고 여전히 집안의 가장인 것이다.

그런데 가장들은 왜 이렇게 자신을 본모습 그대로 드러내지 못하고 삭막 한 나목이 됐을까? 그것은 바로 그들의 현실적 상황과 관련이 있다. 우리 근 대사 속의 가장들은 일제 식민지 지배와 해방, 한국 전쟁, 뒤이은 분단과 경 제 개발 등 숨 가쁜 격변의 최전선을 살아야만 했다. 철저한 가부장제 사회 였음에도 아버지는 가장으로서 제 역할을 수행할 수 없었다. 집안 대문도 제대로 못 지켰을 뿐 아니라 서로 피 흘리며 싸워야 했다. 〈나무와 두 여인〉 에서 보듯 자연히 가사와 집안을 뒷받침하기 위한 경제 활동은 모두 여자들의 몫이 됐다. 20세기 한국 여인네들이 각 분야의 국제 경쟁에서 탁월한 기량을 보일 수 있었던 것도 바로 이 무너져 내리는 가부장제 사회를 끝까지 버티고 지켜 온 그들만의 남다른 잠재력 덕이었다. 그에 반해 가장들은 더욱 참담하고 부끄러운 자신들의 모습을 그들의 빈자리를 통해 확인해야 했다. 사랑방이 없어진 뒤 가장을 위한 아무 대안도 없는 오늘날의 주거 구조가 생활·문화적인 측면에서도 이 같은 사실을 잘 반영하고 있다. 그들은 그저 그 자리에서 벌거벗은 나무가 되기를 원했다. 상처받고 가진 것이 없었으므로 그들은 어떤 열매도 이파리도 달 수 없었던 것이다.

이것은 박수근에게도 마찬가지 사실이었다. 그래서 그의 나목 그림은 다시 그의 자화상이 된다. 굳이 박수근이 아니더라도 그 시절 그 자화상으로부터 탈출할 수 있는 한국 남자가 과연 몇이나 됐을까? 내가 나의 아버지를 그의 그림에서 발견하는 것도 바로 그런 까닭이다. 겨울날 외투 가득히 추위를 담아 오시던 아버지. 내 아이의 자장가로 나도 모르게 〈겨울나무〉를 부르게 되는 이유이다. 🐚

작 품 이 해

「나무와 두 여인」은 박수근의 그림에 대한 비평문이다. 〈겨울나무〉라는 동요로부터 시작하여, 아버지에 대한 그리움을 그 노래가 불러일으킨다는 것이다. 그리고 그 까닭은 박수근의 그림 탓이라고 서두를 뗀다. 이어서 박수근 그림의 특징이 '아버지'의 부재이며, 그 빈자리를 벌거벗은 나무인 나목이 지키고 있다고 말한다.

필자는 이 나목이야말로 박수근 그림 속의 사라져 버린 존재인 남정네들을 가리킨다고 한다. 수동적으로 붙박인 존재임에도 그의 그림 속에서는 삶의 의지처로 존재한다. 이처럼 부재하는 남정네를 나목으로 표현한 것은 한국의 곡절 많은 현대사와 깊은 관련이 있다. 우리 현대사 속에서 아버지는 밖으로 떠돌기만 했을 뿐, 결코 안온한 가정의 울타리 몫을 해내지 못했다. 박수근 역시 다르지 않았을 것이다. 따라서 나목은 우리 시대 남정네의 상징일 뿐만 아니라, 박수근 스스로의 자화상이란 것이다.

이 글은 자신의 경험을 바탕으로 도입을 이끌어 내며, 박수근 그림의 몇몇 특성을 밝히고, 그 상징적 의미를 비평적으로 들여다본다. 초점을 명확하게 붙잡아 명료하게 자신의 논지를 피력하고 있는 것이 특징이다.

 활 동

1. 박수근의 그림에 부재하는 존재는 무엇인가?
2. 박수근 그림에 등장하는 나무의 상징적 의미는 무엇인가?
3. '나'의 아버지의 삶을 역사적 현실과 연결하여 이해해 보자.

물감으로 빚은 인간의 진실
손철주

1. 내가 나를 그린다면 무엇을 가장 초점에 두겠는지 생각해 보자.
2. 나의 자화상을 글로 써 보자.

자신에 대해 글을 쓰거나 그림을 그릴 때, 무엇보다 중요한 덕목은 '성찰'이다. 성찰을 배제한 자기표현은 남을 속이기에 앞서 자신을 속이는 짓이다. 참회 없는 자서전은 변명에 불과하고, 정직하지 못한 자화상은 과시에 머문다. 그리하여 동서양을 막론하고 자화상을 평가하는 잣대는 정직성이다.

정직한 자화상은 겉받침과 안받침이 상통한다. 겉에 드러난 얼굴과 안에 있는 정신이 서로 어울려야 한다. '겉볼안'이고, '그 얼굴에 그 정신'이란 얘기다. 조선 시대에는 이것을 '전신사조(傳神寫照)'라고 불렀다. 그 뜻은 '정신을 담고 있는 얼굴'로 풀이된다. 표암 강세황이 그린 자화상을 보자. 표암은 18세기 조선을 대표하는 사대부 문인 화가이자 평론가요 서예가였다. 조선은 '초상화의 천국'으로 불릴 만큼 많은 초상화가 제작됐지만, 의외로 자화상은 드물다. 널리 알려진 공재 윤두서의 자화상은 국보이고 표암의 자화상은 보물이다. 이처럼 진귀한 자화상 중에서 표암의 자화상은

표암 강세황의 〈자화상〉, 보물 제590-1호, 비단에 채색
88.7×51.0cm, 1782, 국립중앙박물관 소장

그림 속에 '자기 고백'의 글을 남긴 특이한 형식으로 주목받는다.

표암은 여섯 살 때 글을 짓고, 열 살 때 궁중 화가들이 그린 그림에 등급을 매겼고, 열한 살 때 과거 보는 선비 곁에서 훈수를 둘 정도였으니, 남다른 소양을 지닌 천재라 해도 과언이 아니다. 뒤늦게 벼슬길에 올랐지만, 병조 참판, 한성 판윤에 이르기까지 순탄하게 관직을 수행하면서 글과 그림 솜씨를 떨쳤다. 그가 일흔 살에 그린 이 자화상을 보면 모자는

벼슬아치가 쓰는 오사모인데 옷은 평상복인 도포 차림이다. 왜 이런 모습인가. 표암은 그림 속에 그 연유를 적어 두었다.

"저 사람은 누구인가. 수염과 눈썹이 하얗구나. 머리에 오사모를 쓰고 야인의 옷을 입었네. 이것으로 알 수 있다네. 마음은 산림에 있지만 이름은 조정에 오른 것을……. 사람들이 어찌 알겠는가? 스스로 낙을 찾아 즐길 따름이네."

표암은 부귀가 보장되는 벼슬살이를 하면서도 산림에 은거하고픈 속마음을 자화상으로 표현한 셈이다. 그의 시선은 정면에서 약간 비켜나 있다. 세상 잡사에 욕심내지 않는 마음을 드러낸다. 주름투성이인 눈두덩에서 배운 자의 신중한 사려가 엿보이고, 긴 인중 아래 꽉 다문 입술에서 과묵한 자의 속내가 비친다. 하관이 빠른 그의 골상은 올곧은 선비의 내면과 어울린다. 자신을 치장하려는 의도가 어느 곳에서도 보이지 않는 이 자화상이 바로 정직한 붓질의 전형이다.

반 고흐의 자화상이 감동을 주는 것도 자신을 꾸미지 않는 솔직함 때문이다. 삼십 대 중반의 모습을 그린 이 자화상에서 반 고흐는 스님처럼 머리를 빡빡 깎았다. 가장 잘 알려진 그의 자화상은 파이프를 물고 귀에 붕대를 감은 모습인데, 이 그림은 그보다 한 해 앞서 제작된 것으로 일본 승려를 연상시키는 분위기가 감돈다. 목 아래에 보이는 목걸이와 검붉은 색의 조촐한 옷차림, 그리고 얼굴 주변

반 고흐가 고갱에게 선물한 〈자화상〉, 캔버스에 유채 1888, 하버드 대학교 케임브리지 포그 아트 미술관 소장

을 원형처럼 감싼 비취색 아우라 등이 엄숙한 도반의 형상을 본뜬 듯하다. 반 고흐는 일본의 속화인 우키요에에 반해 그 형식을 빌린 그림을 자주 그린 화가였다. 이 강고한 자화상에서 화가의 열정은 확연하게 드러난다.

반 고흐도 시선을 측면에 두고 있다. 그러나 눈에 힘이 잔뜩 들어가 표암처럼 유순하다기보다 강직한 느낌을 준다. 미간에서 불쑥 솟아오른 콧등이나 살짝 치켜든 고개는 세상과 타협하지 않으려는 그의 마음먹이를 말해 준다. 행색은 초라하지만 옷의 가장자리에 보라색 테두리를 그려 넣은 것은 몽환적이다. 가난한 살림살이를 꾸려 나가고 있지만 예술가의 꿈은 저버릴 수 없음을 말해 주는 것일까. 반 고흐는 모델을 구할 돈이 없어 자화상을 그린 화가다. 얼굴에 거칠게 드러난 붓질은 그가 헤쳐 나갈 풍상이 만만치 않음을 예고하고 있다.

렘브란트의 자화상은 어떤가. 헝클어진 머리카락과 얼굴의 반을 뒤덮은

렘브란트의 〈자화상〉, 캔버스에 유채, 1629, 뮌헨 피나코테크 미술관 소장

그림자, 그 사이로 렘브란트는 눈을 동그랗게 뜨고 관객을 쏘아본다. 그 시선은 어둠에 묻혀 마치 공포에 질린 듯하고 열린 입으로 음울한 토로가 쏟아져 나올 것 같다. 이 자화상이 렘브란트의 불안한 실존으로 여겨지는 것은 빛과 그림자의 극적 대비 때문이다. 눈은 마음의 창이다. 렘브란트는 그 창을 그림자로 가렸다. 뺨 한쪽과 하얀 칼라에 빛이 들어와 있지만 검은 옷과 산발한 머리 쪽으로 빛은 소멸하고 만다. 젊은 날 렘브란트의 방황이 손에 잡힐 듯한 이 자화상은 비극적 자아의식을 웅변하고 있다.

렘브란트는 유화로 된 자화상만 75점을 나긴 화가다. 열 작품에 한 작품 꼴로 자화상을 그린 셈이다. 부유한 미술 상인의 조카와 결혼한 덕으로 그는 한때 풍요와 안락을 누렸지만, 지나친 낭비벽으로 재산을 탕진했고 말년의 삶은 소송에 휘말려 비참하기 그지없었다. 아내는 서른 살에 죽었으며 네 아들마저 자신보다 먼저 세상을 떠났다. 인생의 고비고비마다 그는 자화상을 그렸고, 그 자화상 속에 자신이 처한 현실을 가감 없이 표현했다. 젊은 날의 방황, 물질적 부를 누리던 때의 안락, 그리고 쇠잔한 노년기의 영락한 신세가 그려진 자화상은 그리하여 '회화적 자서전'으로 손색이 없다.

자화상은 물감으로 빚은 인간의 진실이다. 진실은 꾸미지 않는다. 이 꾸미지 않은 진실에서 관객은 감동을 맛본다. ⓜ

손철주는 미술 비평가다. 신문사에서 미술 담당 기자로 오랫동안 국내
외 미술 현장을 취재하였다. 이 글은 개성 있는 관점과 해박한 지식 등 칼럼
니스트로서의 특색이 잘 드러난다.

이 글이 탐구하는 대상은 자화상이다. 필자는 자화상의 가장 중요한 측
면을 정직성이라고 평가한다. 정직하지 않다면 그저 자기 과시에 불과하기
때문이다. 언제나 스스로를 겸허하게 반성하며 되돌아보는 힘이 자화상의
힘이기도 한 것임에랴. 그렇다면 자화상은 안과 밖이 일치하는, 곧 '정신이
담겨 있는 얼굴'이어야 할 것이다.

이를 입증하기 위해 필자는 먼저 강세황의 자화상을 살핀다. 그런데 필
자가 주목하는 것은 자화상에 앞서 그림 속에 남긴 '자기 고백'이다. 그 고
백은 벼슬자리에 있음에도 세상 잡사에 욕심 없이 산림에 은거하고픈 속마
음을 드러낸 글이다. 이와 어울리게 강세황의 자화상은 평상복인 도포 차
림에 비켜난 시선, 과묵한 표정 등에서 스스로를 치장하지 않는 정직함이
배어난다는 것이다.

고흐 또한 다르지 않다고 본다. 빡빡 깎은 머리에 조촐한 옷차림 등 스님
의 외모를 하고 있어 마치 엄숙하게 수행하는 도반의 모습을 떠올리게 한
다는 것이다. 시선을 비롯하여 강직한 느낌을 주는 눈매, 세상과 타협하지
않으려는 듯 살짝 치켜든 고개, 얼굴에 거칠게 드러난 붓질 등이 고흐의 현
실을 대변해 준다는 것이다.

또 달리 거론하는 자화상은 렘브란트의 자화상이다. 빛과 그림자의 극
적인 대비가 돋보이는 젊은 날의 렘브란트의 자화상은 방황을 드러낸다고
한다. 그리고 계속 이어지는 75점에 달하는 그의 자화상은 회화적 자서전
이라고 해도 과언이 아니라고 한다. 결론적으로 필자는 자화상은 '물감으

로 빚은 인간의 진실'이며, 꾸미지 않은 정직함이 감동을 안겨 준다고 말하며 끝을 맺는다.

 활동

1. 자화상을 '물감으로 빚은 인간의 진실'이라고 주장하는 이유는 무엇인가?
2. 자화상을 평가하는 가장 중요한 기준이 정직성에 있는 까닭은 무엇인가?
3. 필자가 우리 그림으로 강세황의 자화상을 예로 든 까닭은 무엇인가?

고귀한 침묵과 절제된
인간미가 흐르는 걸작
임두빈

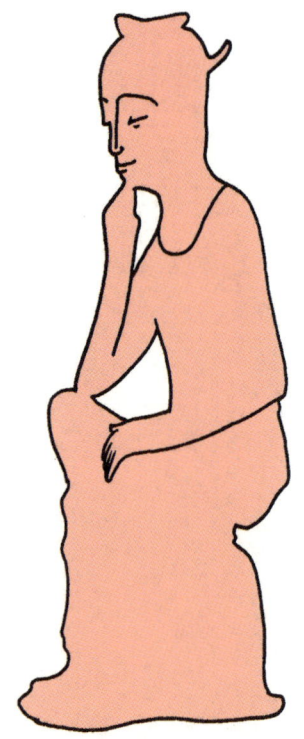

읽 기 전 에

1. 삼국 시대의 대표적인 미술 작품 가운데 떠오르는 작품은 무엇인가?

2. '금동 미륵보살 반가 사유상'의 뜻을 추측해 보자.

고신라를 대표하는 최고의 미술 작품은 경주에서 출토된 국보 제83호인 〈금동 미륵보살 반가 사유상〉이다. 이 〈금동 미륵보살 반가 사유상〉은 신라뿐만 아니라 삼국 시대 전체를 대표할 수 있는 기념비적인 작품이다.

반가 사유상은 다른 불상들과는 달리 독특한 형태의 자세를 하고 있는데, 부처가 걸상에 앉아 오른쪽 발을 왼쪽 다리 무릎 위에 올리고, 오른팔 팔꿈치를 오른쪽 다리에 의지한 채 오른손을 들어 손끝을 턱에 대고 깊은 생각에 잠긴 모습이다.

이러한 반가 사유상의 모습은 석가모니 부처가 출가하기 전 싯다르타 태자였을 때, 현실 세계의 삶의 고통에 대해 깊게 고뇌하며 명상에 잠겼던 모습을 형상화한 것이라고 한다.

〈금동 미륵보살 반가 사유상〉은 '삼산관(三山冠) 금동 반가 사유상'이라고도 불린다. 이 반가 사유상의 머리에 쓴 관이 세 개의 산이 빙 둘러 장식된 것 같은 모양을 하고 있기에 붙여진 이름이다.

필자는 이 걸작을 대할 때마다, 깊은 침묵 속에 조용히 넘쳐흐르며 주위를 깨끗하게 정화시키는 명상의 신비로운 힘을 느낀다. 질문을 하려 해도 그 말조차 무화(無化)시키는 듯한 조용한 분위기, 번잡한 세속의 생각들과 온갖 욕망의 불길을 잠재우는 그 깊은 침묵의 심연, 엄숙하면서도 결코 차갑거나 고압적이지 않고, 넉넉하면서 따뜻한 인간미가 흐르는 표정. 고귀한 침묵의 깊이가 따뜻한 인간미와 하나가 되어 승화된 신비로운 예술혼의 정화를 〈삼산관 금동 반가 사유상〉은 지니고 있는 것이다.

작품이 지니고 있는 이러한 힘은 대체 어디에서 오는 것일까?

필자는 이 〈금동 미륵보살 반가 사유상〉을 정면에서 한참 동안 바라본 뒤, 서서히 둘레를 돌면서 여러 방향에서 관찰해 보았다. 이 불상은 약간 수그린 듯한 얼굴에 가볍게 앞으로 기울어진 자세를 취하고 있다. 정면에서 몇 발짝 뒤로 물러서서 바라보면 얼굴과 상체와 하체가 수직적인 구성을 기본으로 하고, 오른발을 왼쪽 다리의 무릎 위에 얹어 놓아 수평적인 움직임으로 변화를 주고 있다. 그리고 이러한 수평적 흐름은 수직적 구성의 일방적 흐름을 적절히 제어하는 역할을 하기 때문에 형태에 안정감을 주고 있기도 하다. 수직과 수평적인 구도는 명상에 잠긴 얼굴 표정과 어울려 작품에 엄숙함과 고요함, 평화로운 분위기를 감돌게 하고, 어깨에서 팔꿈치로, 팔꿈치에서 팔목으로 흐르는 두 팔의 사선 방향성은 다시 손등에서 손끝으로 흐르는 조용한 움직임의 변화에 의해 작품에 생동감을 부여하고 있다. 그

리고 이러한 생동감은 반가 사유상의 미소 띤 따뜻한 표정에서 안으로 수렴되어, 작품의 엄숙하고 평화로운 기운 속에 조용히 번져 나오는 내면적인 활기로 화하는 것이다.

특히 이 작품을 만든 조각가는 화려함과 번잡함을 경계한 뛰어난 예술적 안목으로 세부적인 부분을 전체적으로 생략하여, 형태의 우아함과 사실성이 조화를 이루게끔 단순화하고 있다. 이를 통해 작품이 속된 분위기에 빠지지 않고, 앞서 설명한 적절한 형태적 구성을 통해 고상한 기품이 흐르는 내면적인 따뜻한 아름다움을 지니도록 이 〈금동 미륵보살 반가 사유상〉을 만들었던 것이다.

삼국 시대 예술의 정화인 〈금

〈금동 미륵보살 반가사유상〉, 국보 제83호, 금속—금동제
높이 93.5cm, 7세기 전반, 국립중앙박물관 소장

동 미륵보살 반가 사유상〉은, 당시의 깊은 정신적 이상이었던 불교 사상이 한 천재의 내면에서 그가 지닌 천부적 자질과 영혼적인 일체화를 이루어 기적처럼 만들어진 걸작이었던 것이니, 지금도 이 〈금동 미륵보살 반가 사유상〉은 넘쳐흐르는 내면적 생동성을 지닌 고귀한 침묵과 절제된 인간미가 흐르는 따뜻한 아름다움으로 인해 시대를 초월하여 여전히 우리를 감동시키는 것이다. ◉

　이 글은 신라의 〈금동 미륵보살 반가 사유상〉에 대한 비평문이다. 〈금동 미륵보살 반가 사유상〉은 백제의 〈마애 삼존 석불〉과 나란히 삼국 시대 전체를 대표하는 기념비적인 작품이다.

　〈금동 미륵보살 반가 사유상〉은 금박을 한 ‘미륵보살’ 을 조각한 것으로, 한쪽 다리를 올리고 있다고 해서 ‘반가’ 이며, ‘사유’ 하는 모습을 형상화했다고 해서 붙여진 이름이다. 이 모습은 ‘석가모니 부처가 출가하기 전 싯다르타 태자였을 때, 현실 세계의 삶의 고통에 대해 고뇌하며 명상에 잠겼던 모습을 형상화한 것’ 이라고 한다.

　이 작품에 담긴 아름다움은 조각에 담긴 ‘고귀한 침묵’ 과 ‘따스한 인간미’ 에서 나온다고 한다.

　형식적인 아름다움은 수직적인 구성을 기본으로 한 수평적인 흐름으로 안정감을 주고 정적인 가운데 동적인 움직임을 표현함으로써 작품에 생동감을 부여했다. 또한 세부를 배제하면서 단순화하고 내면적 아름다움을 표현하는 데 주력하였음도 알 수 있다. 이는 삼국 시대의 정신적 이상이었던 불교 사상이 한 예술가에 의해 형식으로 완성된 기적과도 같은 작품이라는 것이다.

　예술은 전문적인 예술과 소박한 예술로 나눌 수 있다. 삼국 시대를 대표하는 두 예술인 〈마애 삼존 석불〉과 〈금동 미륵보살 반가 사유상〉은 이 예술의 두 경향을 대표하기도 한다. 그럼에도 두 작품은 모두 단순성에 바탕을 두고 있다.

　그러나 단순성에도 불구하고 한 작품이 자애로운 미소를 통해 대중과 만나고 있다면, 이 반가 사유상은 눈을 감고 안으로 감겨드는 침묵을 통해 내면의 깊이를 획득하고 있다.

결국 모든 예술이 오래도록 사랑받을 수 있는 힘은 깊이다. 깊이야말로 예술의 핵심적인 힘이라고 하겠다.

 활 동

1. 〈금동 미륵보살 반가 사유상〉은 무엇을 표현하고자 했는가?

2. 이 글의 짜임을 다음과 같이 밝혀 보자.
    - 대상의 소개
    - 명상의 힘
    - 형태적 구성 : 수직과 수평, 정과 동, 단순함과 우아함
    - 대상의 평가

3. '작품이 지니고 있는 힘은 어디에서 오는 것일까?' 라는 질문을 다른 예술 작품에 똑같이 던져 보고 답을 해 보자.

백자 달 항아리
최순우

한국의 흰 빛깔과 공예 미술에 표현된 둥근 맛은 한국적인 조형미의 특이한 체질 가운데 하나이다. 따라서 폭넓은 흰빛의 세계와 형언하기 힘든 부정형의 원이 그려 주는 무심한 아름다움을 모르고서는 한국미의 본바탕을 체득했다고 말할 수 없을 것이다. 더구나 조선 시대 백자 항아리들에 표현된 원의 어진 맛은 그 흰 바탕색과 아울러 너무나 욕심이 없고 너무나 순정적이어서 마치 인간이 지닌 가식 없는 어진 마음의 본바탕을 보는 듯한 느낌이다.

외국 사람들이 곧잘 한국을 항아리의 나라라고 부르듯이, 우리네의 집안 살림살이 중에서 크고 작은 항아리 종류들을 빼놓으면 집 안이 허룩해질 만큼 그 위치가 크다. 따라서 이렇게 많은 항아리들 중에는 잘생긴 작품이 매우 많다. 이 항아리들을 빚어낸 사람들도 큰 욕심 없이 무심히 빚어내었을 것이고, 이것을 사들여 아침저녁 매만지던 조선 시대 여인들도 그저 대견스러운 마음으로 무심하게 다루어 왔을 것은 말할 것도 없다. 이렇게 남겨진 백자 항아리들이 오늘날 한국미의 가장 특색 있는 아름다움의 한 가닥을 차지하게 되었고, 요사이는 잘생긴 백자 항아리 하나에 천만금이 간다고 해도 놀랄 사람이 없게 된 것이다.

〈백자 달 항아리〉, 도자기-백자
17세기, 국립중앙박물관 소장

이러한 백자 항아리의 작자들이 비록 그 아름다움을 인식하고 의식적으로 작품화한 것이 아니었다 해도 그들은 자신의 손끝에서 빚어지는 항아리의 둥근 맛과 여기에서 저절로 지어지는 의젓한 곡선미에 남몰래 흥겨웠을는지도 모른다. 말하자면 비록 작가 의식을 가지고 계산해서 낳아 놓은 아름다움은 아니라 해도 도공들의 손길이 그들의 흥겨운 마음을 따라 움직였을 것임은 두말할 것도 없다. 즉 모르고 만들어 낸 아름다움은 결코 아니었던 것이라고 생각한다.

아무런 장식도 고운 색깔도 아랑곳할 것 없이 오로지 흰색으로만 구워 낸 백자 항아리의 흰빛의 변화나 그 어리숭하게만 생긴 둥근 맛을 우리는 어느 나라 항아리에서도 찾아볼 수 없다는 데서 대견함을 느낀다. 이러한 백자 항아리들을 수십 개 늘어놓고 바라보면 마치 어느 시골 장터에 모인 어진 아낙네들의 흰옷 입은 군상이 생각나리만큼 백자 항아리의 흰색은 우리 민족의 성정과 그들이 즐기는 색채를 잘 반영한 것이라고 생각한다.

한국 사람들은 백의민족이라는 이름을 스스로 지어 부르기도 했는데, 우리네의 흰 의복과 백자 항아리의 흰색은 같은 마음씨에서 나온 것이라고 해야겠다. 이웃 나라 중국 자기나 일본 자기들이 그렇게 다채로운 빛깔로 온통 사기그릇을 뒤덮던 시대에 우리는 마치 산 배꽃이나 젖 빛깔에도 비길 수 있는 순정 어린 흰빛의 조화를 유유하게 즐겨 왔으니 과연 스스로를 백의민족이라고 부를 만하지 않은가 한다.

아주 일그러지지도 않았으며 더구나 둥그런 원을 그린 것도 아닌 이 어수룩하면서도 순진한 아름다움에 정이 간다 하면 심미에 대한 건강한 태도가 아니라고 할 사람이 혹시 있을지도 모르지만, 조선 자기의 아름다움은 계산을 초월해서 이러한 설명이 필요하리만큼 신기롭고도 천연스러운 아름다움에 틀림없다고 나는 생각한다. ⑭

작 품 이 해

국립 중앙 박물관 관장을 지낸 비평가 최순우는 뛰어난 심미안을 바탕으로 곳곳에 흩어진 우리 문화재의 아름다움을 소개하는 글을 썼다.

이 글은 조선 백자, 그 가운데에서도 달 항아리의 아름다움을 전한다. 필자는 흰 빛깔과 둥근 원이 한국미의 본바탕이며, 그것이 한국인의 어진 마음의 바탕과 연결된다는 진술로 글을 연다. 그리고 살림살이의 하나인 항아리를 조선의 아름다운 예술품 중 하나로 꼽는다. 물론 백자 항아리는 애초 예술에 대한 자각을 가지고 만든 것이 아니라 생활의 필요에 의해 만든 것이다. 그러니 백자 항아리에 담긴 아름다움은 의도된 것이 아니라, 만드는 과정의 정성과 흥겨움이 자연히 빚어 낸 것이다. 필자는 '어수룩하면서도 순진한 아름다움' 이야말로 계산을 초월한 아름다움임이라고 주장한다.

대개 자연에서보다 인공에서 아름다움을 찾기 마련이다. 그럼에도 인공적인 예술은 자연을 본뜬 경우가 많다. 본뜨는데 너무 똑같지 않고, 창조적인데 너무 어긋나지 않을 때, 우리는 편안한 아름다움을 느낀다. 최순우가 우리의 달 항아리에서 눈을 떼지 못하는 것도 이 때문이다. 더욱이 예술 작품이 그것을 만든 이의 성정을 어쩔 수 없이 표현하는 것이라면, 또한 그것을 향유하는 사람들의 성정을 표현하는 것이기도 하다면, 달 항아리에 도공의 마음과 아낙의 마음, 그리고 우리 민족의 마음이 모두 담겨 있는 것은 당연하다 할 것이다. 야트막한 산과 굽이치는 작은 강들로 이루어진 우리네 자연과 닮은 선과 색이 조선의 달 항아리에는 스며들어 있는 것이다.

활 동

1. '달 항아리' 의 두 가지 특성은 무엇인가?
2. '달 항아리' 의 특성이 우리 민족의 성정과 조응하는 이유는 무엇이라고 하였는가?
3. 생활용품 중 예술품이 될만한 것은 골라, 그 아름다움이 어디서 나오는지 써 보자.

당신의 한 손을 위하여
─라벨의 〈왼손을 위한 협주곡〉
박종호

오스트리아 출신의 유명한 분석 철학자 루트비히 비트겐슈타인(Ludwig Wittgenstein)은 음악적으로도 뛰어난 자질을 가지고 있었다. 부호의 아들로 태어난 그는 어린 시절부터 아버지가 집 안에서 열어 준 살롱 음악회에서, 세계적인 지성인들에게 자신의 소질을 선보이곤 했다. 그 모임에는 당대 최고의 명사들이 참석했는데, 그중에는 브람스와 말러 그리고 브루노 발터 같은 이들도 있었다.

그리고 비트겐슈타인에게는 파울이라는 이름의 형이 있었는데, 두 형제의 음악적 재능은 사교계의 큰 관심거리였다. 형 파울 비트겐슈타인은 특히 피아노를 잘 쳐서 모차르트의 재래(再來)라고까지 불렸다. 어린 시절 형 파울의 장래 희망은 당연히 피아니스트였고, 동생 루트비히의 희망은 지휘자였다. 결국 동생은 철학자가 되었지만, 형은 바람대로 피아니스트가 되었다. 그는 오스트리아의 희망을 등에 짊어진 젊은 피아니스트였다. 그러나 전쟁은 모든 것을 앗아 갔다.

파울은 제1차 세계 대전에 참전했다. 그리고 전장에서 팔에 총탄을 맞는 부상을 당했고, 결국 오른팔을 절단해야 했다. 오른팔이 없는 상태로 귀향한 피아니스트……. 그는 10여 년의 세월을 좌절 속에서 방황했다. 그러나 굴복하지 않았다.

1. 한 손만으로도 피아노 연주가 가능할까?
2. 불가능을 가능으로 바꾼 사람을 아는가? 누구인가?

　　그는 자신이 아는 작곡가들을 찾아 나섰다. 그대로 주저앉을 수가 없었던 것이다. 그는 자신을 위한, 아니 자신의 한쪽 팔을 위한 새로운 곡을 작곡해 달라고 부탁했다. 즉 왼손만으로도 피아노를 치고 싶다는 말이었다. 그는 리하르트 슈트라우스, 브리튼, 힌데미트, 프로코피예프 등에게 작곡을 의뢰했다. 그런 파울에게 왼손만을 위한 피아노곡을 만들어 준 사람은 프랑스의 작곡가 모리스 라벨이었다.

　　1931년 빈에서 모리스 라벨(Maurice Ravel)의 새로운 곡, 즉 〈왼손을 위한 피아노 협주곡 D장조〉가 초연되었다. 물론 피아니스트는 파울 비트겐슈타인이었으며, 빈 심포니 오케스트라가 관현악을 맡았다. 결과는 대성공이었으며, 2년 후에는 파리에서도 역시 비트겐슈타인에 의해 곡이 연주되었다. 이제 비트겐슈타인은 한 손을 가진 피아니스트로, 아니 위대한 승리를 이룬 의지의 표상으로 세상에 우뚝 섰다. 이보다 더 위대한 피아니스트가 세상에 또 있을까? 작곡가는 이 곡을 비트겐슈타인에게 헌정했다.

　　〈왼손을 위한 협주곡〉은 단 한 손으로 치는 왼손의 성부(聲部)가 매우 화려하고 기교적이다. 그래서 만일 이것이 한 손으로 치는 곡이라는 것을 모르고 듣는다면, 그 사실을 알아채지 못할 정도로 화려하고 명인(名人)적 기교로 넘친다.

그리고 라벨은 한 손만의 약점을 보완해 주기 위해 독특하고 두터운 악기들로 곡을 구성했다. 일단 동원되는 금관 악기들이 다양하고 그 수가 많다. 잉글리시 호른과 작은 클라리넷, 베이스 클라리넷, 두 개의 바순, 콘트라 바순, 튜바 등이 동원되고 트럼펫과 트럼본은 세 개씩이나 포진한다. 오른손을 보완하기 위한 타악기군의 배치는 더욱 배려 깊다. 즉 팀파니와 큰북, 작은북 같은 기본 악기 외에도 탐탐, 우드블록, 트라이앵글, 심벌즈 등이 총동원된다. 라벨은 이 곡에 대해 다음과 같은 주석을 달아 놓았다.

이 곡은 두 손을 위한 곡보다 그 직조(織造)가 얇다는 인상을 주지 않는 것이 중요합니다. 그래서 일부러 가장 둔중한 협주곡 스타일에 접근하려고 합니다. 그리고 이 부분이 끝나면 곡은 일변하여 재즈 스타일로 바뀝니다.

한마디로 왼손에 대한 깊은 애정에서 우러난 철저한 배려에 다름 아니다. 라벨 역시 한 손이라는 놀라운 조건에서, 어쩌면 작곡가에게 무리한 도박일지도 모르는 일을 애정과 관심으로 완성하여 결국 성공작을 내놓은 것이다. 연주 역시 대성공이어서 라벨의 위대한 업적을 보고는, 이후에 많은 작곡가들이 비트겐슈타인을 위해 왼손만을 위한 곡들을 다투어 작곡해 주었다.

이 곡은 전통적인 협주곡들처럼 3악장으로 나뉘어 있지 않고, 전체가 하나로 이어져 있는 단악장의 곡이다. 형식은 렌토-알레그로-렌토의 느리고 빠르고 다시 느린 형태를 이루고 있어서, 전형적인 빠르고 느리고 빠른 협주곡들과는 정반대 구조를 가지고 있다. 왼손만으로 친다지만 그 기교는 현란하다. 느리게 시작한 왼손은 관현악과 함께 일단 클라이맥스에까지 올랐다가, 그 배턴을 알레그로에게 넘겨준다.

알레그로 부분이 라벨이 설명했던 재즈 부분이다. 파격적인 리듬은 마치 춤을 추듯이 화려하게 노래한다. 피아노와 관현악이 주고받는 과정을 되풀이한다. 그리고 다시 나타나는 렌토 부분, 이것은 첫 부분의 재연에 해당된다. 결국 왼손만의 카덴차가 나타나고, 이어 마지막에 다시 재즈풍의 코다가 나타나면서 격렬하게 끝을 맺는다.

〈왼손을 위한 협주곡〉 전체를 관통하는 이미지는 '블루'다. 그것은 투명하며 또한 우울한 블루다. 곡은 뛰어나면서도 독특한 느낌을 풍긴다. 푸른 잉크가 현란하게 번져 가는 모습이 머릿속에 형상화될 때면, 우리는 그것이 아무리 아름답다 하더라도 그것의 근본적인 우울과 고독의 색채를 떨치지는 못한다. 그건 원래부터 오른손의 반주를 위해 자신을 낮추는데 길들여져 왔고 그래서 항상 어두웠던 왼손이 오랜 세월 동안 익숙해 있던 기질일까? 아니, 라벨이 일부러 떨쳐 버리지 않았을 것이다. 자신도 모르게 푸른 잉크로 손이 가는 사람처럼······.

〈왼손을 위한 협주곡〉이 유명해진 이후로 놀랍게도 많은 피아니스트들의 사랑을 받아 왔다. 물론 그들은 멀쩡하게 오른손이 있는 사람들이다. 그들은 오른손을 놔두고 한 손만으로 이 곡을 연주한다. 이 곡을 마주 대할 때 그들은 오른손이 거추장스럽다고 한다. 처지가 뒤바뀐 것이다. ⑯

글은 비트겐슈타인 가족 이야기로부터 시작된다. 동생 루트비히 비트겐슈타인은 유명한 언어 철학자다. 유복한 가정에서 태어난 그는 어려서는 음악을 하려고 했다, 형 파울 비트겐슈타인과 함께. 그는 지휘자가, 형은 피아니스트가 꿈이었다. 그러나 제1차 세계 대전은 형의 꿈을 송두리째 앗아 갔다. 전쟁에서 오른팔을 잃은 것이다. 피아노를 포기할 수 없었던 형은 남은 팔을 위한 새로운 곡을 작곡해 달라고 여러 작곡가들에게 부탁했고, 마침내 프랑스의 모리스 라벨이 곡을 주었다. 이 곡 〈왼손을 위한 피아노 협주곡 D장조〉는 1931년 파울 비트겐슈타인에 의해 초연되었다. 라벨은 그를 위해 왼손의 성부가 화려하고 기교적인 곡을 작곡했으며, 이 한 손을 보완하기 위해 두터운 악기들로 관현악을 구성했다. 악곡의 구성 또한 느리고 빠르고 다시 느린 형태를 이루고 있어서 독창적이라고 평가받는다. 그리고 전체적인 정서는 블루라고 하는 우울과 고독의 색채를 띠고 있다.

필자는 다음과 같은 글로 끝을 맺는다, '〈왼손을 위한 협주곡〉이 유명해진 이후로 놀랍게도 많은 피아니스트들의 사랑을 받아 왔다. 물론 그들은 멀쩡하게 오른손이 있는 사람들이다. 그들은 오른손을 놔두고 한 손만으로 이 곡을 연주한다. 이 곡을 마주 대할 때 그들은 오른손이 거추장스럽다고 한다. 처지가 뒤바뀐 것이다.' 라고. 새삼 인간은 의지를 지닌 존재이며 사랑을 지닌 존재임을 실감한다. 또한 타자의 눈으로 스스로를 보는 것도 게을리 해서는 안 되겠다는 생각이 든다.

활 동

1. 이 글의 짜임을 정리해 보자.
2. 라벨은 〈왼손을 위한 협주곡〉에서 왼손을 보완하기 위해 어떤 장치를 두었는가?
3. 좋아하는 음악을 듣고 생각과 느낌을 한 편의 글로 표현해 보자.

부록

작가 약력 보기 · 작품 출처 · 수록 교과서 보기

강경애 1906~1943

소설가. 황해도 송화에서 태어났다. 1931년 『조선일보』 '부인문예' 란에 「파금(破琴)」이 실리며 본격적인 작품 활동을 시작하였다. 체험을 바탕으로 일제 식민 통치 아래 가장 억압받았던 노동자와 농민, 특히 하층 여성의 삶을 세밀하게 묘사했다. 대표적인 작품으로 「부자」, 「채전」, 「소금」, 「인간 문제」, 「지하촌」 등이 있다.

강은교 1945~

시인. 함남 홍원에서 태어나 서울에서 자랐다. 연세대 영문과와 동 대학원 국문과를 졸업하였다. 1968년 『사상계』 신인문학상에 시 「순례자의 잠」이 당선되어 등단했다. 저서로 『허무집』, 『풀잎』, 『빈자일기』, 『우리가 물이 되어』, 『단지 그대가 여자라는 이유만으로』, 『하나보다 더 좋은 백의 얼굴이어라』, 『누가 지구를 별이라 했나』 등이 있다.

공선옥 1963~

소설가이자 수필가. 전남 곡성에서 태어나 전남대 국문과에서 수학했다. 1991년 『창작과비평』에 소설 「씨앗불」을 발표하여 등단한 그는 여성의 운명적인 삶과 모성애를 생생하게 그려 낸다는 평을 받는다. 산문집으로 『자운영 꽃밭에서 나는 울었네』, 『행복한 만찬』 등이 있다.

공주형 1971~

미술 평론가. 2001년 『조선일보』 신춘문예로 등단해 미술 평론가로 활동하고 있다. 저서로는 『사랑한다면 그림을 보여 줘』, 『천재들의 미술 노트』 등이 있다. 현재는 인천대학교 초빙 교수로 일하고 있다.

김상욱 1961~

문학 평론가이자 시인. 부산 출생으로 서울대 사범대학 국어교육과를 졸업하고, 같은 학교 대학원에서 문학 교육을 전공하였다. 현재 춘천교육대 국어교육과 교수로 일하고 있으며, 한국아동청소년문학학회 회장이기도 하다. 쓴 책으로 『시의 숲에서 세상을 읽다』, 『다시 쓰는 문학에세이』, 『빛깔이 있는 현대시 교실』, 『숲에서 어린이에게 길을 묻다』 등이 있다.

김수업 1939~

국어교육학자. 경남 진주에서 나고, 경북대 사범대학 대학원에서 박사 학위를 받았다. 전국 국어교사모임의 우리말교육연구소와 우리말교육대학원을 돌보는 일과 더불어 우리말살리는겨레모임의 공동 대표를 맡고 있다. 쓴 책으로 『배달말꽃, 갈래와 속살』, 『국어교육의 바탕과 속살」 등이 있다.

김우창 1937~

문학 평론가. 서울대 영문과를 졸업하고, 미국 하버드대에서 미국 문명사에 관한 논문으로 박사 학위를 받았다. 현재 고려대 명예교수로 재직 중이다. 문명비평가, 문학이론가, 평론가, 철학자 등 다방면에서 활동하며, 한국 인문학의 거장으로 불린다. 저서로는 「궁핍한 시대의 시인」, 「지상의 척도」, 「시인의 보석」, 「법 없는 길」, 「이성적 사회를 향하여」 등이 있다.

김인환 1946~

문학 평론가. 고려대 문과대 및 동 대학원 국문과 졸업. 1972년에 「박두진론」이 추천되어 등단했다. 현재는 고려대 국문과 교수로 일하고 있다. 저서로는 「문학과 문학사상」, 「문학교육론」, 「비평의 원리」, 「상상력과 원근법」, 「언어학과 문학」, 「동학의 이해」 등이 있다.

김현 1942~1990

문학 평론가. 대학 재학 시절인 1962년 평론 「나르시스의 시론(詩論)」을 「자유문학」에 발표하여 등단하였으며, 이후 여러 문예지와 잡지에 평론을 발표하였다. 대표적인 저서에 「존재와 언어」, 「상상력과 인간」, 「한국 문학의 위상」, 「문학사회학」, 「분석과 해석」 등이 있다. 1989년 제1회 팔봉비평문학상을 수상했다.

도정일 1941~

문학 평론가. 문학, 문화, 사회에 관한 이론적인 글과 평문, 사회문화 칼럼, 문학에 관한 담론들을 활발히 발표하였다. 현재는 경희대 명예교수로 일하며 책읽는사회만들기 국민운동 본부의 대표도 맡고 있다. 저서로 「시인은 숲으로 가지 못한다」, 「대담」 등이 있다.

민태원 1894~1935

소설가이자 수필가. 충남 서산에서 태어남. 1914년 매일신보사에 입사한 뒤, 동아일보사와 조선일보사 등의 신문사에서 기자 생활을 하였다. 대표적인 저서로는 「오호 고균거사−김옥균 실기」, 「새 생명」 등과 다수의 수필과 논설이 있다.

박완서 1931~2011

소설가이자 수필가. 불혹의 나이에 「여성동아」 여류 장편소설 공모에 「나목(裸木)」이 당선되어 등단했다. 평범하고 일상적인 소재에 적절한 서사적 리듬과 입체적인 의미를 부여함으로써 다채로우면서도 품격 높은 문학적 결정체를 탄생시켰다는 평을 받는다. 수필집으로 「호미」, 「두부」 등이 있다.

박민규 1968~

소설가. '무규칙 이종격투기의 문장가' 라는 별칭으로 불리며 문장의 중간에 단락을 바꾸는 등의 형식적인 파격과 재치 넘치는 표현이 돋보인다. 기발한 착상, 소외된 계층에 대한 치밀한 관심으로 현대 사회를 비판하는 작품을 많이 썼다. 대표적인 저서로는 『지구영웅전설』, 『삼미 슈퍼스타즈의 마지막 팬클럽』, 『카스테라』, 『누런 강 배 한 척』, 『핑퐁』 등이 있다.

박종호

의사이자 오페라 해설가. 의사 출신 오페라 해설가에서 다시 한국오페라단 예술단장이라는 자리에 오르며 다방면으로 활동하고 있다. 저서로는 『내가 사랑하는 클래식』, 『불멸의 오페라』, 『박종호에게 오페라를 묻다』, 『유럽 음악축제 순례기』, 『황홀한 여행』 등이 있다.

박지원 1737~1805

조선 후기 실학자 겸 소설가. 이용후생의 실학을 강조하였으며, 자유롭고 기발한 문체를 구사한 여러 편의 한문 소설을 발표하였다. 대표적인 저서로는 『열하일기』, 『연암집』, 『허생전』 등이 있다.

박지현 1976~

미술 평론가. 동양 문화와 예술에 관심을 갖고 한림대학교 태동고전연구소(지곡서당)에서 3년 동안 한학을 배우며 13경과 중국, 한국의 고전을 두루 익혔다. 현재는 서울대 대학원에서 한국미술사를 공부하고 있다.

서정오 1955~

교사이자 작가. 오랫동안 초등학교에서 어린이들을 가르쳤다. 1984년 소년 소설 『언청이 순이』를 발표하면서 동화와 소설을 쓰기 시작했다. 교육 현장에서 어린이들에게 우리 옛이야기를 들려준 경험을 바탕으로 『옛이야기 들려주기』를 썼고, 이때 어린이들에게 들려준 이야기를 잘 갈무리해서 『옛이야기 보따리』 시리즈(10권)로 펴냈다.

성석제 1960~

소설가. 1986년 『문학사상』 시 부문에서 「유리 닦는 사람」으로 신인상을 받아 등단했다. 1994년 소설집 『그곳에는 어처구니들이 산다』를 펴내면서 본격적으로 소설을 쓰기 시작했다. 저서로는 『인간적이다』, 『순정』, 『호랑이를 봤다』, 『새가 되었네』 등이 있다.

손철주 1954~

미술 비평가. 신문사에서 미술 담당 기자로 오랫동안 있으면서 국내외 미술 현장을 취재했다. 신문사 문화부장과 취재본부장 등을 역임했고, 현재 '학고재' 주간 및 미술 칼럼니스트로 활동 중이다. 저서로는 『꽃피는 삶에 홀리다』, 『그림 아는 만큼 보인다』 등이 있다.

신영복 1941~

학자. 경남 밀양에서 태어났다. 1968년 통일혁명당 사건으로 구속되어 20년 동안 수감 생활을 하다 1988년에 풀려났다. 1976년부터 1988년까지 감옥에서 가족에게 보낸 편지를 묶은 『감옥으로부터의 사색』으로 큰 감동을 주었다. 저서로는 『나무야 나무야』, 『더불어 숲』, 『처음처럼』 등이 있다.

안소영 1967~

서강대학교 문과대 철학과를 졸업한 뒤, 민족 분단으로 고통을 겪어 온 이들의 삶을 기록하였다. 역사 속에 묻힌 인물들에게 생생한 숨결을 불어넣는 데 관심이 많다. 저서로는 부친인 수학자 안재구 교수와 어린 시절부터 주고받은 옥중 편지를 묶은 서간집 『우리가 함께 부르는 노래』와 『책만 보는 바보』가 있다.

염무웅 1941~

문학 평론가. 1964년 『경향신문』 신춘문예에 「최인훈론」이 당선되어 문학 평론 활동을 시작하였다. 리얼리즘 문학, 농민 문학, 민족 문학 등의 주제에 따른 평론이 많으며 영남대 교수 등을 역임하였다. 저서로 평론집 『한국문학의 반성』 등이 있다.

오정희 1947~

소설가. 여성 특유의 섬세한 묘사와 맛깔스런 문장으로 한국 현대 문학사에 튼튼한 뿌리를 내렸다. 주로 여성성에 대한 문제의식을 소설에 담았다. 주요 작품집으로 『중국인 거리』, 『유년의 뜰』, 『바람의 넋』, 『불꽃놀이』, 『새』 등이 있다.

오주석 1956~2005

미술 사학자. 단원 김홍도와 조선 시대의 그림을 가장 잘 이해한 21세기의 미술 사학자라 평가받으며, 한국 전통 미술의 대중화에 앞장섰다. 저서로는 『옛 그림 읽기의 즐거움 1』, 『단원 김홍도』, 『우리 문화의 황금기 진경시대』 및 유작 『오주석이 사랑한 우리 그림』이 있다.

윤오영 1907~1976

수필가. 한국적 정서를 바탕으로 본격적인 수필 창작과 이론 정립에 힘써 1970년대 한국 수필의 전문성, 심미성 확보에 기여한 수필가로 평가받는다. 주요 작품으로 「부끄러움」, 「마고자」, 「백사장의 하루」, 「달밤」, 「방망이 깎던 노인」 등이 있다.

이상 1910~1937

소설가이자 시인. 본명은 김해경(金海卿)이며 초현실주의적이고 실험적인 시와 심리주의적 경향이 짙은 난해한 작품을 주로 썼다. 「날개」를 발표하여 큰 화제를 불러일으켰고, 주요 작품으로 「오감도」, 「권태」, 「산촌 여정」 등이 있다.

이성희 1959~

시인이자 고미술 평론가. 부산 출생으로 부산대 철학과를 졸업하고 동 대학원에서 철학 박사 학위를 취득했다. 1980년 『문예중앙』 시 부문 신인상 수상으로 등단했고, 현재 계간지 『신생』의 편집위원으로 있다. 시집으로는 『돌아오지 않는 것에 관하여』, 『안개 속의 일박』 등이 있고, 저서로는 『예술론집』, 『무의 미학』, 공저로는 『상생의 철학』 등이 있다.

이양하 1904~1963

영문학자이자 수필가. 평안남도 강서에서 태어나 도쿄제국대학 영문과를 졸업했다. 주지주의(主知主義) 문학 이론을 소개하고 수필집 『나무』를 간행했으며, 권중휘와 공저로 『포켓 영한 사전』을 펴냈다. 주요 저서로는 『이양하 수필집』이 있다.

이주헌 1961~

미술 평론가이자 아트 스토리텔러. 독자들이 미술과 좀 더 가깝고 폭넓게 만날 수 있도록 꾸준히 전시를 기획하고 미술 비평뿐만 아니라 다양한 형식의 미술 교양서를 써 왔다. 저서로는 『50일간의 유럽 미술관 체험 1, 2』, 『내 마음속의 그림』, 『미술로 보는 20세기』, 『신화, 그림으로 읽기』, 『명화는 이렇게 속삭인다』, 『느낌 있는 그림 이야기』 등이 있다.

이청준 1939~2008

소설가. 정치, 사회적인 매커니즘과 그 횡포에 대한 인간 정신의 대결 관계를 주로 그렸다. 동인문학상, 이상문학상 등을 다수 수상했다. 저서로는 『당신들의 천국』, 『매잡이』, 『병신과 머저리』, 『눈길』 등이 있다.

임두빈 1954~

미술 평론가. 홍익대학교 미술대학과 동 대학원 미학미술사학과를 졸업하였으며 제1회 전국 대학생 학술논문대회(미학미술 분야 1등)에서 수상하였다. 국전, 중앙미술대전, 한국미술대상전 등에 출품하였고, 1983년 신춘문예를 통해 미술 평론가로 등단하였다. 저서로는 『한국의 민화』, 『미술비평이란 무엇인가』, 『한국미술사 101장면』, 『임두빈 화집』 등이 있다.

장영희 1952~2009

영문학자이자 수필가. 소아마비 장애와 암 투병 속에서도 희망을 잃지 않고 따뜻한 글로 희망을 전하였다. 저서로 『내 생애 단 한 번』, 『문학의 숲을 거닐다』 등이 있다.

정약용 1762~1836

조선 후기의 학자. 자는 미용, 호는 다산이다. 문장과 경학(經學)에 뛰어난 학자로, 유형원과 이익 등의 실학을 계승하고 집대성하였다. 신유사옥 때 전라남도 강진으로 귀양 갔다가 19년 만에 풀려났다. 저서에 『목민심서』, 『흠흠신서』, 『경세유표』 등이 있다.

정진권 1935~

수필가. 충북 영동에서 태어나 서울대 국어교육과를 졸업했다. 저서로는 『푸르른 나무들에 저 붉은 해를』, 『비닐우산』, 『한국인의 향수』, 『중전과 시녀』, 『따로따로 떨어지기』, 『열쇠와 자물쇠』, 『짜장면』 등이 있다.

정호승 1950~

시인. 대구에서 태어나 경희대 국문과를 졸업했다. 1972년 『한국일보』 신춘문예에 동시가, 1973년에 『대한일보』 신춘문예에 시가, 1982년 『조선일보』 신춘문예에 단편 소설이 당선되어 문단에 나왔다. 1970년대와 1980년대 소외된 사람들과 한국 사회의 그늘진 면을 따뜻한 시각으로 그려 냈다. 산문집으로 『소년 부처』, 『내 인생에 힘이 되어 준 한마디』 등이 있다.

진회숙 1956~

예술 평론가. 1988년 월간 『객석』이 공모하는 예술 평론상에 「한국 음악극의 미래를 위하여」라는 평론으로 수상, 음악 평론가로 등단했다. 여러 언론 매체에 예술 평론과 칼럼을 기고했고, 대표적인 저서로는 『클래식 오딧세이』, 『영화로 만나는 클래식』, 『모나리자, 모차르트를 만나다』, 『예술에 살고 예술에 죽다』 등이 있다.

최순우 1916~1984

고고미술학자이자 미술 평론가. 개성에서 태어났으며 문화재위원회 위원, 한국미술평론가 협회 대표, 한국미술사학회 대표 등으로 활동하였다. 1974년부터 1984년까지 제4대 국립중앙박물관 관장으로 활동하면서 국립중앙박물관의 발전, 확장에 공을 세웠다. 대표적인 저서로는 『한국 미술사』, 『무량수전 배흘림기둥에 기대서서』가 있다.

최재천 1954~

생물학자. 과학의 대중화를 실천하기 위해 노력하며, 인문학과 자연 과학의 통합을 꾀하고 있다. 대표적인 저서로는 『개미 제국의 발견』, 『생명이 있는 것은 다 아름답다』, 『최재천의 인간과 동물』, 『상상 오디세이: 변화를 포착하는 미래 통찰력』 등이 있다.

홍양호 1724~1802

조선 후기 문신이자 학자. 학문과 문장에 뛰어나 『영조실록(英祖實錄)』 등의 편찬에 참여했다. 사신으로 청나라에 갔을 때 청나라 학자와 교유하였고 귀국 후 고증학 발전에 크게 기여하였다. 문집으로 『이계집(耳溪集)』이 있다.

작 품 출 처

작가	작품명	수록 도서 및 수록처	출판사	연도
강경애	꽃송이 같은 첫눈	모던 수필	향연	2003
강은교	다락	국제신문, 2008. 12. 20.		2008
공선옥	곡성역에서 만난 할아버지	자운영 꽃밭에서 나는 울었네	창작과비평사	2000
공주형	착한 그림, 선한 화가 박수근	착한 그림, 선한 화가 박수근	예경	2009
김상욱	우리 안의 권정생	문화와 나, 2007년 겨울호	리움	2004
김수업	우리 토박이말의 넋	부산글쓰기회 http://cafe.daum.net/pusangul/		2004
김우창	명예와 자기 자신의 삶	경향신문, 2008. 10. 22.		2008
김인환	즐거운 책 읽기	언어학과 문학	작가	2008
김현	문학은 무엇을 할 수 있는가	문학이란 무엇인가	문학과지성사	1988
도정일	시인은 숲으로 가지 못한다	시인은 숲으로 가지 못한다	민음사	1994
민태원	청춘 예찬	민태원 선집	현대문학	2010
박완서	트럭 아저씨	두부	창작과비평사	2002
	꽃 출석부 1	호미	열림원	2007
박민규	푸를 청! 봄 춘!	괜찮아, 네가 있으니까	마음의숲	2009
박종호	당신의 한 손을 위하여	내가 사랑하는 클래식 2	시공사	2006
박지원	한바탕 울 만한 자리	열하일기	솔	2002
박지현	진경산수화의 대가, 정선	청소년을 위한 한국미술사	두리미디어	2005
서정오	소통하는 말, 억압하는 말	개똥이네집, 2008년 8월호	보리	2008
성석제	천국에는 사다리가 없다	소풍	창비	2006
손철주	물감으로 빚은 인간의 진실	그림 아는 만큼 보인다	생각의나무	2006
신영복	강물의 끝과 바다의 시작을 바라보기 바랍니다	나무야 나무야	돌베개	1996
	목수의 집 그림	나무야 나무야	돌베개	1996
안소영	책만 읽는 바보, 이덕무	책만 보는 바보	보림	2005
염무웅	권정생 선생님 영전에	창비어린이, 2007년 가을호	창비	2007
오정희	큰 나무 스러짐에 천지가 아득	경향신문, 2008. 5. 5.		2008
오주석	조선 호랑이의 기상	한국의 미 특강	솔	2003
유씨 부인	조침문	고등학교 국어 하	교육과학기술부	2009
윤오영	참새	곶감과 수필	태학사	2000

작가	작품명	수록 도서 및 수록처	출판사	연도
이상	권태	이상문학전집-수필	문학사상사	1993
	산촌 여정 1	산촌 여정	태학사	2006
이성희	저 혼자 깊어가는 느림의 시선	미술관에서 릴케를 만나다	컬처라인	2003
이양하	나무	신록예찬	을유문화사	2005
이주헌	나무와 두 여인	내 마음속의 그림	학고재	1999
이청준	아름다운 흉터	아름다운 흉터	열림원	2004
임두빈	고귀한 침묵과 절제된 인간미가 흐르는 걸작	한국미술사 101 장면	가람기획	1998
장영희	속는 자와 속이는 자	살아온 기적 살아갈 기적	샘터사	2009
정약용	문학청년 이인영에게	우리 겨레의 미학 사상	보리	2006
정진권	짜장면	정진권 수필선 1	교음사	2000
정호승	10년 뒤에 내가 무엇이 되어 있을까를 지금 항상 생각하라	내 인생에 힘이 되어 준 한마디	비채	2009
진회숙	종달새 노래할 때	모나리자, 모차르트를 만나다	세종서적	2008
최순우	백자 달 항아리	무량수전 배흘림기둥에 기대서서	민음사	1988
최재천	더불어 사는 공생인으로 거듭나기	한국의 명강의	마음의숲	2009
홍양호	의원 조광일전	알아주지 않은 삶(진재교 편역)	태학사	2005
UN	세계 인권 선언문			1948

수 록 교 과 서 보 기

지은이	작품명	교과서(국어, 상 · 하)
강경애	꽃송이 같은 첫눈	지학사(방민호)–하
강은교	다락	두산–하
공선옥	곡성역에서 만난 할아버지	금성–하
공주형	착한 그림, 선한 화가 박수근	신사고–하
김상욱	우리 안의 권정생	
김수업	우리 토박이말의 넋	
김우창	명예와 자기 자신의 삶	창비–하
김인환	즐거운 책 읽기	두산–하
김현	문학은 무엇을 할 수 있는가	교학사–상
도정일	시인은 숲으로 가지 못한다	교학사–상
민태원	청춘 예찬	지학사(박갑수)–하
박완서	트럭 아저씨	금성–하, 비상–상
박완서	꽃 출석부 1	해냄–상
박민규	푸른 청! 봄 춘!	지학사(박갑수)–하
박종호	당신의 한 손을 위하여	유웨이–하
박지원	한바탕 울 만한 자리	창비–상, 유웨이–상
박지현	진경산수화의 대가, 정선	지학사(방민호)–상
서정오	소통하는 말, 억압하는 말	창비–상
성석제	천국에는 사다리가 없다	더텍스트–상
손철주	물감으로 빚은 인간의 진실	교학사–상
신영복	강물의 끝과 바다의 시작을 바라보기 바랍니다	해냄–상
신영복	목수의 집 그림	해냄–상
안소영	책만 읽는 바보, 이덕무	창비–하
염무웅	권정생 선생님 영전에	지학사(박갑수)–하
오정희	큰 나무 스러짐에 천지가 아득	신사고–상
오주석	조선 호랑이의 기상	천재(박영목)–상
유씨 부인	조침문	교학사–상, 금성–상, 창비–상, 천재(김대행)–상, 해냄–상
윤오영	참새	천재(박영목)–상

302 부속

지은이	작품명	교과서(국어, 상 · 하)
이상	권태	디딤돌—상, 미래엔컬처—하, 비상—상
	산촌 여정 1	신사고—상
이성희	저 혼자 깊어가는 느림의 시선	디딤돌—하
이양하	나무	천재(김종철)—상
이주헌	나무와 두 여인	천재(김종철)—하
이청준	아름다운 흉터	창비—상
임두빈	고귀한 침묵과 절제된 인간미가 흐르는 걸작	금성—하
장영희	속는 자와 속이는 자	신사고—상
정약용	문학청년 이인영에게	창비—상
정진권	짜장면	더텍스트—상
정호승	10년 뒤에 내가 무엇이 되어 있을까를 지금 항상 생각하라	창비—하
진회숙	종달새 노래할 때	비상—상
최순우	백자 달 항아리	천재(박영목)—하
최재천	더불어 사는 공생인으로 거듭나기	두산—상
홍양호	의원 조광일전	미래엔컬처—상
UN	세계 인권 선언문	창비—하